MW00474014

COLLECTION FOLIO

Patrick Chamoiseau

Une enfance créole

III
À bout d'enfance

Gallimard

Patrick Chamoiseau, né le 3 décembre 1953 à Fort-de-France, en Martinique, a publié du théâtre, des romans (*Chronique des sept misères, Solibo Magnifique, Biblique des derniers gestes*), des récits (*Antan d'enfance, Chemin-d'école*) et des essais littéraires (*Éloge de la créolité, Lettres créoles, Écrire en pays dominé*). En 1992, le prix Goncourt lui a été attribué pour son roman *Texaco.*

Pour Alex la Couleuvre,
qui fait musique et chante encore…

Alors, comment vont les oiseaux quand l'arbre n'est plus là ?

André Bauchain

Un grand principe de violence commandait à nos mœurs.

Saint-John Perse

Un jour, bien des années avant l'épreuve du mabouya, le négrillon s'aperçut que les êtres-humains n'étaient pas seuls au monde : il existait aussi les petites-filles. Intrigué mais pas abasourdi comme il aurait dû l'être, il ne put deviner combien ces créatures bouleverseraient le fil encore instable de sa pauvre petite vie.

ORDRE ET DÉSORDRE DU MONDE

Ce jour de découverte se situa pourtant dans le même et le pareil aux autres. Avec son réveil que gâchait la nécessité de se rendre à l'école. Avec ses angoisses dessous l'inquisition du Maître. Avec ses leçons impossibles à transformer en exercices à réussir, et le rabougrissement du héros (échoué au dernier banc) sur l'envie de se faire oublier. Ce jour-là, il y eut à la sonnerie finale son habituelle et trop brève renaissance (en ouélélés canailles) entre la grille de l'école et l'escalier de Man Ninotte, sa manman, où il fallait recomposer une apparence décente… Une journée comme les autres…

… Enfance, émerveille et douleur, où es-tu ?…

De plus, en ce temps-là, convaincu d'avoir épuisé les maigres ressources de son degré d'évolution, le négrillon n'éprouvait qu'une envie : grandir. À tout prix. Devenir s'il le fallait un *Grand* et même une *Grande-Personne,* quitte à y perdre son âme.

Pour mesurer l'étendue de cette ignominie, il faut savoir qu'à force de cogitation savante, le négrillon avait divisé l'univers des vivants en plusieurs sortes d'espèces. Tout en haut, l'espèce des manmans et l'espèce des Papas — catégories spéciales à ne pas mélanger. En dessous, l'espèce des Grandes-Personnes qui encombrait les rues à la manière d'un nuage de sauterelles. Puis l'espèce des Grands que constituait (avec les mouches et les moustiques) l'engeance pénible de ses quatre frères et sœurs. Enfin, tout en bas, misérable, merveilleuse, et cherchant à survivre, l'espèce des êtres-humains : petites personnes de son âge, benjamines comme lui,

14

menacées d'extinction dans la cour des écoles, accablées d'interdits dans les camps de concentration familiale. Donc : obsession. Se sortir de là. Devenir capable d'agir sur le monde, quitte à déserter les rives de l'humaine condition.

Les Grands et Grandes-Personnes ne connaissaient vraiment qu'une saleté de mot : *Non*. Non ceci. Non cela. Non faire-ci. Non faire-ça. Avec ce mot, ils forçaient les êtres-humains à vivre sans mouvements, sans crier, sans cracher, sans soif ni gourmandise, sans escalades, sans assassinats, sans sucre et sans aucune douceur dont ils ne seraient à l'origine. On ne pouvait rien casser. Impossible de brûler quoi que ce soit, de coudre ce qu'on avait envie de coudre. Pas possible d'étudier l'allumage de la lampe à pétrole, ou de rechercher l'origine de la chaleur du four. Taxé d'incapacité, l'être-humain devait agir en douce : vivre en cachette l'incendie d'un papier ou la destruction d'une poupée de ses sœurs. Sans parler de la bienfaisance d'une enfilade de vieux jurons, soufflés jusqu'à l'exacte (et périlleuse) limite de l'inaudible.

Non !... Avant de comprendre que ce mot était une ordure, il l'avait sacralisé au cours d'une de ces messes mentales qui consacraient ses conquêtes décisives. Une liturgie païenne (tel un sacrifice de perroquet à quelque dieu sanguinaire) durant laquelle il psalmodiait le nouveau mot, ou la nouvelle idée, et l'emmêlait à des images héroïques de lui-même. Il l'avait emporté comme le tison d'un feu volé. Se l'était ânonné pour sanctifier ses entreprises, surtout les détestables et les mieux interdites. Puis l'avait projeté contre l'appétit d'une mouche, ou la cache d'un ravet au fond de ses bottines. Il l'avait érigé en vocable d'exorcisme contre un début de pluie ou la chute d'une bouteille dont il fallait tester la fragile destinée. Enfin, hardi, il l'avait opposé aux Grands et Grandes-Personnes sitôt qu'elles s'avisaient d'exiger un n'importe-quoi-que-ce-soit...

Tu veux ci ? *Non !*

Va faire ça ! *Non !*

Où es-tu ? *Non !...*

Malgré qu'ils en eussent un usage abondant, les Grands et Grandes-Personnes n'aimaient pas ce mot. Provenant de lui, le *Non* provoquait des indignations qui le forçaient à s'enfuir en courant, ou l'acculaient à l'exécution dramatique de ce qu'on lui avait ordonné. Il fut satisfait de provoquer des réactions aussi considérables. Mais très vite, il n'y eut plus grand monde pour réagir à ses *Non* triomphants. Faut dire qu'il les balançait n'importe comment, provoquant bientôt des éclats de rires, puis des soupirs méprisants, puis une indifférence qui le rendit plus négligeable qu'avant. Le *Non* devint, dans ses tables d'expériences, une saleté.

… Mon négrillon où donc t'es-tu serré ?…

Le Papa n'avait eu que très peu d'occasions de lui dire *Non*. Cela n'intégrait pas ses préoccupations. Régenter la marmaille était affaire de Man Ninotte et de la Baronne, fille aînée de la famille. Cette tâche devait être un chemin de croix qui n'ouvrait à aucun paradis. Il traversait l'appartement tel un prince arpenterait son royaume, figé dans une paix définitive dont il aurait précisé l'ordonnance en quelques mots très rares. Son altière sérénité ne percevait aucun désordre. Il se contentait d'un petit mot par-ci, d'une caresse sur une tête. Si quelque chose allait mal — une mauvaise note, l'éclat d'une dispute au mitan de sa sieste… —, le Papa ignorait le contrevenant pour accabler Man Ninotte d'un œil réprobateur. Peu de temps après, il convoquait la Baronne à son chevet. « J'ai deux mots à vous dire… », assénait-il à sa régente officielle. Du coup, la Baronne perdait de sa superbe et se traînait vers lui comme un cabri de sacrifice. L'examinant de haut, le Papa exposait l'incident dans son français d'académie, exhibait un carnet maculé d'une note infamante, et demandait à la régente : « Étiez-vous au courant de cette regrettable affaire ?

17

N'étiez-vous pas chargée de vérifier les leçons et devoirs ? N'avais-je pas dit ?... » Sans attendre de réponse, le Papa revenait à son royaume spectral, mangeait auprès de Man Ninotte ou se réfugiait dans un repos sans doute bien mérité. La Baronne se retrouvait aux prises avec des affres qui se traduisaient (pour tout le monde et les êtres-humains bien plus) en terreur coloniale, en *Non* par grappe de douze, et en tapes revanchardes.

En rentrant, le Papa jetait un regard circulaire sur sa tribu massée autour de la table. Son uniforme des Postes, à gros boutons dorés, lui conférait l'allure d'un colonel de dictature. Il embrassait Man Ninotte puis interrogeait sans attendre la Baronne : « Est-ce que tout va bien ? » La régente du troupeau répondait toujours « oui ». Non parce que c'était vrai, mais parce que ce « tout va bien ? » ne pouvait souffrir une déception. Par son éloignement, son français de cérémonie, le Papa était un *Non* transcendantal, une immanence qui, à la réflexion, occupait une place aussi considérable que celle d'un œil dans l'ultime d'un tombeau.

De son côté, Man Ninotte ne disait pas souvent *Non*. En lutte contre la déveine, elle devait mener des batailles décisives : inventer de quoi manger, rembourser une dette, trouver moyen de remplacer un short usé, une fourniture d'école… Les soucis lui avaient gravé un froncement des sourcils. Son corps massif rayonnait d'une tension éternelle qui n'avait pas de temps pour les *Non* domestiques. Il lui suffisait d'un cri, d'une crispation de lèvres, pour que les *Non* de l'univers fracassent le négrillon.

La championne en *Non*, c'était la Baronne. Le Papa et Man Ninotte lui avaient conféré une délégation pour asservir l'espèce humaine. Elle savait tout. Elle avait l'œil à tout. Elle pouvait enquêter, prononcer les sentences et les exécuter dans la même seconde. Elle devinait les cogitations barbares du négrillon, et les irradiait par des *Non* très sonores. Elle disposait sans doute du don de prophétie, ou d'anticipation, ou bien d'ubiquité, pour surgir à l'instant où une idée coupable s'amorçait dans ses muscles.
— Non !
— Hein ! ?
— Qu'est-ce que tu fais là ? !
— Moi-même ? ! J'ai rien fait, eh bien Bondieu…

Au début les *Non non non* inhibaient le négrillon. Il demeurait à se ronger les ongles sur l'injustice. Il s'évertuait à dissoudre ces interdits par d'éperdues colères : étouffements, trépignements, contorsions abominables au sol… Une agonie d'opérette que Man Ninotte contemplait impavide jusqu'à son extinction. Devant ce théâtre de douleurs, la Baronne se contentait d'élever une de ses mains effilées et terribles. Geste qui décomposait là-même ce terrorisme émotionnel en sanglots véritables. Marielle, la sœur seconde, pasionaria des libertés, l'informait qu'il pouvait étouffer si c'était son plaisir, et qu'on allait simplement l'enterrer vu qu'on ne saurait le saler ou en tirer une confiture… Quant à ses brutes de frères, Jojo l'Algébrique et Paul le musicien, ils s'asseyaient gourmands alentour de sa crise comme au-devant d'une macaquerie… Le Papa fut rarement témoin de ses colères. Quand cela arrivait, il accordait au négrillon un œil juste perplexe, ou une mimique obscure, puis apostrophait Man Ninotte sans attendre : « Holà chère Gros Kato, cet enfant, ce me semble, nourrit quelque disposition pour les spectacles de cirque. Si ce n'est pas le cas, le doute imposant précaution, il lui faudrait un sacré vermifuge… »

Les *Non* lui échauffèrent les imaginations. Ce qu'il ne pouvait commettre demeurait en suspens dans son cœur. Chaque interdit se voyait *et cætera* de fois transgressé dans ses fermentations mentales. Ces pratiques illégales lui habillaient les lèvres d'un sourire de Joconde. Man Ninotte, ou la Baronne, inquiète d'une idiotie congénitale, tentait en vain d'élucider ce qui lui arrivait. Ce furent ces compensations imaginatives qui donneront tant d'aisance à sa faculté de vivre mille sentiments contradictoires. L'homme d'aujourd'hui les subit encore, mais il parvient, en bel athlète des émotions, à les désamorcer par un calme de façade, et à les sublimer vaille que vaille dans l'écrire…

… Enfance, douloureuse émerveille, où es-tu ? Mon négrillon, où donc t'es-tu serré ? À quand, en quel calendrier, l'instant exact de ta disparition ?…

… Mémoire, où s'amorce l'invisible achèvement ?…

Pour échapper à sa condition, le futur Grand ruminait une colonisation du monde, avec des voies à sens unique vers l'agrément de ses désirs : n'avoir plus à mendier sa dose de confitures ou un accès trop chiche aux délices d'un soda ; pouvoir gober une sorbetière et pourlécher l'échelle centrale ; pouvoir se rendre au cinéma du soir et non à la séance-bébé du dimanche-vers-quatre-heures ; pouvoir ne pas faire sa toilette ou se brosser les dents ; pouvoir ronger son caca-nez sans provoquer d'apocalypse ; pouvoir jouer aux billes aussi longtemps-l'éternité que Bondieu le voudrait ; ne pas craindre d'arracher un bouton ou de découdre un ourlet de son short ; aller, vent dans voile, sans rendre compte à personne ; et, les jours pas favorables, surtout ceux de l'école, rancir dessous son oreiller comme une larve de punaise...

Dans ses Noëls, il serait seul à recevoir les cadeaux, ou, au pire, deviendrait l'unique bénéficiaire du plus beau des cadeaux — un pistolet de cow-boy en argent ou une épée de Lancelot aux vertus enchantées...

Ses cours d'instruction religieuse n'avaient rien arrangé. Il se considérait dépositaire en devenir de la toute-puissance du Bondieu. Au titre de cette mini-divinité, il se devait d'arranger l'univers et rectifier deux-trois erreurs. Et si parfois un pli lui balafrait le front, c'est qu'il songeait à la mise en œuvre d'un plan d'intervention dès réception de sa nouvelle puissance. Pas un ne s'en doutait mais, à le laisser faire, il n'y aurait plus dans le monde que les dimanches de sortie à la mer, la fête de Pâques au bord de la rivière, les jours chocolat-pain-au-beurre quand on a communié, les soirées de froidure et qui ouvrent aux préventions du punch-au-lait... Il aurait rayé de l'univers les mouches, les araignées, les moustiques, les gros ravets marron, les coiffeurs, les bobos, les chaussures trop serrées, les chaussettes, les lacets, la raie sur le côté, les confessions, les cols étrangleurs, les divisions et les problèmes d'arithmétique, le ploum-ploum, les vieilles dames à embrasser, les dentistes et les docteurs, les sirops, les vaccins, l'huile de foie de morue et l'engeance pleine des vermifuges...

Chaque instant serait l'heure d'un cornet à la crème de la pâtisserie Suréna... Chaque heure serait l'instant d'un bâton de chocolat Elot... Sans compter les cornets-pistache, les pommes-France et les poires exotiques, les sinobol et la merveille trop rare d'un bol de riz-au-lait dans vanille et cannelle...

Supprimés : le sempiternel poisson en daube et courts-bouillons, les gros bouts de dachine, le migan de fruit-à-pain et l'éternelle soupe à pied-de-bœuf du soir... Pour ne laisser que les steaks du samedi, la morue frite avec de l'avocat, ou la sardine craquante dans la douceur poivrée d'une salade-cristophines... ô manman !

Il aurait été interdit d'éclater les vers bleus sur les ailes de nez et d'infliger à quiconque, et sous aucun prétexte, un suppositoire.

Il aurait été interdit de frictionner un être-humain au savon de Marseille et au gros gant râpeux sous justification d'enfin le décrasser.

Il aurait été interdit d'obliger un être-humain à faire son lit, à laver son assiette ou à s'occuper du nettoyage d'une pile de vaisselle.

Interdit d'obliger une créature humaine à expulser son âme dans un mouchoir autoritaire sous prétexte de tarir la peste jaunâtre de son nez renifleur.

Interdit d'épandre sur les égratignures le feu vif de l'éther.

Supprimée : la salade de cervelle-mouton qui rend intelligent.

La fricassée de poule du dimanche devrait désormais se faire sans tuer de poule, et le boudin sans tuer de cochon, et le lapin à la mousseline sans toucher à un poil de lapin.

Ce grand petit Bondieu aurait désactivé ses frères et sœurs pour les suspendre dans la penderie comme des linges du dimanche, et serait resté seul avec Man Ninotte, rendue docile à ses désirs d'un coup de geste magique et d'amour autocrate. Il n'avait pas encore réglé le cas du Papa. À son sujet, le divin petit monstre hésitait entre l'anéantissement pur et simple et une désactivation sans rémission dans la penderie. La Baronne ne serait rendue à l'existence que pour ses fabrications de gâteaux décorés au sucre blanc, et se découvrirait incapable d'asséner à quiconque une de ses tapes les plus brûlantes du monde. Et Marielle ne bougerait que pour coiffer décoiffer recoiffer son peuple de popottes à crinière. Et Paul le musicien n'existe-rait qu'aux instants de gratter sa guitare taillée dans du contreplaqué. Et Jojo l'Algébrique n'aurait droit de sortie qu'au premier clair du jour quand, bras en croix, il saluait le soleil… Le programme était fait…

Supprimés : ces traîtres de ravets qui vous gri-gnotent le coin des lèvres quand elles sont mal lavées, et qui dénoncent ainsi vos ruses avec l'hygiène.

Dans cet univers à l'avènement duquel il conspi-rait en douce, le négrillon ne serait plus jamais, et en nulle part jamais, le plus petit de quoi que ce soit, ni le benjamin d'aucune sorte de famille. Il serait fils aîné du soleil, pour éclairer la terre en solitaire royal, et, toujours en belle élévation, il traînerait seul dans de vastes firma-ments, omnipotent, omnipuissant, actif telle une symbiose de soleil et lune pleine, dans une animalité oiselière, rayonnante d'envolées et de folles migrations…

Ces pensées étaient considérées mauvaises par on ne sait quelle instance embusquée en lui-même. Alors, il abordait souvent ses victimes potentielles avec le regard bas et l'impression que son ignominie se retrouvait inscrite sur la peau de son front. C'est pourquoi son humeur oscillait entre l'exaltation fourbe et le remords prématuré d'un coupable en puissance.

Supprimées : deux des trois prières obligatoires à Marie-Vierge juste avant le dodo.

> *… Voyez maintenant comme je vous invoque chique-tailles des souvenirs !… Voyez comme entre nous la distance ne s'est point augmentée. Je suis au plein midi de l'âge et l'addition se fait. Le conte de vie dresse l'inventaire des cicatrices : rêves blessés, illusions avortées, blessures d'amour, de mort, balafre oblique des trahisons… Toute cette matière du vivre qui maintenant fait ma chair… Venez chiquetailles, pesez cet homme qui vous écosse…*

Les *Non* avaient fini par cristalliser mieux qu'un œil de Caïn : une bête à sept têtes. Elle brandissait les figures de Man Ninotte, de la Baronne, du Papa, du Maître, du Bondieu, et d'un lot de Grandes-Personnes expertes en Non-ceci-cela… Cette bête était en lui, oui, quelque part entre ses cheveux et ses orteils, et le fixait sans cesse de ses quatorze yeux. Elle n'allongeait aucune ombre adventice au soleil et restait invisible dans les pièges du miroir. Le négrillon ignorait comment s'en débarrasser. Lors même qu'exilé seul au dernier bout du monde (sous un coin d'escalier ou un tamarinier des abords de l'école), il s'apprêtait à débonder une bonne mauvaise idée, la bête lui infligeait au ventre un *Non* dévastateur. Il l'affrontait vaille que vaille, mais, persistante comme un chiclet usé, elle lui collait à l'âme, lui poissait l'ange gardien, lui contrariait le plaisir du forfait. Et si d'aventure le négrillon avait pu (on ne sait comment) neutraliser son lancinement, elle lui dissipait le sirop de ses rêves sous un petit feu de remords et d'angoisse.

La bête n'était pas seule à contrôler le négrillon. Quelque part dans son ombre un bon-ange veillait. Les bonnes sœurs de l'instruction religieuse lui avaient révélé ce secret. Le bon-ange était là, diffus dans ses blancheurs, battant ses petites ailes, perdant de temps à autre un duvet transformé en colombe. Le bon-ange veillait pour lui éviter les attrapes du démon, et prévenir ses probables malfaisances. Le négrillon en avait parlé avec les autres êtres-humains. En vain : personne n'avait jamais su comment aveugler un bon-ange. Il était partout et nulle part à la fois, en haut à gauche et par-derrière. Il ne prenait jamais sommeil, oubliait les vacances et n'avait d'évidence rien d'autre de mieux à faire. Donc le bon-ange voyait tout, entendait la moindre de vos pensées, et expédiait un rapport régulier au Bondieu. Il fallait prendre ses précautions. Le négrillon en fut paralysé longtemps, mais, les choses étant ce qu'elles étaient, son bon-ange ne demeura pas un obstacle très long-temps et... finit par surprendre de quoi perdre toute blancheur virginale. Le négrillon croyait l'entendre agoniser d'indignation et battre des ailes désemparées. Ce sont sans doute ces ailes qui en certains instants le faisaient sursauter sans raison, ou infligeaient à sa nuque des effleurements glacés. Il en fut tourmenté jusqu'à ce qu'il découvre une parade par l'entremise des confessions.

En ce temps-là, les Grandes-Personnes pensaient que les êtres-humains constituaient des proies faciles pour les démons. Elles les obligeaient sur un rythme régulier à dévider leur âme auprès d'un représentant du Bondieu sur cette terre. Dans l'inquiétante pénombre du confessionnal, le négrillon débitait au prêtre du catéchisme la liste de ses péchés. Il les avait préparés avec soin, dans les conventions autorisées, entre gourman-dise, mensonges, vols insignifiants et mauvaises pensées... Le prêtre derrière sa grille audition-nait sa litanie, demandait si c'était tout mon fils, lui, répondait que c'était tout mon Père et rece-vait alors sa punition en actes de contrition et en *Je crois en Dieu*... Les tarifs étaient variables selon la gravité des péchés révélés et sans doute le détail des rapports qu'expédiait le bon-ange. Le négrillon les exécutait avec une concentration d'autant plus appliquée qu'une fois la sentence accomplie il se sentait comme neuf. Le bon-ange retrouvait une blancheur lustrale, et le petit tourmenté récupérait un bel allant vers les vices de la vie.

Une certitude : le bon-ange ne communiquait rien à Man Ninotte. De ce côté, le négrillon était tranquille. Il y avait une raison à cela : la guerrière ne mettait plus les pieds à l'église depuis un temps d'antan. Sa dernière apparition fut, dit-on, lors d'une messe des innocents en compagnie de Paul le musicien qui devait aspirer à la communion solennelle. En ce temps-là, de par le denier du culte, les meilleures places étaient réservées à qui pouvait ouvrir un porte-monnaie au moment de la quête. Plus d'une famille mulâtre disposait donc d'un banc avec son nom gravé, et sur lequel nul ne devait s'asseoir. Il fallut que ce jour de messe des innocents, Man Ninotte s'asseye en compagnie de son fils juste à la place d'une acariâtre. Elle pensait sans doute que cette messe particulière abolissait les privilèges, et qu'en la circonstance l'enfance avait priorité. Mais l'acariâtre surgit d'une moisissure de sacristie, et réclama sa place. Pour ne pas dé-respecter la maison du Bondieu, Man Ninotte maudit l'acariâtre avec seulement le feu de son regard, empoigna son enfant par une aile, et quitta la cathédrale d'un pas définitif. Sur le parvis, le poing dressé, elle pesta contre les ravets d'églises et autres créatures à venin qui s'attribuaient la maison du Bondieu. De ce jour, on ne la revit jamais dans cet endroit : à son terrible avis, il n'était plus digne de rien. Le Papa qui ne s'était jamais approché de ce lieu n'y trouva rien à redire, sauf sans doute à lui rappeler : Je vous l'avais dit, chère Gros Kato, si Dieu est partout et nulle part, il n'a nul besoin d'une bâtisse pour s'abriter de la pluie, et encore moins de laquais en soutane ou de servantes en vierge... De ce fait, même si le bon-ange avait voulu leur rapporter on ne sait quoi, le négrillon savait que ni Man Ninotte ni le Papa ne l'aurait entendu ; et même si par hasard quelque angélique révélation leur avait titillé une oreille, ces gens de faible foi l'auraient prise pour un murmure des vieilles cloisons...

Supprimée : la langue française qui devient patate chaude dans la bouche des êtres-humains.

Ainsi cet *erectus* en devenant *sapiens* nourrissait la conviction suivante : les Grands et Grandes-Personnes étaient des barbares qui, en des temps hors-mémoire, avaient colonisé cette terre et asservi les êtres-humains. Ils buvaient des sodas autant qu'ils le pouvaient. Se coiffaient à leur guise. Injuriaient à plein ventre. S'habillaient au gré de leurs lubies. N'allaient pas à l'école. Mangeaient autant que désiré comme ils le désiraient. On ne pouvait les fixer dans les yeux sans risquer l'insolence. On ne pouvait éviter de leur souhaiter bonjour sous peine de se voir infliger la question. On ne pouvait les contredire ni douter de leurs dires. À leurs conversations, on ne pouvait participer : juste saluer comme il faut et disparaître à bonne distance. Ils détenaient sur les êtres-humains droit de vie et de mort, décrétaient ce qui était beau bien juste et bon, et se croyaient plus intelligents que vous... En bref, les Grands et Grandes-Personnes tenaient l'existence au collet et disposaient du pouvoir de s'en faire une aubaine. Ho ! une auguste condition !... Tant et si bien que tous les rêves de ce Bondieu en devenir convoitaient cet état de grâce... Hélas, c'est ainsi que naissaient les envies sans sortie, les frustrations de ne pas avoir, les gros-cœur de ne pas pouvoir, le mal-au-ventre de ne pas savoir, la rancœur qui souvent lui infligeait l'œil torve des crapauds en carême... Être petit c'était un temps de fer auquel il fallait échapper... !... Quitte à y perdre son âme...

... Voici l'homme, penché tendre sur cette enfance perdue... Alors, mémoire, c'est l'heure de clore le pacte. Dis-moi : où, comment, pourquoi, à quel moment, mon négrillon s'en va ?... Où défaille l'enfance ?...

En ce temps-là — temps d'avant la fatale découverte de l'existence des petites-filles, et bien des lustres avant le mabouya —, il tendait volontiers à demeurer chez lui. Une stase régressive l'incitait à vouloir réenchanter les recoins de la vieille maison, comme aux claires saisons d'avant l'âge de l'école… Mais, en finale, il se retrouvait écartelé entre le désir du paradis perdu et l'envie de se projeter en démiurge triomphant. Et il survivait comme ça, *ti pilon magoton,* de jour pénible en jour sans gloire, telle une yole en dérade sur des âges difficiles…

Parfois, il abandonnait l'envie de dominer le monde. Devenait silencieux, immobile, réfugié dans un de ces livres qu'il avait pris manie de compulser, ou peut-être d'ânonner, et à travers lesquels il dérivait sans fin… En ces périodes, il perdait de sa gouaille, rasait les murs, n'arrivait plus à ouvrir la bouche devant un inconnu, embarrassé, sensible, respirant mal, et ne trouvant de salut que dans ses solitudes. Son esprit divaguait comme un coton de fromager quand l'air est sec et que l'alizé donne. Il commençait douze dessins à la craie pour les abandonner. Entreprenait dix choses sans terminer aucune. Puis revenait aux songeries enivrantes où les murs et les distances se dissipaient mollement… Il existait alors autant dans les évaporations de son esprit que dans le mal-être de son corps. Ballotté entre rêve et réalité, entre une flamboyance imaginaire et une grattelle de son orteil… Entre l'illusion d'une oasis où il cueillait des dattes et un gros-cœur inguérissable, reliquaire de lointaines injustices… Je parle — Mémoire, tu sais… — d'une chimère informulable que les images des livres (trouvés sous la penderie [1]) aggravaient sans mesure…

Ô mémoire, que d'images, que d'images… ! Dessins au trait, vignettes, aquarelles et peintures… Chaque image d'un livre était un monde touché par l'infini, chaque image lui ouvrait d'autant mieux l'infini qu'elle n'entretenait aucun rapport avec son entourage… Les gravures des romans de Jules Verne… bergers menant les transhumances… les lapins de Daudet… *Maître Cornille* en personne… rivières à peupliers et chaumières enfumées… champs de blé… bottes de foin… bergeries assiégées par des loups faméliques…

Le négrillon s'envolait par ces fenêtres ouvertes, revenait à ses affres, puis s'en allait encore, jusqu'à finir par condamner les gens de ces illustrations à vivre ses propres sentiments… Il les animait de ses envies. Les remplissait de son mal-être. Les engluait de petites tragédies… Impossible de savoir si ces personnes abandonnaient

---

1. Voir *Écrire en pays dominé*, aux Éditions Gallimard.

leur livre pour se répandre en lui, ou si c'était plutôt lui qui leur tombait dedans. Toujours est-il que ces gens illustrés prenaient en charge sa poisse mentale par le biais de mille mésaventures dont il ne maîtrisait que le point de départ... Agonies dans les prés... malheurs dans les forêts de chênes... calamités dans les pistes enneigées... avec, de temps en temps, l'insolite irruption d'un zombi tombé des contes créoles... Et c'est ainsi que le Chat botté mena bataille contre des diablesses à cornes et ne dut la vie sauve qu'aux lapins du moulin de Jemmapes... Robinson Crusoë en lieu et place de Vendredi fit la rencontre d'une *Manman Dlo* qui lui causa bien des soucis... Le Petit Poucet dut affronter Basile la Mort qui le traquait de sa grande faux, qui le tuait, puis le ressuscitait, puis le tuait à nouveau, l'emportant ainsi dans son mystère sans fin...

C'est à travers ces personnages disséminés au fond de lui qu'il vit en face (sans encore les connaître) la mort, la douleur, la peur, les tortures, les abandons, les trahisons et autres catastrophes ordinaires... *Oh que d'images que d'images !... Alice, Sinbad, Ti-Jean, Tom Pouce, Jim de l'île au trésor, Jack le tueur de géant, Tintin...* Avec eux, il sut que le monde était plein d'ombres et rempli de lumières, malaxé d'échecs et de réussites, mais qu'il y avait quand même moyen de survivre à bien des avanies... L'homme d'aujourd'hui les voit encore… Il sent ces personnes illustrées errer au fond de lui. Fossilisées dans les strates de ses âges, balisant chaque étape, menant leurs aventures pour déblayer son âme. Elles affrontent en son nom ses hordes de monstres intimes. Elles dérivent à sa place au fond de ses nuits profondes… *Je les vois, elles sont là !…*

Parfois un géant courageux surgissait en lui, mais il se décomposait très vite en fourmi tremblotante de toute la peur du monde… Il pouvait se sentir baigné d'un flot d'amour qui s'achevait en marigot de solitude et d'abandon… Chaos était en lui… Chaos en lui chantait…

Les livres n'étaient pas à lire : compagnons d'existence, ils s'instituaient en outils de survie, sorte de vies commensales de ses longues solitudes. Le négrillon ne les abordait pas du bout d'une raison raisonnante : juste dans une gourmandise fusionnelle… Les livres ne devaient s'ouvrir qu'à mesure à mesure, comme sortant d'un sommeil. Cela se produisit quand il délaissa les images pour errer dans les mots ; quand il se révéla capable de ramener une phrase ; quand il accéda un jour à la divination d'un paragraphe ; quand il connut enfin l'irrésistible plongeon dans les remous d'une aventure, et qu'il en devint à jamais dépendant… Je parle d'une addiction. Celle qu'on attrape par l'ivresse d'un vocable qui devient une étoile, ou par la houle d'un texte soudain plus vaste qu'un océan… Les livres étaient vivants…

Il avait aussi connu des périodes conquérantes. Allant, menton levé, sûr de lui, confiant avec tout le monde, coopérant pour les besognes, en paix avec lui-même et la terre tout entière. Poli. Affectueux. Ne se prenant ni dans les jupes ni dans les pieds de personne. Obéissant aux mitraillages des *Non*, et toujours très sérieux à formuler des *Oui*. Il prenait seul ses cahiers d'écriture. Ouvrait sans attendre de menace ses livres de leçons. Organisait sa vie avec une telle aisance que tous s'en alarmaient. La Baronne le soupçonnait de ruminer ainsi l'augmentation des péchés capitaux. Man Ninotte, bienveillante, s'inquiétait plutôt qu'il ne couve une fièvre. Elle lui touchait le front pour quêter un symptôme, croisait les doigts contre la poisse du chagrin, lui offrait une doucelette inattendue qu'il avalait sans plus d'exaltation, avec l'égal sérieux d'un angelot en visite… Cet état durait jusqu'au prochain séisme de son esprit. Alors il retrouvait ses tempêtes d'inavouables sentiments et d'envies imprécises… Ho, même pour n'être qu'un petit, il y a des phases et des âges difficiles !…

Toujours à cette époque d'avant la Découverte, et très longtemps avant le mabouya, il aimait à se retrouver avec d'autres êtres-humains. Ceux de l'école bien sûr mais aussi, plus souvent, les cinq ou six opprimés qui peuplaient les foyers de la vieille bâtisse. Dans le couloir et l'escalier, dans le fracas des marches, l'ébranlement des cloisons, pour conjurer les tyrannies, cette bande hystérique s'adonnait à des zouelles sans mesure, jusqu'à ce qu'une Grande-Personne entreprenne une croisade infanticide à grands coups de balais... Parfois, au bout d'une lassitude, la clique s'éteignait d'elle-même pour s'agglutiner sur une marche lointaine. Elle s'abîmait alors en longs conciliabules ou s'échangeait je ne sais quels secrets sur la vie. D'autres fois, acculée au silence, la horde tyrannisée trouvait refuge dans la magie d'une bande dessinée. Une aubaine que le Bondieu leur avait sans doute jetée par sa fenêtre et sur laquelle ils tombèrent par hasard. Trouvaille. Exploration. Silence. Concentration. Chacun serré sur l'autre, se superposant à la manière des chauves-souris sur l'épaule de celui (souvent le plus autoritaire) qui tenait le journal... Ainsi à deux ou trois reprises, ils avaient savouré ensemble les dessins et les bulles... Ainsi, ensemble, ils avaient appris que c'était bel et bon...

L'acte fondateur de la tribu fut une mise en commun. Celle de la menue monnaie que chacun subtilisait du porte-monnaie de sa manman. Grâce aux rapports de ce pillage, ces pirates purent s'acheter des lots de bandes dessinées. Il était interdit de les lire. Sous l'ordonnancement du plus autoritaire, on devait les entasser dans une boîte en carton — de celles que les Syriens abandonnent aux trottoirs. En se remplissant, celle-ci devint une Arche d'alliance, puis un coffre à trésor. Bien entendu, l'Autoritaire s'était proclamé gardien de ce magot. D'un naturel sadique, il accomplissait cette tâche avec un rien de cruauté, n'autorisant aucune consultation avant que le coffre ne soit plein à ras bord. Les bandes dessinées s'achetaient à un djobeur qui les soldait près du marché-poisson. C'étaient des invendus de librairie dont on avait ôté la couverture, et qu'il écoulait par lot de dix ou vingt. De leur côté, persécutées par des suppliques, les manmans se rendaient en librairie et leur ramenaient des BD neuves, semaine après semaine…

Alimenté par tous, en des fortunes diverses, le coffre se remplissait ainsi. Et le plaisir, en quelque jour sans école, était de s'assembler autour. De l'ouvrir dans un silence spectral. De sortir un à un ces ouvrages, se les passer comme autant de bijoux, les empiler au centre de l'avide assemblée… Enfin, ensemble, de se jeter à corps perdu dans une lecture fiévreuse… *Tintin… Buck John… Tex Willer… Blek le rock… Akim… Tarzan…*

Mandrake... Zembla... le Fantôme... les Pieds Nickelés... Chaque membre de la tribu, bouche baveuse, yeux hagards, s'attelait selon son stade d'évolution au déchiffrage des bulles ou à l'interprétation sauvageonne des dessins... Et tous, dans la sidération, dérivaient au fil de ces histoires, ouvrage après ouvrage, hypnose après hypnose, jusqu'à épuiser le contenu du coffre, recommencer et l'épuiser encore. Une fois cette lecture achevée, le coffre redevenait une boîte ordinaire. Chacun reprenait alors possession de ses bandes dessinées. Chacun les lira et les relira, les prêtera et les reprêtera, jusqu'à leur extinction sous un matelas quelconque...

Après une cérémonie de lecture, il fallait relancer la grappille pour engranger les nouvelles parutions... Remplir la boîte pouvait exiger deux mois d'une patience difficile. L'alliance était souvent fragilisée par des reniements de mauvaise foi, ou par de folles rumeurs sur une disparition du coffre. Pour enrayer l'émeute, l'Autoritaire acceptait de le montrer, d'en soulever le couvercle, de laisser les souffrants vérifier le trésor. Il tolérait que les plus aux-abois vénèrent chaque couverture, puis assistent d'un œil congestionné au verrouillage du tabernacle... *Ô Partageurs, vous savez cette enfance : lire, cette communion, et cette longue émotion...*

Dans les bandes dessinées, il n'existait plus de Grands ou de Grandes-Personnes : tous les héros étaient des êtres-humains. Leurs proches et leurs ennemis l'étaient de même manière. Ni vieux ni jeunes : tous sanctifiés par la magie du trait. L'encre les érigeait en pièges à imagination où l'on pouvait se projeter de manière bienfaisante. Leur monde était enviable : ordonné, avec son mal, son bien, ses injustices et ses bénédictions, ses héroïsmes et ses lâchetés... Le héros traversait tout cela en dégotant toujours une clé pour s'en sortir... En plus, ce monde relevait de l'ailleurs. C'étaient des paysages de steppes, de déserts, de glace, de forêt... Les personnages y arboraient des habits fascinants, se délectaient de boissons inconnues, respectaient d'insolites traditions... Cela ouvrait au négrillon d'improbables perspectives qui devenaient sans peine des pays intérieurs... Au fil des ans, les héros ne se transformaient pas. Leur permanence précieuse pouvait accueillir la tourmente de ses âges et d'une conscience en devenir. Si ces héros changeaient ce n'était qu'avec lui, en fonction de ce qu'il y projetait. Et quand certains, tombés en désuétude, se retrouvaient abandonnés, ils devenaient les perles d'une strate mentale enfouie, ostensoirs d'un bel instant de lui...

Le négrillon se dissolvait dans ce groupe organique. Sous cette loi, il perdait perception de sa propre existence. Cette fusion avec les autres développait une conscience autonome qui rendait inutile d'utiliser la sienne. De quoi le remplir d'une bienheureuse désertion de lui-même. Tout devenait collectif et plus simple, plus supportable aussi… Mais souvent une guerre éclatait à la suite d'une chicane. Des ruptures s'instauraient : un tel ne parlait plus à un tel, un tel se mettait à détester un tel… Des sous-groupes décomposaient l'ethnie qui perdait alors de sa vitalité, laissant vivoter dans des coins séparés quelques épaves neurasthéniques, aussi tristes qu'en fin de race. Ce génocide semblait irrémédiable jusqu'à ce qu'une alchimie reconstitue l'ensemble et réactive une frénésie qui surgissait intacte…

Parfois, le négrillon se retrouvait en guerre avec tout le monde. Éjecté de son être collectif, il réintégrait son corps maigrelet, entre des angoisses de dernier mohican et quelque frisson d'un orgueil simulé… Il ne lui fallait qu'un jour ou deux pour fuir cette géhenne intime, se détourner de lui-même et revenir vers tel être-humain, puis tel autre, réinvestir son clan, et reprendre (la tête basse) une place inconsciente dans son emprise totalitaire…

Avec les autres êtres-humains, la vie c'était courir, bander ses muscles à force d'audaces, se secouer le courage dans des épreuves et des échauffourées… être capable de sauter six marches d'un coup… écraser sans grimace la flamme d'une allumette entre le pouce et l'index… tenir sans respirer plus longtemps que les autres… supporter sans broncher la morsure d'une bête rouge… courir vite, s'envoyer-monter loin, tomber sans pleurnicher… Avec eux, le négrillon transpirait dans une gloire intense qui, en finale, l'anéantissait auprès du bol de soupe, sous l'auréole des moustiques du soir. Avec les autres, ses identités étaient changeantes, disséminées dans des héros à épée, à pistolet, à courage, à honneur… Demi-dieux à grand cœur capables de vaincre les malfaisances… Durant ces jeux incessants, le négrillon, comme tous les autres, s'affublait volontiers de leur force corporelle pour un usage imaginaire et autant abusif… *Hercule, Robin des bois, Lancelot, Tex Tone, Maciste, Buffalo Bill*… se rencontraient dans des contrées inattendues, et s'affrontaient dans des lieux qu'ils n'auraient pu imaginer. En fin de journée, cette profusion métamorphique lui permettait de retrouver sans trop de désespérance les insuffisances de son corps maigrichon… Il y eut ainsi moult héros flamboyants, capitaines courageux et marins de légendes, qui s'achevèrent sans gloire, échoués dans l'écume des fatigues au bord de la graisse refroidie d'une soupe de pied-bœuf…

À force d'être Lancelot, il y avait comme un plaisir à retrouver un petit corps fragile, harassé, et humain. Comme un repos.

Maintenant quand un loup lui venait à l'esprit, il pouvait lui envoyer un chevalier. Quand une diablesse colonisait ses songes, il lui dépêchait un Ti-Jean Lorizon. Quand des ogres et des sorcières lui habitaient le cœur, il leur expédiait de bonnes fées ou de bons séanciers… Quelquefois il prenait un malin plaisir à laisser le loup avaler tout le monde, ou s'endormait en souriant à l'idée que ses ongles s'étaient mués en des griffes de sorcière… D'autres fois, bon génie, prince tueur de géants ou magicien de lumière, il se nettoyait le cœur de tous les monstres, soucougnans Barbe-Bleue et dragons, et s'enivrait de sentiments vertueux jusqu'aux prochaines tocades… Entre les monstres par-ci et les bonnes fées par-là, il commençait à mettre de l'ordre en lui…

… Où es-tu mon négrillon ? Où as-tu disparu ?… Mémoire, c'est sa mort que désormais je crains… Cette convenance de mon esprit dans ses acquis et ses lucidités… Cet âge mûr, et lourd, qui possède tant de choses, et ne sait plus combattre les impossibles… Mémoire, écoute : aide-moi à lui transmettre ce conte, telle une demi-fiction capable de le restituer un peu à mon esprit… il est une aptitude précieuse pour le grand âge qui vient…

… Voilà cette fin du pacte : le saisir au point diffus où il dut s'effacer, et le reconstituer pour toujours dans la matière même de ce lent effacement…

CONTRAIRES ET ANTAGONISMES

Il faut savoir aussi qu'avant la Découverte et le malheur du mabouya, le négrillon avait progressé. Les séparations d'avec Man Ninotte lui étaient devenues moins pénibles. Il ne suffoquait plus en la voyant s'éloigner. Ne sombrait plus dans l'angoisse quand elle se rendait au marché. N'agonisait plus quand il se retrouvait à l'école, seul durant une matinée ou l'éternité d'une fixe après-midi. Il savait désormais qu'elle était là. Toujours là. Qu'elle revenait toujours. Que même au bout de ses errances coupables, il pouvait la retrouver dans la cuisine, et se mettre à l'abri des déveines sous son aile. Il avait connu des impulsions d'agressivité à son encontre, la trouvant injuste, ou étouffante, et désirant lui échapper. Il avait même eu l'envie de se soustraire du nombre de ses soucis, et de vivre une journée sans qu'elle ne l'appelle. Et s'il existait encore des instants où il lui collait à la jambe comme un bébé-cadum (régression mal explicable à la suite d'un forfait inavoué) ces périodes se faisaient rares. Il croyait pouvoir se tenir debout. Tout seul. Comme un colibri au-dessus d'une corolle, ou comme ces feuilles éprises de solitude qui abandonnent leur arbre pour le bel air du vent...

Man Ninotte était sonore et ne faisait ni bisous ni caresse. Elle criait souvent, tempêtait pour sonner le réveil, hurlait pour l'étude des leçons, menaçait qui tardait à se brosser les dents... Elle ne supportait pas qu'on fasse ventouse sur elle ou qu'on essaie de l'embrasser. Qui s'y risquait ne récoltait qu'un geste agacé où se dissimulait un contentement... Le négrillon savait trouver de la tendresse dans ses grondements, de l'affec-tion dans ses reproches, de l'amour dans ses irri-tations. Quand il revenait avec un bobo, elle entrait avant tout en colère, le laissait mijoter un instant, puis entreprenait de le soigner avec des gestes brusques. Il savait maintenant y deviner la peur qu'elle avait éprouvée dans un vrac d'émo-tions impossibles à dissoudre. *Ô ce caressant sous des sourcils froncés ! Cette effusion dans le feu d'un œil inquisiteur !...* Quand elle lui servait un plat inapprécié, qu'il devenait ronchon et qu'elle lui criait de s'endormir dessus, elle lui donnait en fait ce qui était possible, ce qu'elle avait trouvé sans disposer d'un choix... L'homme d'à-pré-sent mesure cette lutte urbaine pour assurer les repas de chaque jour. Il ne peut qu'imaginer ces angoisses de ne pas avoir. Cette peur de ne pas pouvoir. Cette catastrophe quand aucune astuce n'avait porté provende et qu'elle ne leur ramenait que des tranches de jambon...

Sa tendresse ne s'exprimait qu'à l'occasion des maladies. Qui était maladif se retrouvait aux petits soins. Le négrillon, déjà pas très vaillant, en avait abusé rien que pour la voir attentionnée à son chevet, parlant doux, se penchant sans crier, le touchant avec un vrai sourire, et l'appelant d'un petit nom sitôt qu'elle revenait... Mais cet état de grâce n'était que transitoire. Au-delà d'un jour ou deux toute maladie était suspecte et se voyait foudroyée par un rappel à l'ordre... Maintenant qu'il savait mieux la voir, et bien mieux la comprendre, il n'avait plus besoin de feindre un mal-caduc pour se savoir aimé... Il avait progressé...

Elle était quand même un peu sorcière, bonne fée ou magicienne, car rien qu'en apparaissant elle pouvait le remplir de lumière, ou alors, par un froncement de sourcil, le plonger dans la ténèbre d'une géhenne sans sortie. Et ces passages de tant de merveille à tant de géhenne, ces bascules de l'une à l'autre étaient tellement intenses et tellement immédiats qu'il se disait en s'endormant chaque soir qu'elle devait être un peu sorcière, bonne fée ou magicienne...

... Mon négrillon, en t'achevant, tu t'es dissocié d'elle, me laissant cette distance à gérer... grâce à toi, je pouvais vivre sans dépendance à ce qu'elle représentait... ivre de cette autonomie, j'ai négligé de célébrer chaque jour le don de sa présence... et j'ai même dû l'oublier de temps à autre comme on oublie son propre souffle ou le battement de son cœur...

... ô il ne suffit pas d'aimer, il faut faire fête de ceux qu'on aime !...

... Le temps passa sans que je ne m'abreuve du don qui m'était fait... Au jour de la fatalité, elle se déroba en demeurant, disparut en surgissant en moi, s'absenta de ma vie en comblant cette absence par une présence soudain diffuse dans la trame de mes chairs : une présence ardente, totale, dans un réel de souvenirs, et si proche... Une désapparition...

Man Ninotte ne faisait ni bisous ni caresse, mais le négrillon se sentait auprès d'elle en sûreté. Il la croyait capable de tout vaincre pour à jamais le protéger. Il acceptait de ne plus être un petit morceau d'elle, et pouvait la regarder de loin. Mais elle représentait encore ce que sa vie avait de plus précieux. Elle était sa base arrière. Son assise invariable. Son petit conte sans fin où la merveille filtrait les ombres et les lumières. La racine-casse à partir de laquelle il pouvait s'élancer (jouer l'intéressant, feindre le vagabond, commettre des forfaits) et revenir sans avoir perdu pied. Toute faiblesse se ressourçait en elle. Et toute fanfaronnade se dégonflait plus tôt que tard vers elle… Quand venait la fatigue, elle était son repos… Quand la nuit profilait ses menaces, elle était son refuge…

Mais il y avait un problème…

Le négrillon soupçonnait Man Ninotte de mieux aimer un tel ou un tel, de le négliger pour telle ou telle. Certains jours, il pataugeait dans des suffocations de solitaire abandonné. De curieuses pensées lui traversaient le crâne : plans secrets en vue d'éliminer Paul le musicien, ou pour neutraliser ce Jojo l'Algébrique dont le génie des chiffres suscitait trop de fierté chez elle. Ce mal-aimé crut trouver la parade. Il connut ces périodes justicières où il prétendit lutter contre vice et péché. Pour ce faire, il prit plaisir à dénoncer tout le monde. *Un tel a fait ceci ! Un tel a fait cela !…* Il galopait en purificateur dans ses contrées imaginaires, l'épée vengeresse au vent, la bannière déployée dans la poussière des existences impies. Il se moquait qu'on le traite de rapporteur, de chien-jappant ou de Jacquot-répète. Ne s'inquiétait point qu'on lui promette trente-six-douze représailles. *Un tel a fait ceci ! Un tel a fait cela !…* Cette campagne sans vergogne visait à discréditer quelques-uns, à dévaloriser le reste, et remporter le jackpot de l'attention et des tendresses. Ses dénonciations ne lui ramenaient pourtant pièce intérêt supplémentaire. Man Ninotte l'écoutait sans l'approuver ni le désapprouver. Parfois, elle ne faisait que grommeler : *Balyé bo lapot ou !…* Occupe-toi de tes affaires !… Ce délateur rentrait alors dans sa coquille, indigné qu'autant de malfaiteurs puissent échapper à la foudre divine…

Pour démontrer sa différence d'avec les philistins, il s'exhibait sous son jour le meilleur, à proximité de Man Ninotte, juste sous son regard, exposant le sucre de son minois et le sirop étudié de ses gestes. Il s'ingéniait à sembler plus maigre, plus minuscule, fragile extrême comme un verre de vieille lampe… Mais elle ne le voyait pas plus que d'habitude. Levait juste le pied pour ne pas l'écraser. Veillait juste à l'éloigner au moment de lancer une friture ou de manier une marmite chaude… En revanche, lui n'arrêtait pas de la contempler. De vouloir se retrouver seul face à face avec elle. De se promettre qu'un jour, quand sa vie serait forte et qu'il regarderait le monde sur au-delà d'un mètre, elle se tiendrait à ses côtés : elle pour lui tout seul, et lui tout seul pour elle…

… Et c'est vrai, mon négrillon, qu'il y a ce jour de la fatalité où nous nous retrouvâmes autour d'elle, elle si sereine enfin, le sourcil enfin libre de l'éternel froncement, rassemblés en frères et sœurs comme jamais nous ne l'avions été, toute individualité disparue pour ne constituer qu'une même chair familiale dont l'intensité

se dévoila soudain… Et c'est vrai : je crus un instant
te retrouver en moi, ô mon négrillon, tel que tu te tenais
à ses pieds autrefois, à proximité de ses yeux, suppliant
désirant, et que tu tentais par des pensées magiques de
l'absorber en toi, et bénéficier seul de ses tendresses para-
doxales…

Autre nouveauté : le Papa était soudain devenu
fascinant. Alors que son horizon avait longtemps été barré par Man Ninotte, survint dans la
même perspective ce personnage à moitié mystérieux. Un protagoniste qui vivait avec eux sans
être beaucoup là et qui se tenait auprès de Man
Ninotte. Sa présence n'était pas étouffante. Elle
était même quasi immatérielle. Il ne s'occupait
d'aucune tâche domestique, n'ordonnait rien,
ne contrôlait rien, partait au travail beau comme
un colonel à l'amorce d'une campagne, revenait
pour manger, survoler l'existence d'un seul tour
de regard, enfiler un haut de pyjama, un vieux
pantalon des Postes, et s'enquérir auprès de Man
Ninotte des nouvelles fraîches de la déveine.
D'autres fois, il ne rentrait que pour se réfugier
dans l'absence d'un sommeil. Durant ses jours
de liberté, il s'en allait souvent jusqu'au soir
vers quelques activités lointaines, laissant Man
Ninotte dans son royaume (ou sa géhenne) avec
les cinq enfants. Parfois, au retour de sa tournée
postale, il se mettait à table avec elle, parlant
grave sur des soucis divers, ou offrant le punch à

la gorge sèche d'un compère qu'il avait ramené. D'autres fois, il allait direct s'allonger sur le lit, relisant à mi-voix une fable de La Fontaine ou quêtant quelque plaisir dans l'almanach Vermot. Parfois, il se souvenait de son ancien emploi de cordonnier et se livrait au problème de réparer une chaussure de la Baronne ou de Marielle. Il fallait alors le voir, la bigorne au genou, à la main le tranchet, le marteau et les clous, exécutant des gestes précis qu'il ramenait de sa mémoire comme on déchiffonne avec plaisir deux-trois reliques précieuses. D'autres fois, accoudé à la fenêtre, il observait la rue comme on vit un spectacle, saluant qui, saluant quoi, disant bonjour et toi comment ça va, soulevant une main amicale, ou quittant son perchoir pour s'en aller rejoindre un compère à l'angle du trottoir… Avec la retrouvaille du jour, il se rendait au bar de *Chez Chinotte* du bout de la rue ; parfois il poussait jusqu'au billard de la Croix-Mission où, en compagnie d'autres stratèges, buveurs de bière, amers viseurs, il tentait d'imposer un vouloir aux boules imprévisibles… Le négrillon l'avait toujours vu ainsi, allant venant, absent présent… mais soudain il se mit à l'observer comme une bête fauve s'inquiète d'un autre fauve comme elle…

Donc, en ce temps d'avant la Découverte et du contact avec le mabouya, le Papa s'était mis à peupler son esprit. Devant lui, ce petit monstre s'abîmait dans un suspens perplexe. Ne sachant trop quoi faire, il devenait d'instinct plus obéissant, moins capricieux, perdant d'un coup des lots d'envies et de besoins, sage dans la contemplation de cet être fascinant qui le dominait sans le fracas d'un *Non* ou l'esquisse d'une menace. Comme à la suite d'une révélation, le Papa devint soudain immense dans son esprit, beaucoup quand il était présent et plus encore en son absence... Le négrillon découvrait partout des traces de cette omniprésence : son rasoir et ses lames Gillette, son uniforme suspendu à un cintre auprès de ses costumes, son chapeau haut de forme pour les cérémonies, ses pyjamas, ses chaussures, ses boutons de rechange, ses outils perdus sous la penderie, ses livres, ses disques, son pick-up, son dernier almanach... Et bien d'autres objets plus ou moins mystérieux qui ne pouvaient que lui appartenir. L'espace vital était colonisé par lui. Il s'aperçut que Man Ninotte lui consacrait une bonne part de son temps : préparer ses vêtements, mais aussi le manger qu'il aimait, dresser le couvert lors de son arrivée, se rendre disponible auprès de lui quand il mangeait, se préoccuper que tout aille bien autour de ses habitudes... Et le cœur du négrillon flambait sous cette raide évidence : le Papa était très important pour elle...

… En fait, mon négrillon, ce que tu sais du Papa est infime… Pauvre dernier arrivé, tu n'as vu que la fin de la plupart des choses… Tu n'étais pas du commencement ni du temps des vaillances… La haute confidente c'est aujourd'hui la Baronne, vers laquelle je me tourne pour doper ma mémoire et parcourir les instants que tu n'as pas connus… C'est elle, en fait, qui a vécu le plus longtemps avec Man Ninotte et le Papa, qui les a vus jeunes, les a vus autrement, en d'autres temps et d'autres manières, c'est elle qui fut reliée à eux d'une manière plus étroite et plus longue que celle qui nous fut accordée… Si bien que les jours de fatalité, elle eut toujours une intuition d'avance…

Anastasie la Baronne prétend que le Papa, en quelque jour bienveillant, affublé du haut de pyjama et du vieux pantalon des Postes, branchait son pick-up, y posait au délicat un de ses disques à 78 tours, se balançait un opéra, une opérette, et, pris dans cette extase, il offrait ses services à Man Ninotte. La Baronne prétend qu'il avait ses besognes, et qu'il les exécutait dans une élégance telle que cela ne ressemblait jamais à des tâches domestiques : plutôt à quelque performance artistique. Man Ninotte, toujours prodigue en matière de travail, lui donnait des haricots à écosser, des herbages à nettoyer, des épinards à mettre au propre… Pour ce faire, le Papa possédait sa bassine, son essuie-main, son canif des corvées. Il disposait ces ustensiles sur ses genoux, et, absent, tout à bel canto, travaillait les haricots, triait les lentilles, œuvrait aux épinards dans une concentration sans faille… Elle dit que c'était fascinant de le voir là, assis dans la maison, si étranger si familier, modifiant l'ordre des choses, changeant les équilibres, les atmosphères et les possibles. Rien ne marchait comme de coutume : moins de bruit, plus d'empressement, plus de silence. Il aimait sans doute que le troupeau vienne admirer son art pour nettoyer les haricots, ou sortir des herbages terreux d'appétissantes chevelures vertes…

La Baronne prétend qu'il s'adonnait aussi à des tâches personnelles, ramenant un sac de prunes-Cythère, ou quelques cannes-à-sucre, qu'il se mettait à éplucher avec un soin biblique. Les épluchures étaient fines, régulières et complètes : obsessionnelles. Les fruits apparaissaient lustrés, comme écorchés par une magie subtile, livrant leur pulpe dans une totalité lisse qui devait provoquer l'admiration de Man Ninotte ou de la Baronne. Il découpait la canne-à-sucre en bâtonnets, et les offrait comme réjouissances à sa petite tribu. Les prunes-Cythère étaient débitées en tranches régulières, et confiées aux bons soins de Man Ninotte ou de la Baronne qui s'inquiétaient de les râper et d'en sortir un jus de belle merveille… Le négrillon n'avait pas connu le Papa éplucheur… Il en est juste informé maintenant par les souvenirs de la Baronne qui le rejoignent en son royaume perdu. Il ne l'avait pas connu mais il le sait déjà. Comme si l'homme d'à-présent lui restitue les éléments qui lui manquaient et qui l'informent, et qui le forment, alors qu'il n'en sait encore rien...

Le négrillon n'avait pas connu le Papa éplucheur mais il découvre au fond de sa mémoire des instants pleins de grâce. Comme si les souvenirs de la Baronne agitaient un marigot intime, un affect apaisé, et renvoyaient au trouble de la surface un limon oublié... Le Papa, assis sur le bord de son lit, dans les rayures d'un pyjama, et qui l'appelle, et qui l'assied auprès de lui. Et qui lui montre comment éplucher une orange. Il veille dans un mouvement régulier à obtenir une pelure complète et la plus fine possible. Il veille à ce que la pulpe apparaisse d'un blanc immaculé, sans aucune trace de vert. Sa concentration transforme ce petit exercice en l'entreprise la plus sérieuse du monde... Le négrillon se souvient encore de ce geste magicien par lequel le Papa soulève la pelure spirale, et la pose dans le creux de sa main où, dans un mouvement d'accordéon, elle reconstitue soudain une orange comme intacte... Il s'amuse de son regard ébahi, puis livré à un rire silencieux, il tranche l'orange, lui en offre une part. La part restante reste posée dans une assiette, sur la table de nuit, à côté de la majestueuse pelure, hors d'atteinte désormais de toute consommation...

Ou encore : le Papa, toujours en pyjama de maladie ou du temps des retraites, et qui s'empare d'une de ces torches de fils emmêlés que Man Ninotte découragée abandonnait au fond d'une bombe... Et lui, silencieux, économe de ses gestes, d'une persévérance sans usure, qui suit le fil dans ses méandres, qui le ramène lentement, boucle après boucle, et qui défait les nœuds, étranglement après étranglement, jusqu'à ré-enrouler une pelote parfaite... Le négrillon le regardait, fasciné de cette aptitude à magnifier l'insignifiant, à défaire une montagne d'impossible en petites miettes de gestes assurés et patients...

La Baronne prétend que le Papa se souciait de son avis quand il achevait de s'habiller pour rejoindre son poste. Elle devait vérifier l'ordonnance des boutons, la droiture du col, le port précis du casque colonial. Elle devait authentifier l'escampe que Man Ninotte avait aiguisée à la pattemouille et au fer chaud, puis opérer une appréciation générale sans laquelle l'élégant ne sortait pas de la maison.
— Cela vous convient-il ?...

La Baronne bredouillait son « Oui » émerveillé. Lui, la remerciait dans une tirade de cathédrale, et dérivait en direction de la porte comme un demi-dieu regagnerait un olympe lointain. Man Ninotte devait sans doute le couvrir d'un regard au sirop. Sans doute, à son retour, la Baronne devait-elle récupérer l'uniforme, l'épousseter, avec charge de bien le disposer sur le cintre et le ranger dans la penderie. Elle lui dressait alors son compte rendu d'une journée de régente, tandis qu'il se transformait en colonel à la retraite dans les rayures du pyjama. Le négrillon se souvient du pyjama. Bleu pâle à rayures blanches, ou l'inverse… Ou peut-être un vert tendre… Le pyjama occupe d'ailleurs la plupart de ses souvenirs. Lui qui arrive en dernier, et qui ne connaîtra jamais la splendeur initiale, juste les derniers feux qui le fascineront quand même, et qu'il regarde (malgré le pyjama) avec ces yeux ouverts que seul possédait David au-devant de Goliath…

Mais les souvenirs s'entrecroisent… Les mémoires s'interpellent… Tout le monde témoigne car les absences pèsent… Marielle la sœur seconde prétend qu'elle était préposée à la préparation de l'habit de colonel des Postes. C'est elle qui enlevait les gros boutons dorés quand Man Ninotte s'en emparait pour la lessive, et qui consacrait plus d'une éternité à les nettoyer à la cendre et citron. C'est elle qui les recousait l'un après l'autre, après le repassage. Il faut dire que Marielle s'était instituée (en des temps inconnus du négrillon) repasseuse en chef. Elle disposait d'un don inexplicable qui lui permettait de prendre le vêtement compliqué (à épaulettes, poches à rabats et pliures dans le dos) pour le rendre lumineux de perfection étale, riche des reflets d'une toile kaki amidonnée. Elle avait dû récupérer cette charge lors d'une impossibilité de Man Ninotte, et son don de repasseuse s'était révélé au grand jour. Le Papa avait dû s'extasier d'un pareil achèvement. À tel point que Man Ninotte lui avait abandonné cette tâche pour se consacrer aux hardes de la piétaille. Si bien qu'entre la Baronne qui vérifiait l'uniforme et Marielle qui le préparait avec un soin magique, il n'existait aucune chance pour que le Papa concède une négligence de son aspect...

... Mais les souvenirs s'entrelacent... Les mémoires s'interpellent... elles se croisent aux mêmes endroits sans trop se rencontrer, ou alors se contredisent pour mieux se compléter. Plus que jamais la réalité s'éloigne, déchiquetaillée par ces visions qui n'en finissent pas de la réinventer... Du réel nul n'en connaît le centre, nul n'en perçoit l'ultime, reste juste l'incertaine beauté d'un regard qui s'émeut, et les conservations immatérielles de la mémoire... Négrillon ho ! il faut tant de mémoires pour fonder une mémoire, et tant de fiction pour en affirmer une...

58

Marielle prétend qu'il était très gentil avec elle, avec un mot par-ci, une parole par-là. Qu'il la surnommait *Choune*. Qu'il était passionné par ses cheveux soyeux d'Indienne, par sa peau fine, et sans doute par son égotisme têtu : elle ne s'occupait que de son basket, de ses affaires, et ne tenait tête à Man Ninotte que pour des histoires concernant sa personne. Elle se rebellait d'autant plus volontiers que le Papa ne supportait pas la moindre atteinte à son Indienne. Il poussait une tirade cornélienne quand Man Ninotte tentait de lui enlever le goût des insolences. La Baronne avait été intronisée régente, mais la Choune, petite koulie, bénéficiait d'une tendresse coupable qui lui autorisait une posture marginale. Ce statut lui permettait de rester près du lit de la sieste pour écouter, lors des jours favorables, le Papa réciter quelques vers. Elle se souvient de son plaisir à lui montrer dans d'énormes ouvrages quelques photos horribles de la Seconde Guerre mondiale. Elle prétend qu'il était alors disert, parlait des avions, des camps de concentration, de De Gaulle, de La Fontaine, de la musique, ou du sens problématique de la vie... Le négrillon est bien surpris d'apprendre cela : pour lui, le Papa a toujours été peu loquace, abîmé dans des grisailles ou des langueurs ensommeillées. Sans doute déjà malade, malmené par des allergies inconnues à l'époque ou quelque complot du sucre... Mais

Marielle et la Baronne conservent le souvenir de cet homme disert, gai et sans doute convivial, passionné de toutes choses, et qui dans les tranquillités dominicales pouvait raconter maintes histoires captivantes, ou initier de vraies conversations auxquelles la marmaille était conviée. La parole de tout le monde était libre, juste intimidée par le français de messe avec lequel il assénait sa participation… Mais au moment de ces belles circonstances le négrillon n'était sans doute pas né…

Elles prétendent qu'un jour, saisi d'une haute inspiration, le Papa leur avait confectionné (sur la bigorne de ses genoux) des chaussures pour première communion. Des magnificences à talons, taillées dans du chevreau, teintées du bleu des anges. Les familles d'alentour découvrirent le prodige ; l'une d'entre elles dépêcha un message afin d'obtenir les mêmes pour une de ses donzelles à froufrou. Man Ninotte intercepta la demande et s'y opposa net. Pour une fois que ses enfants disposaient du meilleur et suscitaient l'envie, pas question de leur enlever ce petit privilège ! Il faut dire que dans cette rue du centre-ville notre famille était sans doute la moins bien lotie. C'étaient pour l'essentiel des Syriens à magasins, et mulâtres fonctionnaires, patrons de manufactures et d'entrepôts d'import-export. Man Ninotte, consciente de notre désavantage, avait toujours tracé la ligne, interdisant à ses enfants de se rendre chez qui que ce soit, pour ne pas être confrontés au détour d'une remarque, à la brûlure d'une malveillance et aux réalités de notre pauvre condition. Il fallait donc éviter les visites et consacrer son temps à étudier plus que les autres... Le Papa entendit son refus mais n'articula pièce réplique assassine. Pour une fois, sans mot dire, il entérina l'avis de sa guerrière. C'est pourquoi il n'y eut qu'une seule fois dans le monde, et pour l'éternité, des chaussures de première communion, à talons, taillées dans du chevreau, teintées du bleu des anges...

Le Papa racontait même, selon Marielle, des temps de jeunesse turbulente où, passionné des femmes, il grattait une guitare dans un orchestre de bourg. Disant qu'une nuit, au retour d'une virée musicale, il regagna la case de sa dulcinée du moment, et que, pour ne pas la déranger du fait de l'heure tardive, il ouvrit la porte en grand silence, n'alluma point de lampe, et accrocha sa guitare au clou préparé à l'entrée. Et c'est alors qu'il entendit un fracas qui ne devait jamais plus déserter son esprit. Un choc, prolongé d'harmoniques qui pulsèrent en miaulant. Il sursauta, se jeta sur la lampe, et, dans un tremblement, dirigea la lumière pour constater que la case était vide. La charmante s'en était allée en emportant la moindre poussière de la maison. Et, comme elle était sadique et tout autant mesquine, elle avait emporté le clou de la guitare… Le Papa racontait cela avec une amertume rieuse, avec à chaque fois l'impression de ne jamais l'avoir racontée. Cette persistance laissait comprendre que cette histoire avait traversé mille et mille sentiments, du chagrin ou rire franc, et qu'il la suçotait comme une blessure mal refermée, dans un mélange de douleur obsolète et d'étonnement usé…

Marielle avait passé tellement d'années à s'occuper des gros boutons dorés que, bien des temps plus tard, quand les fatalités eurent commis leur office, et qu'il ne restait dans la vieille maison que des reliques et des poussières, elle faillit mourir rien qu'en les revoyant… En compagnie de la Baronne, elle était venue trier les ruines, agencer et ordonner des restes de destins… C'est ainsi que dans une boîte à chaussures, elles découvrirent des épaulettes, des insignes, quelque livret, et un rebut de gros boutons dorés. Le temps les avait ternis, usés et cabossés, les transformant en colifichets pour théâtre de pacotille. La Baronne les revit avec émoi, mais Marielle soudain se sentit mal. Elle voulut se lever mais le monde autour s'était comme effacé : elle se retrouva aveuglée par le choc. C'est une mal-voyante que la Baronne traîna chez le médecin, lequel ne sut quoi faire, jusqu'à ce que l'émotion s'apaise, que son cœur se calme, que son âme s'organise, et que le monde s'éclaire...

La Baronne prétend que le Papa la convoquait souvent à son chevet pour une opération délicate. Quelque chose qui le ravissait à l'extrême, et à la douceur de laquelle il s'abandonnait volontiers.

Elle s'occupait de ses vers bleus.

En ce temps-là, les vers bleus étaient légion. Ils affligeaient les peaux de ces points noirs qu'un colonel soucieux de sa présentation ne pouvait supporter. La régente était donc devenue l'experte mondiale en déchoukage de ces offenses. Ses longs doigts, et ses ongles, savaient tenir l'intrus juste à l'endroit qu'il faut, et le presser pour qu'il jaillisse dans un tortillement effrayé, tout d'un blanc distordu sous sa petite tête noire. Elle l'anéantissait sur une serviette et repartait en campagne le long des ailes du nez, au bord des lèvres, dans le lobe des oreilles où se tenait toujours quelque camp retranché. Instruite de leurs vices, elle mena durant des années une extinction systématique qui fit qu'aujourd'hui les vers bleus ne sont plus de nature endémique dans la peau des vivants.

Affalé sur sa chaise, le Papa se laissait faire, savourant le délice de ces vers qui soudain cèdent à la pression et quittent son épiderme. Cette sensation l'emplissait d'un tel bien-être qu'il communiquait avec sa bienfaitrice sur ton de confidence... Ainsi, un jour, il leva une part du mystère qui nimbait sa personne. Nous savions qu'il était un mulâtre de la commune de Rivière-Salée mais sans avoir jamais eu de contact avec quelqu'un de sa famille — ni sœur, ni frère, ni même un vague cousin. Il faut dire qu'en ces temps difficiles, en ce pays frappé, il n'était pas bien vu qu'un mulâtre épouse une négresse : c'était comme rebrousser chemin sur l'améliora-tion de la race. Man Ninotte, paraît-il, avait été vouée aux gémonies par la lignée mulâtre. On lui avait même prédit que ses enfants finiraient en voyous ou en coupeurs de cannes. Le Papa nous apparut donc de toute éternité dans une raide solitude, sans parents, sans origine, comme déboulé sur terre lors d'une genèse du monde... Or, coup de théâtre : la Baronne prétend qu'un de ces jours de vers bleus, l'immanent lui parla de son père.

Un Blanc...

Un marin venu sans doute de la Bretagne, et qui avait séduit sa manman mulâtresse... Sur ce sujet, les mots furent plus rares, plus lents. Entre chaque terme, une minute dut s'éterniser dans un massacre de vers bleus. Ses yeux s'embuèrent peut-être. Ses paupières durent tomber sur des pupilles devenues sombres. Ses lèvres durent sans doute bobiner du silence jusqu'à ce soupir que la Baronne devait entendre plus d'une fois, bridé par la même émotion :

— Voyez-vous, un bateau l'a amené, un bateau l'a ramené…

Et la confidence se poursuivit par un silence impénétrable. Du coup, notre mystérieux grand-père se mit à hanter la maison, envahissant les rêves de la Baronne qui les transmit à ceux de Man Ninotte, et sans doute au reste de la tribu… Le négrillon n'eut jamais une claire perception de la présence de ce zombi. Il ne découvre que maintenant combien il occupait les songes de la Baronne. Mais cette révélation lui permet d'envisager (dans une volte rétroactive) que c'est probablement lui, ce fantôme, qui peuplait ses sommeils agités. Ces nuits de cauchemars où il s'éveillait hagard d'avoir été frôlé par une main glaciale… Un bateau l'a amené, voyez-vous, un bateau l'a ramené…

Un bateau l'a amené, un bateau l'a ramené… Était-ce une impossibilité à raconter le passage de son père en Martinique, ou le désir de souligner, par la concision de la formule, l'immensité de ce bref passage ? Que d'amplitude alors dans l'abandon de l'amoureuse !… Que d'infini dans le détachement de ce marin semblable aux oiseaux vagabonds !… Et puis : cet anonymat du bateau d'arrivée qui se confond dans l'indistinction à celui du départ. Et cette terrible virgule dans laquelle toute la matière humaine s'est échouée : la rencontre des amants, la conception, l'abandon, la naissance du fruit de cette rencontre lors même que la voile du géniteur n'existait plus à l'horizon… Insondable virgule — opaque aux généalogies — qui contient une descendance entière et des lots de destins… *Un bateau l'a amené, un bateau l'a ramené…*

La Baronne prétend que l'opération des vers bleus se prolongeait par la taille des poils du nez et des oreilles. Elle prenait plaisir à savourer ces instants de partage dont elle serait l'unique témoin. C'était le moment où le Papa, toujours cotonneux de tendresse, perdait de ses cérémonies. Il chantonnait un opéra, ou chuchotait un bout de poème en quelque souffle économe… C'est ainsi qu'un jour d'égarement, elle apprit de lui un secret bouleversant… Le Papa avait fermé les yeux, évoquant un moment d'après bal où il avait peut-être sucré l'oreille d'une charmante dans un chemin de contrebande. Entre deux silences, il avait sans doute abouté quelques paroles en effiloche pour finalement se mettre à révéler :

— C'était du côté de Rivière-Pilote… un soir d'après le bal… il est fort probable que vous ayez là-bas une sœur à demi…

Cela dut sauver la vie d'un millier de vers bleus :

la Baronne demeura pétrifiée, l'imagination enflammée par cette autre Baronne qui devait vivre au loin de nous. Si bien qu'elle commit l'erreur de révéler l'affaire à Man Ninotte. Cette dernière déclencha, dit-on — pas un petit scandale, non ! — un bankoulélé de remontrances, expliquant que ce n'étaient pas des choses à dire aux enfants, et que les souvenirs de cette sorte devaient juste servir à nourrir les cochons !… Le Papa avait sans doute écouté avec sa placidité altière, poursuivi peut-être son écossage de haricots, pour conclure dans une supplique que le négrillon n'entendit jamais mais qui résonne en lui par l'entremise de l'homme d'aujourd'hui : ô Seigneur, envoyez-moi une femme *kokli soud* et *ababa* ! Manière créole de dire : aveugle, sourde et muette…

La Baronne prétend qu'il ne la tutoya jamais comme pour les autres enfants. Un « vous » de distance. Un « vous » de responsabilité et de complicité cérémonieuse. Un « vous » qui lui dressait l'arche solaire de son titre. Il la traitait en princesse et lui communiquait ainsi l'exigence du maintien, de l'application dans le verbe, de la retenue, de la précision en toute chose, et une élégance dont la Baronne allait faire sa nature. C'est pourquoi elle eut toujours cette allure souveraine, le dos droit, le cou dans l'élégance, le menton sans faiblesse, l'air d'une impératrice, le

regard franc et sombre, et ce souci de tout ordon-
nancer, sans lâcher, sans faillir, présente auprès
de nous jusqu'au jour d'aujourd'hui comme
pour répondre encore à l'inaltérable question :
« Est-ce que tout va bien ? »

> *… les jours de fatalité, la Baronne eut toujours une
> intuition d'avance sur les œuvres de Basile… comme
> en ce jour de décembre où elle fut envahie par l'embrase-
> ment sombre, et qu'elle s'en fut d'urgence rejoindre le
> Papa, à l'hôpital, sur le lit de la grande salle com-
> mune, et qu'elle se mit à courir sur les derniers mètres
> en craignant d'arriver trop tard, et qu'elle fut rassurée
> de voir qu'il était encore là, qu'il avait pris le temps de
> l'attendre, mais que ce fut juste pour la couvrir d'un
> regard tout soudain éternel… ou comme pour cette nuit
> de décembre où le téléphone sonna telle une bête gémis-
> sante, et que la Baronne répondit en devinant déjà, le
> cœur soudain en basse saison, tout à la fois plein et
> dévidé, et submergé de la puissance de Man Ninotte…
> c'est donc sa mémoire à elle que je place au centre de
> cette quête, mon négrillon, là où je te re-dessine pour te
> déprendre de l'insidieuse usure…*

Selon la légende, le Papa avait été musicien au
temps d'une prime jeunesse. Man Ninotte n'en
parlait jamais, et l'évoquer auprès d'elle c'était
comme l'énerver. La Baronne prétend qu'il
jouait d'un instrument caché, d'un violon, sup-
pose-t-elle, mais que nul ne le vit en action. Le
violon devait appartenir à l'orchestre ou à
quelque société mutualiste. Elle fut toujours

réduite à l'imaginer dans le costume bleu qu'elle avait ajusté, dressé sur une estrade, le menton accrochant l'instrument, la main maniant l'archet, poussant on ne sait quel tango, ou quelque mazurka, et levant ce regard de conquistador qui devait tant émouvoir les danseuses... Pour Marielle l'instrument en question était une guitare : elle ne sait pas pourquoi, elle s'en souvient comme ça... Elle confirme aussi que le Papa était un musicien car, sans l'avoir vu jouer, elle a souvenir de ses écoutes analytiques du *Barbier de Séville*, de *Carmen*, ou de *La Traviata*... des airs qui lui traversent encore l'esprit, et qu'elle s'est surprise à aimer en des périodes d'adolescence. Elle se souvient aussi qu'au moment où la Baronne se mit en tête de civiliser Paul le musicien — lui expliquant que la musique n'avait jamais nourri personne, que l'école était le seul moyen d'avoir autre chose que des gouzi-gouzi de banjo dans le crâne —, le Papa était intervenu plein d'indulgence coupable. Il avait examiné la guitare taillée dans du contreplaqué, avait soupesé du regard son petit bonhomme, et déclaré sans appel que la musique était une pratique honorable, et musicien une respectable condition. Que c'était une chance pour tout être humain non seulement d'en être un, mais aussi d'en fréquenter un autre, et même, grâce des grâces, d'en enfanter...

Marielle prétend que le surnom de Baronne revint à Anastasie, pas seulement à cause de ses beaux-airs, mais parce que la petite régente s'était mise à tenir tête au Papa. Très proche de lui, mais levée dans une fière posture, elle avait commencé à lui répondre dans les conversations, et à défendre toujours une opinion. Sans jamais remettre en cause le *Oui* qui répondait au *Est-ce que tout va bien ?*, elle avait affirmé un caractère identique à celui de Man Ninotte. Le Papa, qui avait déjà fort à faire avec l'énorme guerrière, se retrouva en butte à l'autorité montante de sa reproduction. C'est sans doute pourquoi, au fil des ans, ils se chamaillèrent de plus en plus souvent, surtout lorsque d'obscures nostalgies le forcèrent à s'attarder au bar et à rentrer d'un pas chancelant. Elle se dressait sur son chemin pour exprimer des exigences ou stigmatiser quelque abus que Man Ninotte elle-même n'osait pas dénoncer. Et c'est pourquoi, il dut soupirer ce titre de Baronne. L'exprimer comme on nomme, mais aussi comme on désigne, et comme on prophétise, surtout comme on s'inquiète... Ô seigneur, ne m'envoie que des femmes sourdes, aveugles et muettes !...

Ainsi, il dut se confronter à la Baronne lors de la préparation d'un mystérieux concours des Postes. On le vit sortir des livres et des cahiers, réciter des données sur la Seine, situer des villes et des départements, résumer l'histoire de France en quelques dates mémorables... La Baronne fut préposée aux répétitions. Debout devant le Papa qui exerçait ses connaissances, elle rectifiait la moindre défaillance en consultant les corrigés. Il se retrouva confronté à l'implacable institutrice qu'elle allait devenir : autorité, patience, constance et certitude... Le négrillon ne connut jamais le Papa-apprenant, mais il se revoit quelques années plus tard dans une situation identique : la Baronne qui le prépare aux examens, et lui explique que tout échec ne provient que d'un manque de travail, et qui l'entoure d'une exigence patiente, et qui le condamne à réussir en tout...

On dit que sous sa férule le Papa réussit au concours. S'apercevant qu'il devrait partir en France, il refusa tout net le bénéfice de cette affaire. Man Ninotte lui reprocha cette absence d'ambition. Elle avait toujours rêvé d'être chanteuse de scène, et se voyait déjà en manteau sous la neige, au pied de la tour Eiffel, affrontant une déveine glaciale mais sans doute pas plus terrible que celle de ce pays où rien n'était possible... La Baronne dut formuler des reproches similaires. En des temps inconnus du négrillon, le Papa se vit donc assailli de récriminations et de doutes malveillants sur les hauteurs de son courage. Longtemps, il fut incapable de répliquer une bonne raison à ses persécutrices. Un jour, avant de se murer dans un silence définitif, il finit par déclarer que ces pays d'Europe avaient engendré les guerres apocalyptiques, les tranchées, les gaz, Hitler, Mussolini, les camps de concentration, les massacres coloniaux, la bombe, le twist, Jack l'éventreur…, donc que ces lieux n'étaient de toute évidence pas complètement civilisés…

La Baronne prétend que le Papa écoutait la radio. Un transistor acheté en grande cérémonie et posé sur la pointe du buffet. Le négrillon l'y découvrirait au temps tardif de son apparition. Un poste indestructible qui s'ouvrait dès le matin pour ne s'éteindre qu'à l'orée de la nuit. Le colonel en rayures de retraite s'asseyait à proximité afin d'écouter *Les maîtres du mystère*, ou quelque nouvelle préoccupante du monde. Quelquefois, pour mieux entendre il posait dessus une main possédante qui en améliorait la réception. D'autres fois, il répondait on ne sait quoi au speaker, ou expédiait de grommelantes conjurations contre des événements troubles. Il se tenait ainsi, comme à l'affût du monde, soucieux de ne plus être surpris par l'émergence d'un avorton d'Hitler, ou de laisser passer l'anodine mention d'un massacre colonial… Le négrillon connut cette radio mais pas cette présence attentive auprès d'elle. Il se souvient de son crachotement métallique continuel, de ses chansons sirupeuses qui inspiraient une vocalise de Man Ninotte, de ses bégaiements quand une pile commençait à faiblir… Quand il put s'en approcher sans être vu, il prit plaisir à tourner les boutons, goûtant les crachotements, s'amusant des bribes de sons et de musique qui s'emmêlaient jusqu'à soudain s'échouer dans un long charabia…

Du Papa, il aura le souvenir de cette présence altière, qui passait en silence, ne lui parlait jamais, ou qui parfois, au moment de la sieste, lui lisait une page d'almanach ou une fable de La Fontaine… Pour le reste, le flou défile, se stabilise sur des images fugaces, emmêle les époques et les ans, brouille toute logique… Il se souvient de lui, lisant la revue *Historia*, ou quelque parution du *Reader Digest*, qui demeuraient échoués sur sa poitrine au moment du sommeil… De lui, se rasant devant un miroir accroché aux persiennes de la fenêtre qui donnait sur la rue, ou se lavant les mains dans le petit lavabo suspendu, pour quelques minutes après les relaver encore, et encore, avec un soin obsessionnel…

Le négrillon se souvient de cette grande salle commune de l'hôpital civil. Il y allait en compagnie de Man Ninotte, le visiter certains dimanches. Il a souvenir de ces zombis en pyjama, malades chiffonnés, tordus, rongés par d'invisibles rats sous d'énormes pansements, qui déambulaient sur les coursives dans l'attente de visites improbables... Le Papa se redressait en les voyant remonter l'allée centrale, et les recevait assis sur son lit, en essayant de garder le dos droit, de retrouver le timbre théâtral de sa voix. Sans doute déjà brisé, mais fascinant le négrillon d'une flamboyance intacte. Il garde aussi cette fixe image de lui : sur le préau de l'hôpital, appuyé contre la rambarde écaillée, il les regarde partir et leur fait un signe de la main. Le négrillon lui sourit, lui répond comme le fait Man Ninotte, et le regarde toujours, fier de lui, comme s'il s'agissait d'un de ses chevaliers en mission dans une contrée étrange. Le paladin reste seul pour affronter et vaincre il ne sait quel dragon... L'homme d'aujourd'hui sait maintenant que cette scène demeurée fixe se révélera être ce qu'il aura vu de plus triste dans sa vie : le Papa est là, parmi le peuple de zombis, et il lève une main aimable, une main qui se veut rassurante mais qui soulève tant de peine et tant de solitude, et qui soulève quand même...

Mémoire, quel était ce mal ?... La Baronne prétend qu'il alternait les tournées de distribution et les permanences au tri postal. Qu'il se retrouvait des journées entières dans des sacs poussiéreux, des moisissures de vieux colis. Que des allergies lui

74

râpaient les muqueuses et lui encombraient les poumons… Il est dit aussi qu'il bataillait contre le sucre de son sang, toujours en complot, en attaques surprises, en déraillages insidieux que le punch aggravait… Il y eut donc ce temps d'aller-venir entre l'hôpital et la maison, à des périodes plus ou moins distanciées, plus ou moins rapprochées, mais dont le négrillon n'eut jamais claire conscience, ne voyant que des apparitions et des disparitions, se retrouvant de temps à autre en visite dominicale dans la grande salle commune des zombis en dérade, où Man Ninotte répugnait à l'emmener…

Ces souvenirs de l'hôpital traversent toutes les mémoires, de la Baronne au négrillon, en passant par Jojo et Paul… Il fallait lui porter tous les jours à manger : il ne voulait pas avaler la mixture qu'on servait dans les hôpitaux pour civils. Man Ninotte préparait donc une gamelle quotidienne qu'elle lui portait elle-même. Souvent, elle déléguait à cette tâche la Baronne ou Marielle, ou sans doute Paul et Jojo l'Algébrique. Jamais le négrillon. Celui qui portait la gamelle restait à ses côtés tandis qu'il mangeait lentement les succulences de Man Ninotte. Au moment de partir, le porteur de gamelle recevait en cadeau les deux pruneaux qui constituaient le dessert d'hôpital. Le Papa les mettait de côté car c'étaient à son avis les seules choses comestibles. Les deux pruneaux de l'hôpital constituent aujourd'hui une petite légende. Leurs saveurs (inconnues du négrillon qui ne porta jamais la gamelle) sont inscrites dans des papilles aujourd'hui nostalgiques...

... Tu vois, mon négrillon, c'est moi maintenant qui te remplis ! Je t'informe pour que tu puisses réapparaître, comme si ce que tu ignorais peut me servir d'appât pour te réanimer...

... Et toi, mémoire : que de ruses et détours pour te faire rendre gorge... ! Ce que tu cèles ne se livre pas, se laisse deviner sans pour autant s'offrir, se conserve diffus sans jamais s'exposer... ce que tu conserves s'est dissous dans mon être comme pour me constituer en restant hors d'atteinte... Afin de me le révéler, je cueille à la mémoire des autres, comme on cherche dans les reflets d'un ensemble de miroirs la face dérobée de soi-même...

... et te voilà mémoire qui cherche mon négrillon... te voilà négrillon qui nourrit ma mémoire... me voilà, vous construisant ensemble, vous esquissant ensemble, vous inventant sans doute comme vous me concevez...

Quand le négrillon s'était mis à vouloir Man Ninotte pour lui seul, le Papa lui apparut en obstacle flamboyant. Il entreprit de l'espionner, de contempler ses siestes, d'écouter ses conciliabules avec Man Ninotte quand ils s'attablaient tous les deux pour manger. D'apparence invincible malgré le pyjama des temps moins glorieux, il occupait une place que le négrillon convoitait tout en devinant qu'il ne saurait l'atteindre. Sans doute parce que ce colonel des Postes rayonnait de ce que les autres avaient vécu, et dont l'homme d'à-présent l'informe en ce moment… Il faut comprendre cette contraction interactive du temps : les informations parviennent au négrillon depuis des âges qui lui sont à venir, et elles nourrissent sa fascination pour ce colonel en pyjama qui remplit la maison comme un dieu rayonnant… C'était son pire ami et son meilleur ennemi, ce qu'il adorait et détestait dans un même nœud de sentiments… Quant à Man Ninotte, le négrillon lui en voulait de ne pas l'avoir érigé seul à ses côtés, et, tout en lui vouant un culte de latrie, il lui tenait rancune d'une insuffisance d'attention envers son importante personne… C'est sans doute à cette époque qu'il y eut dans ses chimères tant de monstres à combattre, tant de Bêtes à sept têtes et de loups à grandes-dents… Oh, il se montrait habile à dépêcher aux premières lignes les héros tout aussi chimériques qui affrontaient les horreurs à sa place. Ces doublures parvenaient bien souvent à vaincre les dragons, et ces victoires imaginaires confortaient le négrillon dans son affrontement camouflé au Papa. De temps à autre, les monstres feintaient ses émissaires et s'emballaient dans des divulgations insupportables… Barbe-Bleue prenait soudain le visage menaçant du Papa qui avait découvert ce que le petit monstre ourdissait contre lui... La Bête à sept têtes arborait de gros boutons dorés et ses quatorze yeux perçaient à jour l'ignominie du négrillon... Il se réveillait dans un long cri nocturne, bouleversant la maison de frayeurs, obligeant Man Ninotte à l'assister pour apaiser sanglots et tremblements ; et lui se blottissait contre elle pour le reste de la nuit, craignant que le Papa ne le dénonce comme assassin virtuel des innocents de cette famille...

Cela augmentait la confusion du petit monstre. Il remisait alors les héros délégués à combattre ses démons. Il s'efforçait de tout intervertir afin de se trouver un espace de repos. Ainsi, bien des ogres et dragons se virent touchés d'une grâce singulière qui les transformait en bêtes aimables seulement préoccupées de lui lécher la main... Il eut même recours à cette lâcheté qui métamorphosait le pire des diables en un bon Prince gentil avec lequel tout être-humain pouvait envisager des saisons pacifiques... Dans cette configuration inversée, le Papa se montrait apaisé et ne paraissait plus le menacer de rien... Nul ne savait combien ces volte-face étaient pour lui épuisantes. Combien il devait chaque jour camoufler ces émois pour que son front demeure immaculé et que ses yeux ne parlent pas...

Combien de monstres l'homme d'à-présent expédie-t-il dans son écrire ? Combien délègue-t-il de peurs et d'envies dans le maquis de ses romans ? Comment organise-t-il sa survie dans ces personnages qu'il dépêche au traitement de ses propres préoccupations, et par la mise en mots desquelles il parvient parfois à se connaître un peu ?... Toute écriture est nécessité presque organique de clarifier en lui un indicible chaos, un mal-être qui réclame une voie d'équilibre et que lui tente d'inventer dans quelques pages organisées, toujours nécessaires, toujours ratées, et qui toujours l'apaisent faussement...

Je te vois, mon négrillon, essayant en vain d'ordonner en toi ces conflits d'ombres et de lumières. Je te sais considérant combien les lumières se condensent dans les ombres, et combien les ombres s'épanouissent des lumières... Et je te vois, inapte à en obtenir cette séparation nette qui ne perdure jamais et qui pourtant semble vitale... Et te voilà t'accoutumant à ces franges incertaines où tu t'efforces de vivre pour survivre vaille que vaille... Apprivoise l'idée que tu n'es ni vraiment bon ni vraiment mauvais quand tu veux assassiner ceux que tu aimes ; quand tu les as assassinés et que tu le regrettes ; quand à force de te heurter aux impossibles tu deviens une diablesse toute-puissante qui ensorcelle ceux qui t'entourent... Ni vraiment bon ni vraiment mauvais quand tu deviens cet oiseau qui s'envole de la maison, et qui va sans attache, loin, débarrassé des autres, libre enfin d'être ce qu'il est, et que tu te réveilles rassuré et piteux d'être resté à la même place, dans cette tribu où tu meurs tous les jours, mais que tu entreprends d'adorer jusqu'aux prochaines furies… Je te vois t'efforçant d'apprivoiser cela…

… et je me souviens du télégramme de la Baronne alors que je me trouve en terre d'exil, auprès de l'Orge, et qui m'informe de ce lit devenu silencieux dans la grande salle commune, du plateau intouché, et des deux pruneaux dont nul n'héritera ce jour-là… Basile ! Basile !… Je reçois la nouvelle sans savoir quoi faire : elle me renvoie à des impuissances oubliées, elle me renvoie à toi, mon négrillon… je te cherche et je ne te trouve pas… C'est sans doute là, avec ce télégramme, que ton absence se révèle à moi, je découvre combien tu t'es peu à peu effacé pour me laisser en devenir… Je ne sais plus quand ton affrontement au Papa s'est arrêté, j'ignore comment tu t'es sorti de ce combat, je ne sais plus comment tu as continué auprès de lui, l'aimant sans avoir su le formuler… et je regrette soudain que tu ne l'aies pas accompagné quand il partait de son pas hésitant tenter une promenade en descendant la rue… ce qui reste de votre confrontation c'est juste cet affect qui me remplit d'un manque que je ne sais évaluer… et quant à ce pauvre poème dans lequel je me suis réfugié (cette scribouille censée lui rendre hommage, écrite sur l'ivoire froid du télégramme) jamais il ne vaudra un seul des sourires que tu ne lui as pas offerts, ou un

*simple geste d'affection sur sa blanche crinière lorsque
sa seule présence faisait de toi un fils...*

*... La Baronne me révèle qu'elle en avait eu le pressen-
timent, et que malgré l'extrême il avait dû l'attendre :
qu'elle avait pu remonter l'allée centrale, parvenir à son
lit, et qu'il avait ouvert les yeux pour la regarder comme
jamais personne ne regarde personne, et qu'il s'était réa-
lisé à tout jamais dans ce regard...*

MYSTÈRE ET ILLUSIONS

Il y avait eu aussi, avant la Découverte et la fatalité du mabouya, la rencontre avec un petit bout
de son anatomie. Le négrillon ne lui avait jamais
accordé d'attention. Cette indifférence se dis-
sipa au moment où son corps surgit dans sa
conscience autrement que par la faim, la soif ou
la brûlure d'un bobo neuf. Entre son corps et
lui l'entente n'était pas bonne. Cet organisme
chétif ne pouvant lui permettre d'exister de
manière convenable, il l'avait pour ainsi dire
mis de côté. Dans ses métamorphoses imaginaires, il s'était affublé d'une taille de chasseur
d'ours et d'un estomac de cavalier tartare. Ce
corps fictif l'aidait à vivre jusqu'au moment où
lui prenait l'envie de vérifier si cette transmuta-
tion avait touché ses chairs. En ce temps-là, les

miroirs n'avaient pas d'imagination et surtout pas de pitié : leurs reflets ne renvoyaient au négrillon que la réalité de ses bras grêles et de son torse étique. La déception l'écrasait alors comme une châtaigne dans le *tædium vitæ*...

Il avait évoqué ce problème auprès de Man Ninotte, laquelle attribua cette morphologie débile au fait qu'il gaspillait toujours sa soupe. La Baronne, saisie de la même plainte, lui avait expliqué que le corps n'était pas important : seules comptaient l'intelligence et les notes à l'école. Sollicitée pour quelque réconfort, Marielle s'était à peine détournée d'une crinière de poupée pour lui conseiller en guise de fortifiant les croûtes de la casserole de lait... Jojo l'Algébrique et Paul (qui à sa demande examinèrent ses côtes saillantes) avaient diagnostiqué que tout était normal : pour eux, il relevait d'une espèce identique à celle de *Zig* le ouistiti qui accompagne Akim... Ce fut donc le début d'une époque de misère durant laquelle tout le monde l'appela *Zig* avec beaucoup de compassion et presque autant de cruauté...

En ce temps-là, les bébés jolis étaient des bébés ronds. Les enfants beaux étaient des enfants grassouillets. La santé ne s'évaluait qu'à la rondeur des joues et à la densité du jambonneau de cuisse... Si bien que Man Ninotte, consternée par son *Zig* semblable à l'ombrage d'une ficelle, lui avait fait ingurgiter plus de foie de morue que les autres, plus longtemps, et selon une fréquence qu'aucune bête n'aurait pu supporter...

Son corps était doucement sorti de l'invisible. Le négrillon s'était allongé jusqu'à atteindre des étagères qui jusqu'alors étaient inaccessibles sans l'aide d'une chaise ou d'une acrobatie. Un duvet s'amorçait sur ses jambes. Il lui semblait que ses genoux étaient plus gros. Que ses pieds s'étaient allongés. Que sa poitrine s'était il ne savait pas quoi... Rien ne s'était vraiment amélioré mais les choses avaient bougé. Il avait l'impression d'être un bout de pâte à modeler qu'un invisible zombi triturait sans savoir quoi en faire. Il s'emmêlait les jambes. Il se sentait plus lourd. Il devenait plus maladroit de ses mains car ses doigts prenaient des aises nouvelles. Il soupçonnait que de petits événements se produisaient dans le profond de ses chairs car des gênes s'installaient en tel ou tel endroit de son anatomie, pour se déplacer ailleurs, recommencer ici, dans une fermentation nomade... En fait, s'il fallait bien dire tout ça je dirais : son corps s'était mis à l'embarrasser... Il rentrait les épaules, arrondissait le dos pour se maintenir dans une configuration connue et conserver un peu d'aisance... Son corps sortait d'un long silence, et lui se surprenait à l'écouter, à le sentir et à l'examiner…

C'est sans doute vers cette époque qu'il avait fini par regarder le petit bout de chose. Il l'avait beaucoup vu mais jamais regardé. L'instant exact où il en prend conscience n'est pas précis. Peut-être dans un de ces maudits miroirs, peut-être au moment d'un réveil, ou à l'instant de faire pipi… Toujours est-il qu'il s'était mis à observer le ti-bout de chair qui la plupart du temps n'avait que peu d'utilité, pour ne pas dire aucune…

Le ti-bout n'avait rien de spécial, il était là sans plus. Énigmatique. Il cachait une petite tête aveugle sous un fripé de peau. Le négrillon savait son existence recluse car Man Ninotte ou la Baronne la débusquait à coups de savon lors d'inhumaines séances de décrassage. À y réfléchir, il se souvint aussi que Man Ninotte s'extasiait de cette excroissance inutile. Elle l'embrassait pleine de fierté, lui accordait un lot de mignonneries inexplicables, comme si ce que le négrillon représentait pour elle s'était concentré là. Il n'avait pas compris pourquoi on protestait quand il l'exhibait trop, ni pour quelle raison la Baronne tenait à le couvrir d'une rognure de short. Les autres manmans feignaient l'indignation quand il dévalait l'escalier avec les fesses à l'air et le ti-bout en oriflamme : elles affectaient de s'en saisir pour le manger, et lui s'enfuyait à pleins gaz pour conjurer ce joyeux appétit... Souvent il l'avait arboré pour susciter une réaction des Grandes-Personnes et cavalé pour échapper à leurs griffes arracheuses... À force, il s'était habitué à ce que le ti-bout disparaisse sous un revers de toile. Il s'assurait maintenant qu'il demeure à l'abri sans pour autant lui accorder plus de considération qu'au reste de son corps... Il faut dire qu'en ce temps-là, le négrillon n'avait presque pas de corps : il était tout esprit, tout rire ou toute mélancolie ; il était en mouvement ou tout en fixité, tout dans le feu d'un bobo ou d'un plaisir volé... Il n'existait que dans un absolu de sentiments variables qui alimentaient ses relations aux êtres-humains ou aux barbares de l'univers. Il était en désirs, reflux et projections, rien ne lui appartenait, et son corps n'avait que peu de consistance... Et quand il échouait dans ses chairs comme dans un coin de cellule, il n'était plus que fatigue et un ennui désincarnés... Donc, avant que le ti-bout ne prenne de l'importance, le négrillon était pour ainsi dire léger...

... C'est sans doute ce que l'on perd d'abord : la légè-reté... Ce n'est ni l'insouciance, ni l'euphorie, ni une absence de gravité, mais l'ample proximité de son être

avec l'appétit d'une petite flamme et l'emprise non possessive du vent...

Le ti-bout parfois se signalait à lui d'une sorte incompréhensible, pas désagréable : il raidissait tout seul comme un asticot victime d'un sortilège. Puis il redevenait inerte sans trop qu'on sache pourquoi. Il donnait parfois l'impression d'être seul à décider du moment du pipi : en d'autres heures, il paraissait étranger à l'affaire et se contentait de voir passer le phénomène comme l'aurait fait un robinet. Le négrillon l'avait d'abord tenu pour responsable quand il avait mouillé son lit et que Man Ninotte le menaçait d'une entrée aux enfers. Puis il avait appris à ne pas boire avant d'aller dormir, à se vider la vessie juste avant ses prières, et à s'endormir en prenant soin de planter le décor d'un monde dépourvu de pisseurs. Cela lui permettait des réveils glorieux, dans des draps secs et une chemise de nuit seulement chaude de la sueur d'un beau rêve. Le ti-bout, lavé de tout soupçon, désaffecté, avait alors retrouvé son énigmatique dormance. Il était tellement inutile que le négrillon n'avait jamais pensé à questionner quiconque à son sujet, ni à vérifier s'il existait ailleurs, sous une forme ou sous une autre, chez d'autres êtres-humains ou l'engeance si spéciale des barbares.

Ce fut donc à l'école, dans la pissotière de la récréation, au pied des tamariniers de la cour, que le négrillon découvrit sa vraie utilité : le ti-bout était en fait une arme ! Selon qu'elle était puissante ou débile, cette arme pouvait vous propulser au faîte de la gloire ou vous expédier dans les viscosités de la honte...

Il sut donc que c'était un canon...

Voici pourquoi...

Il existait parmi les êtres-humains de plus en-affaires que les autres. Ceux-là avaient dû avaler quelque diablerie dans leur biberon car, sans se distinguer des autres, ils étaient en avance sur bien des secrets de la vie. Pour découvrir les en-affaires, il fallait des circonstances spéciales dans lesquelles on tombait par hasard. C'est ainsi qu'un jour le négrillon surprit à la récréation un mouvement inhabituel. Et furtif. Des êtres-humains s'étaient alignés au pied des tamari-niers de la cour de l'école, et, après les fasti-dieux concours de crachats, ou l'ennuyeuse comparaison de leurs biceps respectifs, ils avaient décidé de s'affronter dans une joute sans équivoque et sans merci. Une bande se mit donc en mouvement. Le négrillon frémit à l'idée qu'il y aurait sans doute du sang et des os fracassés. Les êtres-humains pouvaient être d'une férocité animale quand ils se consti-tuaient en bandes. Leurs violences pouvaient être sans limites, et leur cœur, si on le titillait trop, pouvait se révéler sans pièce miséricorde. Il les avait vus à l'œuvre dans des massacres de ravets ou d'anolis, dans des chasses impitoyables aux merles, mais surtout dans la poursuite d'un plus petit qui n'avait pas su retenir une diarrhée, ou qui avait pissé sur lui, ou qui pour une raison ou pour une autre s'était montré indigne d'une quelconque estime. Une horde sanguinaire poursuivait le malheureux jusqu'à ce qu'il meure dans un canal ou parvienne à se mettre à l'abri. Il savait aussi qu'un être-humain était très résistant : les persécutés parvenaient à demeurer vivants sans jamais avoir bénéficié d'un soupçon de pitié ou d'une grâce magnanime...

Les voués au génocide relevaient de catégories précises dont il valait mieux se tenir éloigné. C'était souvent les *Bouboules*, à gros boudin, à plis et replis de graisse qui leur donnaient des hanches d'épicières et le tremblé d'une matière molle... Venaient ensuite les *Bégayé-c'est-perdre*, bègues dont les yeux papillonnaient autant que leurs cris impossibles et que l'on pourchassait jusqu'à ce qu'ils s'épluchent sur les graviers... Puis les *Sans-dents* à chicots noirs dont les canines projetées en relief piquaient une lèvre baveuse... Les *À-gros-boutons* porteurs de clous jaunes sur une paupière cireuse... Les *Chignards* qui pour un demi-rien se mettaient à pleurer par terre et dissipaient toute dignité... Les

Kanyan que parfumaient treize couches de pisses au lit et de laitance caillée… Les *Pains-doux* qui étalaient une gentillesse gluante, avec des yeux de poisson frit, et qui croyaient encore que le Père Noël possédait une adresse… Sans appartenir à ces calamités, on pouvait tomber en damnation si quelque défaillance vous transformait en cacayeur sur banc, en pisseur dans un short, en vomisseur sur l'encrier… Contre ceux-là, victimes structurelles ou martyrs d'occasion, les êtres-humains en bandes n'avaient pas de pitié : ils étaient négriers, colonialistes, cow-boys, assassins, tueurs en série, persécuteurs, inquisiteurs, maîtres en lapidation, incendieurs sans baptême… Et s'ils n'allaient jamais jusqu'au bout des massacres c'est qu'ils vivaient encore dans les impuissances et les impossibles de l'enfance…

Donc quand il eut vent de cette joute sans merci, le négrillon s'attendait au pire. Avec un doux mélange d'angoisse et de curiosité, il suivit le mouvement furtif qui se dessina sous les tamariniers. Soulagé mais déçu, il découvrit que la joute visait à définir qui pouvait pisser plus longtemps et plus loin. Le négrillon se mit à observer l'affaire sans attirer l'attention, puis à se rapprocher pour comprendre le fin mot de celle-ci. Il put ainsi tout voir d'un bout à l'autre sans se faire expulser comme on le pratiquait envers les

êtres inachevés dont l'humanité n'était pas per-
ceptible…

Notre espion apprit qu'il existait parmi les êtres-
humains des titans.

Ceux-là pouvaient faire pipi plus longtemps que
longtemps, à croire qu'ils avaient emmagasiné
la pluie d'un hivernage. Certains pouvaient
expédier leur jet à plus d'un mètre avec virgule.
Dans un maniement supérieur du ti-bout, ces
artistes se montraient capables d'élaborer une
courbe magistrale qui incitait aux jalousies, insti-
tuait des admirations muettes. En face, l'insuffisant qui tenait à deux mains son ti-bout pour
n'atteindre qu'une crasse de centimètres était
plus que vaincu : il était déshonoré.

Le négrillon s'était mis à cultiver cette affaire.

Observer. Comprendre. Réfléchir. Il s'exerça en
douce dans quelque ombre solitaire, travailla la
question, défia quelques béotiens boloko qui ne
connaissaient rien au sujet, et s'insinua avec
habileté dans deux-trois joutes de seconde zone
où aucun titan n'avait d'apparition. Sans jamais
devenir un géant du canon à pipi, il eut des performances honorables et quelque vague succès
en affrontant deux-trois chétifs dont il avait
repéré l'anémie. Il n'affrontait pas n'importe
qui, choisissait ses adversaires (donc en fait ses
victimes) après de minutieuses observations qui
le mettaient à l'abri d'une défaite…

Chacun baptisait son canon. *Ti-coq… Bidim…
Maître-chose… Popaul… Cravache… Django… She-
riff… D'Artagnan… Feu-l'enfer… Du Guesclin…
Nègre marron… Fellagha… Zoulou… Haché-coupé…*
Les performances du ti-bout précipitaient les
maîtres-canonniers dans un état inexplicable.
Quelque chose leur gonflait la poitrine. Ils devenaient des coqs à belle pose, arrogants et d'une
sorte agressive dans tous les jeux annexes. Ils
devenaient commandeurs des croyants à la
récréation et la terre avait du mal à les porter. Peu
importait que les mêmes — triomphants dans la
cour — alignassent des zéros dans la classe, infi-
chus d'écrire « Papa » sans gaspiller des « p » ou
d'additionner deux et deux sans trouver soixante
chiffres. Les plus doués en face des exigences du
maître étaient souvent, à très peu d'exceptions,
les plus inaptes aux commandes du canon…

Les canons à pipi triomphants appartenaient
aux majors belliqueux. Ou alors les belliqueux
possédaient toujours des canons victorieux. Ils
étaient toujours prêts à vous lancer une pierre,
une grafignade, un ziguinotte, à terboliser de
petits êtres-humains affligés d'un canon défi-
cient. Le négrillon sentit monter en lui ce phénomène après quelque victoire sans péril célé-
brée en silence. Cela le rendait un peu mieux
assuré pour traverser la cour, mais jamais il
n'exerça cette soif de frapper ou de persécuter.

Hors de son imagination barbare, il était pacifique et pas dominateur, il se contentait d'observer les isalopes et les gentils, les tueurs et les victimes, ceux qui s'arc-boutaient tout en haut d'on ne sait quoi et ceux qui s'installaient d'emblée tout en bas de toutes choses... Sa préoccupation visait à obtenir le respect des méchants en leur donnant l'illusion d'être comme eux, et l'estime des plus faibles en laissant refléter un miellat de douceurs... Et il survivait dans cette jungle d'abord en observant...

> *... Je te vois, mon négrillon, observant, observant, bougeant peu, parlant peu, attentif sans paraître, yeux vifs sous la paupière, l'oreille fine sous la pose indolente... petite éponge de vie, réceptacle de frémissements infimes que son imagination faisait bouillir sans cesse... quand l'écrire surgira, il sera en odeurs, en sensations, en distorsion émue au long d'un alphabet qui ne sert qu'à musique... ô mon négrillon, je me vois te voyant... je te vois me préparant...*

Mais il y eut cet âge où les êtres-humains se mirent à mesurer leur ti-bout. Il s'agissait de comparer leur longueur respective, leur épaisseur, leur allure générale... C'est vrai qu'ils étaient différents... Certains ramassés et bouffis avaient l'allure de souffreteux bouledogues. D'autres poussaient une tête congestionnée par un garrot de chair et paraissaient agoniser. D'autres s'étiraient comme des ténias déshydratés. Certains apparaissaient chiffonnés, comme affligés de rides précoces. D'autres avaient du mal à se déprendre d'on ne savait quel embarras et restaient renfrognés dans quelques millimètres… Quelques-uns étaient mignons donc dérisoires… Plus le ti-bout était long, mieux il vous confortait l'autorité. Plus il était épais, mieux il vous assurerait un avenir radieux, comme une vertu d'humanité qui vous plaçait hors du commun. Les séances de comparaison étaient secrètes, et se terminaient par des huées envers celui qui avait osé faire concourir un machin ridicule. Le vainqueur remballait son ti-bout sous les regards envieux, et s'en allait d'un pas de cow-boy que rien ne saurait désormais perturber…

Les joutes à pipi ou les comparaisons étaient furtives, hors de la vision des maîtres, comme si le ti-bout relevait d'un interdit et d'une honte. Jouer avec c'était entrer en marronnage : comme explorer l'ivresse d'une tracée de contrebande qui vous éloignait de la géographie trop lourde des Grandes-Personnes…

Une hiérarchie secrète s'était donc établie parmi les êtres-humains sur la base de leurs bouts respectifs. Les maîtres-canonniers étaient les plus actifs. Installés au sommet de la pyramide, ils organisaient dans la cour les séances de football, régentaient les parties de billes, provoquaient les errances en ville après l'école… Ils avaient leurs protégés et leurs persécutés et dispensaient leur science de la vie à un marais d'admirateurs en mal de devenir. Ce sont eux qui transmirent la science d'aplatir des capsules de soda et de les effiler à mort pour en faire des yo-yo. Les capsules étaient percées de deux trous en leur centre. On y passait un fil qui, tortillé entre deux pouces, les faisait tournoyer à une vitesse inouïe et tout aussi tranchante. Les combats-yo-yo se tenaient après l'école dans des cercles homériques. Il fallait trancher la ficelle qui tenait la capsule de l'adversaire. Lancer l'attaque, se replier, frapper de biais, viser le fil adverse en protégeant le vôtre. Les matchs étaient souvent nuls : les deux capsules, expulsées de leur fil tranché net, s'envolaient dans un sifflement de comète…

Les yo-yo des maîtres-canonniers étaient aiguisés comme des lames de Gillette, mais leur méchanceté l'était encore bien plus. Leurs adversaires prenaient le risque d'avoir à supporter à vie quelques doigts affligés de sacrées cicatrices. Bien souvent, une miette de peau, une raclure de phalange, s'envolait sous une de leurs attaques vicieuses. Certains s'étaient fait spécialité de délaisser le fil pour travailler les pouces de l'adversaire. D'autres s'ingéniaient à trancher la ficelle en même temps qu'un petit mor-

94

ceau d'ongle. Il fallait donc du courage pour se dresser devant un des tueurs à yo-yo. Ils faisaient siffler devant vous la capsule meurtrière. Dans leur rictus animal et dans leurs yeux mauvais, se savourait d'avance un éclat de votre sang... Et tandis que sa victime sanglotait en suçotant une estafilade, le maître-canonnier empli d'ivresse bestiale se prenait une envie de pisser, et son jet majestueux achevait d'anéantir les défis potentiels... Les petits bouts furent au principe de bien des violences et combats...

L'homme d'à-présent regarde ses mains. Elles écrivent. Stationnent sages sur un clavier. Elles se souviennent en cicatrices. Elles n'ont plus mémoire des douleurs d'un yo-yo qui écorche ou qui racle un os. Leurs ongles ne sont plus rongés, leurs phalanges ne conservent plus d'épines dormantes ou d'échardes indélogeables ; leurs paumes ne sont plus soumises aux cals de guerre et aux ampoules des experts en bêtises... Elles se sont amollies, presque devenues précieuses. Seules de minuscules traînées blanchâtres ou de rose coquillage, de fines rayures, témoignent d'un temps d'intense humanité où elles se voyaient expédiées au-devant d'un yo-yo...

Répétition : avec les autres êtres-humains, au temps du ti-bout, l'eau de la honte ne devait jamais vous submerger les yeux. Fallait avoir des graines, ne pas chérir le lait, ne pas craindre les bobos, aimer à se gourmer, avoir des cicatrices que l'on peut exhiber… Ceux qui pouvaient arborer deux-trois simili-poils d'une moustache hypothétique étaient presque des dieux… Fallait surtout pas apparaître comme dépendant de sa manman. Fallait laisser accroire qu'après la classe on pouvait drivailler autant que de vouloir… C'était un signe de force que d'arriver seul jusqu'aux grilles de l'école et d'en repartir seul, sans geôlier, sans cerbère, sans bouvier, sans gardeur d'aucune sorte, sans gardiennage d'un Grand… Être flanqué d'une manman aux abords de l'école faisait de vous un incapable définitif, un lêkêtê mollasse susceptible d'être détruit à la récréation. C'est pourquoi le négrillon négocia très tôt avec Man Ninotte de pouvoir y aller seul. Elle continua à l'escorter jusqu'au bout de la rue, à se hisser sur la pointe des orteils pour le suivre du regard le plus longtemps possible. Tant que son regard vrillait ses omoplates, l'échappé avançait d'un pas de sénateur, raide comme un pape et sérieux comme une tête de pain rassis… Sitôt dérobé à un angle, son cartable se mettait à battre l'air comme une aile de poule folle : il gesticulait dans une joie sauvage et poursuivait un chemin déconstruit par moult gambades et circonvolutions… C'était à chaque fois une ivresse sans mélange que d'apparaître seul devant la grille, la franchir la tête haute, fier mais avec l'air de penser à autre chose et de ne pas en faire un cinéma…

Les maîtres-canonniers lui avaient fait découvrir une autre guerre sans merci : celle des cerfs-volants. En période de carême, le ciel de Fort-de-France se remplissait de bestioles bariolées, à longues queues de haillons. Au gré des voltes du vent, elles planaient sans ailes à des hauteurs impressionnantes. Les cerfs-volants provenaient de quartiers différents comme autant d'étendards : cerfs-volants de Trénelle, cerfs-volants de Redoute, cerfs-volants de la pointe du Calvaire, cerfs-volants du fond de Rive-Droite ou de morne Abélard, cerfs-volants du trou des Terres-Sainville… Le maître-canonnier qui initia le négrillon relevait de Rive-Droite. C'était un nabot. Sa manman semblait l'avoir fabriqué avec seulement du muscle et sans trop réfléchir. Il s'était imposé grâce à un ti-bout teigneux, ramassé comme un nœud de racine, qui pouvait projeter une pisse de mulet à plus d'un mètre dix. Son corps dégageait une intensité en prise directe avec un cerveau reptilien qu'il consacrait, non pas au B.A.BA, mais à la persécution des petits ridicules, aux coups et aux échauffourées. Il avait pris le négrillon en miséricorde, et lui montrait quelques-uns des secrets importants de la vie à propos desquels les Grandes-Personnes menaient une conjuration de silence. Il lui apprit ainsi à étrangler les anolis au bout d'un lasso d'herbe-cabouya. À piéger les merles à la colle-fruit-à-pain ou à la mie de pain au rhum. À récolter des mégots pour faire fumer quelques hideux crapauds. À courser les crabes-zagaya du bord fangeux de la rivière Madame. À pêcher les lapias dans le canal de Texaco. À distinguer (chez les vieilles dames qui s'en allaient prier au son de l'angélus) celles qui étaient sorcières de celles qui étaient soucougnans.

Dans les travaux pratiques de ce même enseignement, le nabot lui apprit à construire un cerf-volant de guerre. Pas de ces petits machins collés que fabriquaient les scouts parfumés ou les bébés de maternelle. De vrais cerfs-volants. Des bêtes affamées de vent, nerveuses, rapides, solides. Il lui apprit à leur construire une ossature en choisissant les bûchettes avec soin dans certaines feuilles de cocotiers, à les agencer avec l'obsession d'un ingénieur helvète, à les couvrir d'un papier bien léger, à nouer des haillons pour leur construire une queue de juste et bonne longueur. Avec une queue trop longue, la bête ne montait pas au vent et s'égorgeait elle-même. Avec une queue trop courte, elle devenait le jouet des alizés, piquait cul pour tête à la moindre occasion et allait s'empêtrer dans les fils électriques. Calculée juste, la queue s'érigeait en gouvernail au vent, en pulsoréacteur et pivot d'équilibre. Mais le nabot, voué à son intelligence reptilienne, lui apprit surtout à y fixer des lames Gillette en des points stratégiques. Et, d'un coup, ce qui aurait pu être une pacifique merveille se transformait en aigle destructeur…

Ainsi, la guerre des cerfs-volants pouvait s'ouvrir. Dans le ciel peuplé des augustes bestioles, il fallait lancer son champion, l'installer au vent, savoir le faire monter de spirale en spirale. Il fallait le stabiliser dans une zone dégagée, en ondulant de gauche à droite, pour signifier qu'il s'agissait d'un territoire conquis. Ensuite, sans à-coups, tout en glisse insensible, dériver lentement vers la première victime, juste à quelques mètres en-dessous. Le nabot lui apprit aussi à estimer la trajectoire du fil de l'adversaire, à en rapprocher son cerf-volant tueur, à le placer dans le bon axe, puis à calculer le moment décisif où opérer une volte spiralée en direction du fil, libérant alors l'œuvre civilisatrice de quatre lames Gillette. Le fil de la bestiole barbare était coupé net. Le phénomène le plus exaltant et le plus triste se produisait alors : le cerf-volant guillotiné s'en allait en *marotte*. Privé de son fil et de la main de son maître, il tournoyait comme un moustique blessé, ou se voyait happé par un vent ascendant pour une migration éternelle. Certains chutaient direct dans des spirales terribles, poignantes et exaltantes à la fois, qui emmêlaient leur queue, explosaient leurs flancs, les fracassaient quelque part sur les toits de la ville. Les cris de victoire et les plaintes de détresse se rejoignaient dans les hauteurs du ciel. Le vainqueur imaginait la détresse du quartier privé d'un de ses étendards-combattants, et cela lui faisait bien plaisir…

Mais le tout n'était pas de vaincre, il fallait ensuite affronter la vengeance. Les représailles étaient critiques. Le mieux était de ramener son aigle tueur le plus vite possible, mais c'était toujours une opération qui demandait du temps. Trop rapide, elle pouvait casser les ailes de votre champion. Trop lente, elle l'exposait sans défense à la moindre vendetta. L'autre solution était de calculer des vents montants pour se situer hors de portée, se placer dans l'axe aveuglant du soleil, et dissimuler la trajectoire du fil par des voltes illisibles. Mais le plus souvent, l'aigle destructeur se voyait assailli sans attendre par des coalitions contre nature. Des quartiers ennemis faisaient alliance pour assiéger le destroyer, lui barrer la montée, lui boucher la descente, le traquer de manière de plus en plus serrée dans le dédale des alizés. Si on n'y prenait garde, on se retrouvait cerné par une meute vibrante. Les ennemis se plaçaient à différentes hauteurs dans une trame qui ne vous laissait aucune chance de continuer à siroter le lait de votre baptême. Si cela se produisait, il fallait se résigner à la défaite et faire en sorte que les derniers instants soient beaux et meurtriers.

Le nabot lui apprit donc *la salsa de la mort*.

L'aigle assiégé devait opérer une ronde triomphante, puis bondir dans une enfilade de spirales. Cette frénésie dans des axes étudiés libérait la furie de ses lames de rasoir. Elles se mettaient à trancher dans tous les sens et à toutes les hauteurs, jusqu'à expédier en marotte le plus d'assaillants possible. L'aigle assiégé pouvait taillader ainsi durant presque une heure jusqu'à finir par s'en aller lui-même dans une marotte montante…

Disparaître en marotte dans les nuages était une sublimation ; tomber en vrille vers les tôles de la ville était une douleur… La marotte dégringolante vous brisait le cœur et ne vous laissait que le choix de pleurer… et de pisser haut contre le mur le plus proche pour vous colmater le moral et signifier, *urbi et orbi*, que si tout était perdu il vous restait l'essentiel de l'honneur…

… Les cerfs-volants sont là, bijoux de ma mémoire. Souvenirs de couleurs, de beautés, de magie aérienne, d'élévation sans fin. Je sens encore la vibration du fil dans l'impatience des doigts… Je retrouve ce regard pré-

dateur qui embrassait le ciel, suivant les moindres mil-
limètres des petits points volants… On devenait
oiseaux, nuages, vent, on vivait de longues heures
dans le ciel, et cela vous gratifiait d'une amplitude illi-
mitée… Je te vois négrillon perdu dans cette intensité,
ignorant que cette intensité même constituait pour plus
tard un terreau pour l'écrire… Viens, mets-toi auprès
de moi, retrouve cette cruelle innocence, les cerfs-volants
sont là…

Les cerfs-volants rappelèrent au négrillon que la
ville était divisée en territoires ennemis. Lui
habitait au centre-ville, dans la rue des Syriens
qui à l'époque constituait le cœur de l'activité
marchande. Les quartiers les plus proches
étaient celui de Rive-Droite, de l'autre côté de la
rivière Madame, et celui du morne Abélard où
résidaient quelques êtres-humains de ses amis. Il
y avait dans la même zone le quartier Texaco,
un peu en bord de mer où il allait pêcher et
prendre-des-têtes dans la rivière. Il y avait dans
le bord opposé les quartiers des Terres-Sainville,
de Trénelle, de Morne-Pichevin ou Sainte-Thé-
rèse… Tous étaient des territoires sans frontières annoncées où (lors des errances d'après
l'école) il ne faisait pas bon s'aventurer. Chaque
quartier avait son maître-canonnier ou son petit
major qui entraînait dans son sillage méchant
une bande furieuse. Y pénétrer revenait à lancer
une déclaration de guerre pour une raison qui
n'avait pas besoin de raison. D'une rue à l'autre,

on pouvait se transformer en étranger, en métèque, en zoulou, en immigrant, en réfugié, en juif errant, en envahisseur, en fellagha, en tsigane, en martien, en vieux chien-fer galeux, ou toute espèce de n'importe quoi qu'il fallait pourchasser… Les excursions en territoire ennemi étaient donc rares, elles étaient dues à des nécessités incontournables telle une cueillette de mangots succulents dans un arbre mal placé. Rencontrer une bande adverse sur son territoire était un grand malheur, et c'était presque inévitable. Qui n'était pas d'un quartier était là-même repéré, sans doute à cause d'une distorsion de phéromones. Une alerte indétectable se déclenchait, tel un tocsin chimique, et l'on voyait surgir une meute enragée qui vous poursuivait à coups de pierres, de mangots pourris ou de bâton. La fuite était le seul salut. Résister était impossible car l'ennemi était toujours plus nombreux, pouvait se renforcer sans fin, et connaissait mieux les emplacements de projectiles. Qui se retrouvait coincé passait un sale quart d'heure en calottes, en ziguinottes, en boks, en frictionnades d'oreille, en zandolis, en boutons arrachés, en poches dévalisées, en chemise déchirée, et toutes sortes de sévices à base d'urine qui portaient une atteinte irrémédiable à votre honneur… On se vengeait ainsi des cerfs-volants expédiés en marotte par un tueur introuvable. Ce crime étant imprescriptible, une responsabilité générale retombait sur toutes les crasses vivantes qui n'étaient pas de votre quartier…

Durant la saison des cerfs-volants, il y avait des jours mystérieux : le ciel demeurait vide. Pas une queue. Pas un aigle. Pas une volte de couleur. Rien que le bleu acier d'un ciel caniculaire. C'était le lendemain d'un massacre, ou d'un jour de déveine où des fils s'étaient brisés tout seuls, offrant au ciel mille cerfs-volants en marotte. Seules subsistaient, de rue en rue, sur les fils électriques, au coin de vieilles gouttières, des dépouilles haillonnées, des queues déchiquetées, des miettes de cellulose en agonie multicolore dans des fils entortillés… Un champ de bataille poignant que seuls les êtres-humains contemplaient tristement…

Une saison guerrière pouvait lui épuiser quatre ou cinq cerfs-volants. Leur disparition le remplissait de regrets éternels. Mais quand l'un d'eux survivait à la saison, c'était pire qu'une tristesse. Il n'était plus qu'un assemblage de bûchettes et de papier, une pauvre chose insignifiante que la fin de la guerre avait désenchantée. On n'avait plus envie de l'expédier au vent, le vent lui-même semblait occupé à autre chose, et le ciel d'hivernage n'offrait aucun écrin valable à leur vol solitaire. La chose échouait en quelque coin, et se décomposait sans susciter le moindre soupir de deuil… Le mieux pour un aigle destructeur était de finir en marotte montante, vainqueur ou vaincu, mais beau dans l'ultime vision…

Puis les âges estompèrent cette hypnose… Les canons à pipi perdaient de leur intérêt sans qu'il y prenne garde. Les maîtres-canonniers vivaient l'usure de leur aura. Le ti-bout redevenait anodin. Une érosion qui effaçait bien des lignes de force à mesure que sa conscience se modifiait…

> … *J'essaie, négrillon, de t'inscrire dans cette continuité… que de mensonges dans ces fragments de souvenirs, ce clignotement de la mémoire soumis à des odeurs, des associations, des sensations, et des reconstructions que l'on sait fausses mais qui dessinent du vrai !… La cordelette est fausse, mais le collier est juste…*

Le négrillon vivait maintenant en amitié banalisée avec son ti-bout. Il savait qu'il était là. Il le sentait comme partie de son corps. C'est avec qu'il noyait des nichées de fourmis, qu'il aspergeait les murs le plus haut possible, qu'il visait les anolis, submergeait les trous de crabes. Il avait encore plaisir à se camper jambes écartées et à mettre le ti-bout en travail d'une manière qui en impose à l'imagination. Le moment du pipi

105

était resté un temps d'orgueil et une pose à spectacle. Man Ninotte qui avait l'œil remarqua ce changement. À l'occasion d'une insolence, elle lui fit remarquer que, même s'il pissait maintenant à hauteur des maçonnes, il ne fallait pas qu'il s'avise à jouer au jeune coq avec elle...

Le négrillon connut aussi le temps où il se mit à s'amuser avec son ti-bout. Sans y penser, l'envelopper de sa main, le pincer, l'étirer, le gratter... une manipulation machinale juste pour accompagner ses méditations sur l'injustice ou le programme de son règne sur le monde. Le ti-bout devint une partie de lui. Il n'y pensait jamais, jamais ne l'oubliait...

Donc voilà où il en était lors de la fatale Découverte, et bien des siècles avant l'horreur du mabouya... Tout semblait avoir été vu, éprouvé, connu. Rien de l'espace qui était le sien ne paraissait pouvoir receler de secrets. Il n'y avait plus qu'à grandir. Monter. Aller au-devant des mystères qui restaient interdits... Le temps aussi s'était mieux installé dans son esprit : il devinait bien les « avant » et les « après », il commençait à imaginer demain, et après-demain, et même après après après-demain. Il lui arrivait de penser au temps d'après l'école, à s'envisager vraiment grand, facteur, sac à l'épaule, casque sur le front, arpentant la ville, beau comme un colonel et gonflant un estomac trop fier sous une série de gros boutons dorés...

... Mémoire, je vois la thèse que tu distilles... Il y aurait de petites morts dans tous ces interdits, des abîmes dans ces « non »... Des usures dans ce vrac de rêves et d'illusions rognés... C'est par-là que l'adulte se profilerait trop tôt chez cet enfant encore emmiellé d'innocences : par les abandons, les renoncements insignifiants, par les obéissances et les survies obligatoires qui le sculptent, le transforment, le font naître et mourir dans un flux continu...

... Tu prétends que l'enfance veut à la fois se vivre et se renier elle-même ?... Tu dis qu'elle s'élance pour mieux se fracasser sur ces cayes bien visibles ?...

FRACTALES ET IMPOSSIBLES

Tout semblait avoir été vu, éprouvé, connu... Mais si l'on en croit son vertige en face de l'immense Découverte, l'univers n'avait pas fini de l'étonner...

Les petites-filles en ce temps-là n'étaient pas mélangées aux êtres-humains. Elles possédaient un territoire situé sur l'autre face de l'école Perrinon. Sans doute s'agissait-il d'une autre école accolée à la sienne par un mur mitoyen, et dont l'entrée s'ouvrait sur une rue parallèle en face de la Mairie. Les deux écoles se tenaient dos à dos, ce qui expliquerait que jamais le négrillon n'avait rencontré un banc de ces créatures, ni soupçonné leur existence. Elles étaient pourtant là, nombreuses, tout près, de l'autre côté du mur, au bout d'un couloir qui longeait l'escalier principal de son école. Un couloir de pénombre voué à une porte close. Sur la gauche surgissaient des rayures de lumière qui tombaient d'une fenêtre aux persiennes entrebâillées. Et c'est dans cet entrebâillement que l'autre monde se découvrait... Ô voie d'accès à l'autre dimension !... Nul ne sait qui fut le Christophe Colomb de cet endroit. Ni même qui en dressa les portulans et autres croquis d'île au trésor... Les êtres-humains qui fréquentaient cette *terra incognita* n'en parlaient jamais, sauf en yeux, en grimaces et en signes... mais quoi qu'il en soit son existence se propagea lentement et tout aussi sûrement...

Pour s'y rendre, il fallait attendre la récréation, prendre un air ralenti sous le préau pour émousser la vigilance des Maîtres, et se glisser flap dans l'ombre du couloir. En se retrouvant-là, on parvenait à un autre stade d'évolution. On se mettait à faire partie d'une secte d'initiés : un petit lot d'êtres-humains plus âgés ou plus en-affaires que la plupart des autres, et qui venaient se perdre en contemplation à travers les persiennes. Le spectacle leur remplissait les yeux de brumes hagardes, d'incrédulité soucieuse, et d'autres émois dont le négrillon ne connaîtrait les affres que bien des temps plus tard — et sans cesse…

Impossible de savoir qui lui révéla ce secret. Sans doute son compère Gros-Lombric ; peut-être un de ces maîtres-canonniers, *docteurs Lanmbidibi* ou autres *professeurs Tournesol* qui s'ingéniaient à vous plonger dans les perplexités de la vie et dissiper très tôt les innocences débiles. Donc, le négrillon suivit je ne sais plus qui au long de ce couloir, vers cette fenêtre, à l'accroche de ces persiennes où il glissa un œil, puis deux, et vit l'engeance singulière.

C'étaient des créatures vivantes.

Elles ressemblaient à des êtres-humains, sauf qu'elles portaient des nattes, des papillotes, des nœuds papillons assortis aux robes-à-fleurs et à dentelles. Elles portaient des souliers à bretelles un peu étranges, toujours plus fines que les godillots ternes qu'utilisaient les êtres-humains. De plus, elles étaient aussi nombreuses sinon plus qu'eux, et s'ébattaient avec force rires et mouvements dans ce qui devait être une cour de récréation…

On avait condamné la porte qui reliait les deux écoles depuis longtemps. Les persiennes de la fameuse fenêtre s'étaient entrebâillées sous un gonflement de poussières et de soies d'araignées. En y posant les mains pour se hisser, on se tatouait les paumes d'un pollen noirâtre, vieux de mille ans et destiné à ensemencer on ne sait quelle mémoire... En collant son visage contre le bâillement de deux persiennes, on recevait des effluves de forêt morte et de vieille pierre aztèque. On s'en allait avec, sur le front et le nez, les scarifications noirâtres d'une initiation inavouable...

Donc il les vit, en fut surpris comme l'aurait sans doute été tout primitif qui découvre une tribu étrangère à la sienne. Il regarda, regarda, regarda, puis s'en alla reprendre l'odyssée de la récréation. Il crut avoir oublié l'expérience, mais, dès le lendemain, toujours à la récréation, il se surprit à se faufiler comme bien d'autres dans le couloir trop sombre. Puis le surlendemain, puis encore et encore, pour regarder, regarder, regarder...

À force, son regard se précisa : l'attroupement cessa d'être une masse indistincte. Certaines créatures s'en détachaient et happaient son regard. Certaines autres dérivaient en petits groupes de trois ou quatre. Des essaims se formaient pour s'égailler d'un coup, et se resserrer plus loin sous une forme différente. Le négrillon suivit l'une d'elles des yeux puis une autre, puis il s'attarda sur telle ou telle... Il ne regardait plus : il observait maintenant...

Bien vite, ce qui n'était qu'une simple curiosité devint ce qu'un vieux-nègre appellerait « vice » et tout psychiatre « une addiction ». Ce rituel le posséda à son tour comme il avait possédé ceux qui s'étaient faufilés là, avant ou après lui, sur sept générations. Et le pire : sans disposer d'une explication logique à de telles existences, il se mit à y penser d'une sorte obsessionnelle. Son esprit devait sans doute demeurer accroché aux persiennes. Son corps, à force, devait rester impressionné sur la pénombre du couloir... Ses rêves égrenaient toujours leurs convois de monstres habituels mais ils étaient affublés cette fois de nœuds et de dentelles... Cette peuplade ne lui sortait plus des songes : elle y flottait comme un mystère déboulé de nulle part et qui n'ouvrait à rien... Il dut en parler à Gros-Lombric, ou au nabot, à Jojo l'Algébrique ou à Paul le musicien, leur demandant sans doute qui étaient ces gens-là et s'entendant répondre comme on désignerait une variété de microbes : *Sé cé tifi-a kila*... Ce sont les petites-filles...

Tout s'embrouilla alors dans un effet rétroactif d'une ampleur qu'aucune connaissance humaine n'avait dû éprouver. Des petites-filles, il en avait déjà vu, rencontré, croisé au coin d'une rue. Elles étaient accompagnées de leurs frères êtres-humains ou de leur manman, ou d'une vieille dame manman-doudou, ou de l'une de ces Bonnes qui œuvraient nuit et jour dans les maisons à deux balcons. Il les avait vues sans les voir. Ou alors ses yeux n'avaient pas encore été prêts à les voir. Ou alors — dans un complot général et une perversité conforme à ce qui devait être leur nature — elles s'étaient camouflées à ses yeux... Toujours est-il qu'elles n'avaient pas existé pour lui jusqu'au moment de les surprendre par dizaines, dévoilées grâce au rituel de la persienne, et se mettant à coloniser sa conscience dans une lenteur magique. Une fois leur existence admise dans le temps et l'espace, il lui fallut réorganiser sa typologie du monde.

Où situer les petites-filles ?

Elles n'étaient pas des Grandes-Personnes. Elles ne faisaient pas partie de l'engeance des Grands. Elles n'avaient rien à voir avec l'espèce des Papas. Elles exhibaient quelques ornements déjà vus sur la Baronne ou sur Marielle, mais il avait beau s'échauffer le crâne, aucun apparentement logique ne pouvait s'établir entre ces créatures et l'une de ses grandes sœurs... Il ne voyait non plus aucune relation possible entre elles et l'espèce des manmans... C'était donc une catégorie spéciale qui venait juste avant ou après les êtres-humains. Il réfléchit longtemps avant de se décider à les placer après. Un classement sans appel car il était sûr que les êtres-humains constituaient le principe essentiel du vivant, que lui se situait au centre de ce principe, que tout le reste demeurait périphérique et d'une gamme inférieure… Quand il cessa de réfléchir et d'hésiter, les petites-filles complétèrent sa nouvelle pyramide des espèces dans une mention problématique tout en bas de l'échelle…

La porte entre les deux écoles demeura à son éternité close, mais la fenêtre perdit de ses poussières. Les persiennes à force d'être agrippées par des mains moites retrouvèrent des traces d'une ancienne couleur. Certaines se mirent même à bouger, s'ouvrant comme on se casse, se fermant comme on tombe, avec un clappement de paupières disloquées…

Observations : les petites-filles étaient souvent de même taille que les êtres-humains… *Étrange.* Plus fines et minuscules… *Elles ne mangent pas assez ?* Leurs voix étaient plus cristallines… *Pourquoi ? Faudrait y réfléchir.* Leurs sourcils, leurs cils et leurs yeux étaient bizarres… *Peut-être parce qu'elles doivent tout le temps s'étonner !…* Elles étaient mieux habillées, mieux coiffées, mieux décorées, et plus propres… *Pas normal ça, on dirait des popottes !…*

Sa première impression fut celle d'une altérité franche. Mais, à force de les observer, il se sentit des proximités troublantes avec elles — proximités qui demeuraient indéfinissables et qui ne les rapprochaient pas de lui pour autant. Elles semblaient vivre des choses identiques aux siennes, mais les vivre autrement, de manière pas normale. Elles auraient pu être humaines car elles riaient et s'agitaient avec une plénitude que seuls les êtres-humains pratiquaient et que les Grandes-Personnes ne pouvaient pas atteindre. Mais leurs rires étaient des papillons fous et leurs activités des gesticulations dérisoires… D'observation en observation, des différences s'estompèrent. Il admit qu'elles étaient à la fois proches de lui et tout aussi lointaines. Sans être déchiffrables, elles relevaient de son espace sensible…

Il se déplaça désormais avec une touffe de questions. Pli du souci au front. Pensif, ne perdant nulle occasion d'interroger les investigateurs qui comme lui fréquentaient le couloir. Ces derniers allaient et venaient avec moult supputations. Ils avaient tous la face fiévreuse des chercheurs de trésor qui ignorent ce qu'ils cherchent. D'après ces experts pétris de doute métaphysique, les petites-filles n'étaient pas comme les êtres-humains : elles étaient plus

114

bêtes, plus embêtantes. Elles étaient pour la plupart fades et parfois agaçantes, mais toujours ennuyeuses. Elles pouvaient être d'une cruauté sans rémission ou d'une gentillesse d'ababa. Elles avaient le chic pour faire des choses que personne de sensé ne comprenait. Elles n'avaient pas de muscles, et leurs os étaient creux comme ceux des oiseaux. Elles avaient souvent peur, et quand elles n'avaient pas peur c'est qu'elles étaient folles. Elles ne couraient pas vite, et quand elles couraient vite c'est qu'elles étaient dek-dek. Elles ne sautaient pas haut, et quand elles sautaient haut on savait bien pourquoi... Elles ne grimpaient pas aux arbres, et celles qui y grimpaient ne savaient pas descendre... Elles avaient peur des anolis, et celles qui n'avaient pas peur étaient on sait déjà... Elles ne jouaient pas aux billes, et celles qui y jouaient faisaient n'importe quoi... Elles ne maniaient ni yo-yo ni arbalètes, Dieu merci... Elles ne se battaient pas à coups de craie, de porte-plume ou de roches-fer, mais pouvaient vous assassiner en douce avec une fine aiguille... Elles n'aimaient que pleurer pour pas grand-chose et jouer à la manman avec des popottes à cheveux... et si *et cætera*, c'est que *et cætera*...

Tel averti en la matière les trouvait un peu rances. Tel olfactif un peu trop parfumées. Tel éveillé les déclarait sans intérêt susceptible d'alimenter une conversation saine. Tel éclairé affirmait qu'elles n'avaient pas toute leur tête et qu'on ne pouvait compter sur elles pour comprendre quoi que ce soit. Tel expérimenté (dont la particularité était d'en avoir une comme sœur) les disait hypocrites, fourbes et rapporteuses, et, malgré ces tares évidentes, capables de passer pour des anges aux yeux complaisants des manmans. Tel autre érudit précisait que leur seule particularité (inutile par ailleurs) étaient leurs cheveux quelquefois abondants, toujours tarabiscotés à la vaseline et que personne ne pensait à couper. Un informateur un peu amer alla même jusqu'à prétendre qu'elles étaient les joujoux des grand-mères et des manmans-doudou, et que ces dernières passaient trop de temps à leur mignonner fanfreluches ou dentelles… Il était aussi de notoriété publique qu'elles n'étaient pas souvent malades, qu'elles avaient des griffes et pas des ongles, qu'elles n'avaient jamais mal au ventre, qu'elles se brossaient les dents, qu'elles n'aimaient pas le caca-nez, qu'elles aimaient nettoyer la maison, faire la vaisselle et passer le balai… Il découvrit que certains êtres-humains possédaient ce genre de petites étrangetés dans leurs familles, et qu'elles étaient alors de petites-sœurs. Mais lui eut du mal, même en s'ouvrant l'esprit, à établir une quelconque corrélation entre ces pauvres créatures insolites et l'impériale Baronne…

… chère Baronne… tragique richesse que ce dernier regard du Papa dans la grande salle commune… tâche démesurée que ce simple télégramme qui doit porter Basile… et moi, pétrifié devant cet ivoire froid, ce petit blanc immense, ces lettres majuscules, laconiques, qui dansent encore… Moi, en vertige au-dessus comme au bord du pire… ignorant encore que ce petit télégramme me constituait en fait une sorte de refuge, un tampon méconnu contre lequel l'onde de choc s'était plus qu'atténuée…

L'apparition de ce nouveau virus compliquait un monde déjà pas simple. Tout ce qu'il avait fait pour le simplifier en des strates bien étanches ne fonctionnait plus très bien. Même reléguées au bas de la pyramide, les petites-filles étaient trop proches des êtres-humains. Cela pouvait créer des troubles de conscience dans la guerre totale qu'il fallait livrer à toute la création pour tenter de survivre… L'inhumanité de l'espèce découverte était incontestable, mais elle était tout aussi troublante, et si (sans être méchant ou profiteur) le négrillon n'avait été un guerrier de raide férocité, il aurait même admis qu'elles étaient — pour ainsi dire, et dire n'est pas faiblesse — désarmantes…

Pas un être-humain n'émettait une bonne opinion sur cette engeance. Et lui avait vite fait d'adopter leurs réserves. Pourtant, sans trop savoir pourquoi, il ne perdait plus une occasion de se faufiler vers la terrible fenêtre. Il avait cessé de les observer en masse et se focalisait sur telle ou telle qui captivait son attention soit parce que son rire explosait comme un vol de tourterelles, soit parce qu'elle se tenait seule dans un coin avec des yeux de corossol... Il suivait parfois l'une d'entre elles qui sautait à la corde, courait à gauche, filait à droite, avec autant de débraillement sauvage qu'un quelconque être-humain. Il en vit une qui semblait une popotte égarée sur la terre, à croire qu'elle s'était échappée d'un magasin à jouets pour vivre animée comme ce pauvre Pinocchio. Elle était minuscule, affublée d'énormes nœuds jaunes, avec de petits joncs d'or à ses petites oreilles, avec de petits yeux de luciole sous des paupières de colibri. Il aurait même juré que ces dernières devaient s'ouvrir ou se fermer si on la penchait en avant ou en arrière. Tout était minuscule chez elle, tout était mignon-mignon, d'une finition extrême. Sa petite robe à carreaux bleus, sa petite collerette en dentelles étaient impeccables dans leur éclat amidonné, aussi nettes qu'au sortir d'une vitrine...

Cette netteté n'était ni saine ni normale. Non seulement l'humanité est sale et débraillée, mais elle se doit de l'être... Comment vivre sans une mèche jaune à la narine ? Sans deux-trois bobos croûteux parcourus de yen-yen ? Sans godillots boueux, des ongles cassés sur des filons de charbon, des chaussettes effondrées, des boutons qui pendouillent, de la cire aux paupières, du vinaigre de sueur à la peau, et un remugle de sucre rance en guise de parfum pour finir une journée ?…

Il fut captivé par une autre qui était une série de rondeurs sur du rond. Tout chez elle était rond. Sa silhouette était une sphère parée de la toile jaune d'une gaule sans dentelles. Sa tête était une boule. Ses bras et ses jambes étaient des fuseaux rondelets au bout desquels s'arrondissaient de petits souliers noirs. Ses cheveux, pas bien longs, avaient été organisés en une série de nattes très fines, semblables à des queues de souris. Elle ne lui faisait pas l'effet de ces êtres-humains bouboules persécutés par les majors et les maîtres-canonniers. Rond-sur-rond était emplie d'une aura indéfinissable qui la plaçait d'emblée au-delà des agressivités. Ses yeux n'étaient pourtant qu'éclat de sel, arêtes de verre, piquants d'oursins : ils entraient en paradoxe avec ses gestes tout en rondeurs. Hors l'intensité surprenante du regard, tout en elle s'accomplissait par une grâce tranquille que le négrillon contemplait ahuri. Il se dit que si Man Ninotte avait été réduite par des sorciers jivaros, elle aurait eu cette allure-là, sauf qu'elle n'aurait pas rayonné de cette innocence qui baignait

Rond-sur-rond de la jouvence d'un des premiers matins du monde. Hélas, et de toute évidence, cette grâce la rendait inapte à survivre dans la lutte pour la vie.

Il remarqua aussi une plus longue, et plus maigre. Elle dépassait les autres d'une tête et d'un long cou, et se tenait un peu courbée pour ne pas continuer à s'en aller au ciel. Elle arborait deux nattes vaselinées qui lui tombaient comme des palmes assoiffées le long de chaque oreille. Sa gaule, en toile rouge à pois blancs, semblait trop étroite et trop courte pour elle. Qui fait que son cou, ses bras, et ses jambes fines s'en allaient seuls longtemps, bien loin après la robe, prolongeant son torse comme les appendices d'une curieuse araignée. Elle aurait pu être une Grande s'il n'y avait eu son rire de colibri soûl, ses mimiques de poussin impatient, ses yeux dépourvus d'inconscient, sa démarche cahotante qui laissait à penser que son corps cherchait encore une logique de fonctionnement... Elle n'était qu'une interminable silhouette, fragile parmi l'agitation des autres, qui peinait à intégrer leurs courses, leurs sauts et leurs mouvements déments. De temps en temps, elle se retrouvait à la marge, petite bouée de naufrage, invalidée par ce corps en ficelle qui l'éloignait des autres...

Il fut surpris par une qui semblait donner des ordres à tout ce qui bougeait autour d'elle. Un concentré lointain de Man Ninotte et de Baronne. Elle réglait les activités, organisait les files, sédimentait dans son entour une troupe attentive qui paraissait la craindre ou l'admirer, ou les deux à la fois, dans des intensités variables, très souvent stratégiques. Le négrillon fut troublé de voir qu'il se dégageait d'elle autant d'énergie que du plus terrible des maîtres-canonniers. Elle ne rayonnait pas de la même violence, ni de la même cruauté, mais d'une aura impitoyable qui s'imposait d'emblée. Elle courait plus vite que les autres, sautait plus haut, semblait infatigable. Ses cheveux étaient courts et lui moulaient un casque à reflets sombres. Elle ne portait ni nœud, ni papillottes, ni anneau, ni fanfreluches. Sa robe était une gaule à teinte indéfinissable qui voletait autour d'elle et que la sueur aplatissait. C'était presque une petite bête-à-feu. Le négrillon l'observa long-temps en se tassant un peu plus à l'arrière des persiennes. Cette créature disposait d'une telle intensité sensible qu'elle percevait le poids de son regard. Elle s'arrêtait, regardait alentour, cherchant quelque chose ou quelqu'un, puis, ne voyant rien, reprenait l'ordonnance des agi-tations singulières… Plus d'une fois, elle se retourna d'un coup, dardant ses billes auto-ritaires sur les persiennes où se cachait le négrillon. Lui, sursautant, se retrouvait par terre dans une poussière biblique, frappé par cet éclair de clairvoyance. Il gisait au bas de la fenêtre, honteux durant quelques secondes, avant d'être repris par son vice et se remettre à surveiller... — toujours surpris de constater que bête-à-feu avait réenclenché ses activités comme si de rien n'était, donc qu'elle n'avait rien vu...

Il les observait dans une suspension de son être. Son esprit ne lui fournissait aucune explication comme quand il scrutait les bêtes-à-mille-pattes, suivait la course d'un rat, analysait un phasme ou une troupe de ravets... Là, aucun intérêt ne se précisait à son esprit : une appétence vide s'établissait quand il les contemplait, les examinait sous divers angles, en s'attardant, avec du mal à s'en détacher quand une sonnerie mettait un point final à la récréation...

Dialogue de chercheurs anxieux auprès de la fenêtre :
— Qu'est-ce qu'elles font là ?
— Je sais pas.
— Qu'est-ce que celle-là porte sur sa tête ?
— Je sais pas.
— Et celle-là, elle a mis ses pieds dans quoi ?
— Je sais pas.
— Et celle-là, elle est folle ?
— Peut-être, mais c'est pas sûr...

— Et ça c'est quoi ?

— Ça quoi ?

— Ça…

— Je sais pas…

— Et pourquoi elle rit celle-là ?

— Elle doit avoir une maladie à la bouche…

— Ah.

— Et là ?

— Où ?

— Là, vers la gauche, qu'est-ce qu'elles trafiquent ces deux-là ? Pourquoi elles sautent comme ça ?

— Je sais pas…

… Je reviens de cette terre d'exil, et Man Ninotte m'emmène voir l'ultime demeure… Comme notre famille n'en possédait pas, le colonel a été recueilli dans le gîte suprême d'une branche voisine, une parenté d'un autre lit… Il subsiste là maintenant, seul sous la griffe de Basile, dans ce village de chaux et de faïence blafarde, tout hérissé de croix, encombré de sommeils et d'absences, de fleurs fanées et de bouquets en plastiques déformés…

… Je retrouve ce lieu ancien où le négrillon menait ses guérillas de la Toussaint à grands coups de bougies, et là, soudain, je crois te sentir proche : tu te faufiles encore mon négrillon dans telle ou telle allée, je te devine sous telle croix propice aux embuscades, je te retrouve en ombre errante, lointaine, tissé d'une insouciance dont je ne sais plus rien…

… Et là, devant ce petit château de carrelage, ce refuge inhabitable, cet écrin pour absence, je vois mon nom, et ses prénoms, creusés sous la dorure, et me persuade qu'il est là, pas en dessous mais tout autour, en bel habit de colonel, tout comme mon négrillon qui rôde en quelque part, dans ses œuvres martiales désormais immobiles…

… Et quand je repasse le porche, laissant cette placidité blanche, j'imagine le colonel faisant le geste de l'au revoir, sans pesanteur cette fois, tout aussi léger que toi, mon négrillon, qui ne sait même pas qu'une persistance de ce que tu étais s'est fossilisée là… Mémoire ho ! tu invoques ?…

Les petites-filles ne jouaient jamais. Elles ne pratiquaient ni billes, ni yo-yo, ni canon-à-pipi, ni lynchages, ni aucune activité ludique propre à l'humanité. La plupart s'agitaient en sautant à la corde. Elles n'en finissaient pas de sauter à la corde. Deux d'entre elles tenaient la ficelle devant une file circulante qui garantissait à chacune de sauter à son tour. Cette activité débile, sans sel et sans péril, semblait les passionner. Elles chantonnaient en sautant une fois deux fois trois fois, puis quittaient la corde pour reprendre la file. En d'autres occasions, la corde était individuelle. Elles se la passaient à la suite d'un tour inexplicable de sauts et selon une logique que le négrillon renonça à comprendre mais qui de toute manière devait être du genre piètre. Cette agitation stérile s'avérait interminable. Elles répétaient les mêmes sauts, dans une permanence hypnotique, une frénésie obsessionnelle qui n'avait rien à voir avec les jeux étincelants des êtres-humains... Il se dit qu'il fallait souffrir d'insuffisance mentale pour s'enivrer du tournis d'un bout de corde, et se mit à ressentir pour elles une pieuse compassion...

Jusqu'à ce qu'il regarde de plus près...

Les sauts n'étaient pas aussi répétitifs que cela. Les petites-filles sautaient à pieds joints, ou à pieds ouverts, ou du pied gauche au pied droit, ou dans un mouvement très rapide d'ouverture et de fermeture des jambes. Certaines enchaînaient les combinaisons avec une virtuosité étonnante. D'autres restaient de longues minutes sur le même principe en accélérant le tournoiement de la corde sur une série de contretemps. Celles qui sautaient avec leur propre cordelette la croisaient de différentes manières au-dessus de leur tête, et, dans des poussées subites, se l'entrelaçaient autour d'un mandala de sautillements. Dans cette mécanique d'apparence immobile, se déployaient trente-douze-mille passes subtiles qui rendirent le négrillon songeur à chaque récréation...

Malgré tout, il continua de se dire que sauter à la corde devait être un dérivé d'occupation pour mollusques sans cortex cérébral. La meilleure preuve était que cela les rendait bienheureuses. Elles chantonnaient en sourdine, riaient comme les bouteilles se cassent, se chamaillaient comme une touffe d'oisillons… Elles exploraient un plaisir évident qui ne se répandait pas en variété, en force ou en violence, mais dans un approfondissement répétitif. Elles auraient pu se battre, courir à fond, transpirer comme canaris-châtaignes, aller-venir, se sauter l'une sur l'autre, s'arracher de temps à autre un col ou un bouton… le négrillon sentait qu'elles pouvaient en avoir l'énergie et la fougue… mais non… *elles sautaient à la corde !*… À croire qu'elles bridaient quelques bouches volcaniques qui dormaient au fond d'elles. Pourtant, certaines d'entre elles débondaient cette réserve par des excès soudains qui les transfiguraient. Le négrillon croyait voir transparaître, sous l'aspect petite-fille, une férocité à vouloir-vivre digne des êtres-humains…

Il découvrit avec stupeur qu'elles étaient presque partout : dans les bandes dessinées, dans les films, dans les livres, dans les photos-romans, dans la rue, au marché, à l'église, aux enterrements, à l'épicerie, à la pharmacie, chez le docteur, chez le pharmacien, devant les magasins, sur les balcons, aux fenêtres… Qu'elles se promenaient aussi après l'école, tout comme les

126

êtres-humains, en donnant la même impression d'avoir grappillé ce temps libre…

Il en rencontra même dans ce Prisunic que l'on venait d'ouvrir. Ce nouveau magasin avait provoqué un séisme christique dans les vieilles habitudes. Les marchandises vous attendaient toutes seules dans les rayons. Aucune épicière ne se tenait embusquée pour vous mesurer une roquille de ceci ou une musse de cela. On se servait comme on voulait, ce qu'on voulait, autant qu'on le voulait. Le problème c'est que ce magasin ne connaissait pas les carnets de crédit, ne détaillait pas les marchandises en demi-quart ou tiers de bout, et que les prix étaient définitifs. Ceux qui essayaient de marchander en arrivant à la caisse se voyaient renvoyés aux grottes préhistoriques… Le seul avantage était que tout y provenait de France — farine-France, oignons-France, sucre-France, lentilles-France, pommes-France… —, ce qui érigeait cet endroit en un temple féerique. Bien entendu les êtres-humains s'étaient mis en souci d'explorer ce magasin chaque jour après l'école. Ils y avaient découvert une nouveauté dont l'importance extrême nécessitait un examen profond.
C'était un escalier roulant.
Une sorte de robot vicieux, sans doute tombé d'une lointaine galaxie. Cette chose avait déjà expédié en crise cardiaque deux-trois vieilles

dames qui depuis un siècle n'avaient connu aucun changement du monde. Il avait jeté la panique chez des dizaines de dubitatifs congénitaux qui n'avaient pas digéré l'apparition du téléphone, ou qui pensaient que la télévision était le signe d'une fin des temps... Le robot-Martien avait l'apparence d'un escalier. Il se tenait tranquille, vous laissait approcher, et, sitôt le contact établi, il se mettait en branle pour vous emporter au fond de la Voie lactée. Cet attentat provoquait des cris et des débuts d'émeute, sans compter les brusques déséquilibres et les voltiges complexes. La direction dut affecter à l'entrée du robot le plus savant de ses employés avec pour mission d'expliquer en créole que ce n'était qu'un escalier qui montait tout seul et n'allait qu'à l'étage supérieur. Quand on lui demandait pourquoi l'escalier montait tout seul, le savant expliquait que la fatigue et l'effort étaient des tares anciennes, que suer relevait d'une maladie inutile dans ce monde, et que les muscles (survivance primitive) s'élimineraient bientôt car les machines nous préparaient de voluptueux farnientes... On venait de toutes les communes pour voir le robot vicieux et méditer les prédictions de l'employé savant...

De leur côté, les êtres-humains s'étaient plutôt attachés à des expérimentations scientifiques :

monter sur le robot-Martien, monter encore et remonter, descendre quand ça monte, monter assis en travers sur la rampe… Ces explorations sophistiquées étaient l'affaire du cercle étroit de l'humanité : les Grandes-Personnes se demandaient toujours (en empruntant l'escalier fixe) si ce Martien mouvant ne dissimulait pas une nouvelle ruse du diable… Le négrillon vit pourtant deux petites-filles s'élancer sur l'escalier roulant et se comporter comme de vrais êtres-humains avec autant d'aplomb, sans aucune crainte d'être emportées dans un fond de l'enfer…

Il en rencontra une dans l'immeuble Monplaisir. C'était une bâtisse de dernier cri, en gros béton sur presque mille étages. L'humanité y effectuait des analyses approfondies sur une petite cage flottante qui invalidait l'attraction terrestre, déroutait les lois de la gravitation et allait plus loin que l'escalier roulant dans le registre de l'insolite.

Son nom de code était : ascenseur.

La plupart des Grandes-Personnes refusaient d'y entrer. Elles y voyaient d'abord une mauvaise nasse, puis une forme de cercueil sans sortie, en tout cas quelque chose de pas trop catholique et que la Bible ne mentionnait nulle part. Celles qui s'obstinaient à se prendre les dix étages à pied croyaient entendre, au pire de leur essoufflement, le ricanement satanique de la petite cage qui folâtrait dans ses poulies. Celles qui tentaient l'aventure en entrant dans la chose croyaient tourner en mayonnaise ; certaines gémissaient sous la sensation de n'être plus nulle part, et les autres, prises de claustrophobie, préféraient s'évanouir en priant la Sainte Vierge. On sortait de partout pour lorgner le phénomène et discuter de ce monde au galop comme un chien fou aveugle…

Les êtres-humains ignorèrent ce débat pour se consacrer d'emblée à la science expérimentale : investir la cage, manipuler ses boutons, les dévisser, les revisser, la faire monter et descendre, remonter et redescendre les étages, pendant des heures entières, jusqu'à ce que le gardien — brute insensible à la recherche et à l'intelligence — se mette à les poursuivre…

Là aussi, le négrillon (cocos d'yeux dilatés) vit un jour deux petites-filles se faufiler dans l'immeuble, se glisser dans la cage, ne pas se mettre à hurler comme les Grandes-Personnes quand la porte se ferma et que l'appareil se mit en branle, puis consacrer près d'une heure à des expériences semblables à celles des êtres-humains… Comme il ne pouvait s'agir d'expériences scientifiques, le négrillon conclut qu'elles étaient sans doute folles…

Maintenant qu'il y faisait attention, son regard n'arrêtait pas de buter sur l'une d'entre elles, avec à chaque fois une robe, une coiffure, un corps, un visage différents, comme si l'espèce était inépuisable ou menait en douce une invasion de la terre. De plus, malgré sa variété, elle conservait, immuable, de petite-fille en petite-fille, la même indéfinissable et inutile force d'attraction...

... Négrillon, je reviens de cette terre d'exil et retrouve Man Ninotte, cet arbre immense plein de mystère et de magie... cela me semble naturel de la retrouver, j'en suis heureux mais sans en accomplir célébration sans fin, sans être attentif à ce qui m'est donné comme le font les plus clairvoyants d'entre nous qui saluent, chaque jour et sans accoutumance, le lever du soleil...

... Voilà, c'est aussi ce que l'on perd au sortir des enfances : toute capacité à l'estime célébrante alors que Basile rôde...

Dieu merci, elles n'apparaissaient pas partout : elles ne venaient jamais dans les congrès de billes, ne se manifestaient dans pièce joute à pipi, n'allaient pas à la pêche aux lapias, ne se risquaient dans aucune horde à lapidation, n'assaillaient pas les pieds-mangots à coups de roches-fer, désertaient les rues d'après l'école avant la première ombre... Il existait des lieux et des moments où leur espèce endémique n'était pas viable : la nature avait donc prévu de limiter leur genre. Cela suscita un réel soulagement chez la plupart des êtres-humains qui recueillirent auprès de lui ces premières conclusions…

C'est pourquoi il vénéra ces activités où n'apparaissaient jamais les petites-filles, et qui relevaient d'une aptitude essentiellement humaine. Par exemple : *la poignée maudite.*

C'était le nom de code d'une des expéditions terroristes du dimanche d'après-messe. Ces équipées étaient périlleuses. Il fallait constituer une troupe d'agents qui ne croyaient plus au Père Noël. Trouver de vraies barres-d'acier capables de tenir les secrets, quitte à transpirer comme des bourreaux lors de chaque confession. Cela consistait d'abord à touiller un bâton dans une déjection de chien errant. Puis à se faufiler dans une rue où les maisons à balconnets fleuris abritaient un genre de Grandes-Personnes affublées de chapeaux et dentelles. Puis, furtifs comme les anges du dernier châtiment, choisir avec soin les bonnes maisons. Au moment où les cloches signalaient la fin de messe, il fallait exécuter l'œuvre divine, c'est-à-dire : badigeonner avec le bout du bâton deux ou trois poignées de porte…

L'autre partie de l'expédition consistait à attendre l'engrenage de la fatalité : soit en demeurant caché à un angle de rue dans l'attente des premiers cris d'agonie sur des mains catastrophées ; soit en ayant les graines assez solides pour promener une probité candide au long de la rue piégée... Le trésor de l'affaire était de voir (en gros plan et direct) une ou deux Grandes-Personnes revenir de la messe et tendre une main peu vigilante vers la poignée de leur porte...

Outre l'intelligence, la grâce et la finesse, cette expédition exigeait un art de la comédie et des dons de diplomatie très développés. Il fallait hurler d'horreur au cri d'horreur de chaque victime ; se rapprocher comme pour porter de l'aide ; en profiter pour contempler la dextre déshonorée ; puis prétendre avoir vu une bande de Trénelle qui s'en était allée par-là, oui là depuis oh la la même pas une minute hében Bondieu...

L'expédition de *la poignée maudite* était dangereuse. Se faire prendre c'était se voir traîner devant Papa-Manman pour recevoir en pleine rue une volée proche de la crucifixion. Il fallait ensuite demander pardon à ses victimes, leur nettoyer la main, et surtout inscrire le forfait sur la liste d'une prochaine confession. Expliquer cela au confesseur n'était pas chose aisée. Sa tête (sans doute encombrée de plumes d'ange) avait du mal à suivre :

— Maudite ? Qui a maudit cette poignée, mon enfant ?

— Le Bondieu, mon Père.

— Et pourquoi le Bondieu aurait-il maudit cette poignée, mon enfant ?

— Parce que le diable a mis dessus du caca-chien, mon Père.

— Par quelle opération le diable a-t-il bien pu faire une chose pareille ?

— On... je l'ai aidé, mon Père.

— Tu as donc pactisé avec le diable, mon enfant ?

— Ah non, mon Père, il a fait ses affaires tout seul...

— Et toi tu as fait quoi exactement ?

— Je lui ai donné le bâton.

— Quoi encore ?

— J'ai mis le caca-chien dessus.

— Mais encore ?

— Je lui ai montré la poignée mais en lui disant que ce n'est pas bien, et que c'est un gros péché, mais il ne m'a pas écouté, alors on s'est battus, et dans le combat le bâton a glissé sur la poignée, et puis...

Malgré les plumes d'ange du bleu de leur regard, les confesseurs ne s'attendrissaient pas au bruit tragique de cette histoire. Ils vous infligeaient plus d'une trentaine de *Je vous salue Marie*, aggravé d'une série de *C'est ma faute, ma*

134

très grande faute… Et même si vous aviez été sanctifié, ils ne croisaient votre chemin qu'en vous jetant le regard torve que les apôtres clairvoyants accordaient à Judas…

Réussir cette expédition faisait de vous un général de guerre car il était très difficile de lui faire atteindre un summum. Il fallait d'abord repérer les chiens galeux dont les déjections étaient de véritables concentrés dramatiques. Au soleil, tout caca-chien sécrétait une écorce qui cachait ses potentialités en termes de couleurs, de glaires, d'odeur indélébile et d'asticots bleuâtres. La choisir demandait donc une science achevée des chiens errants du centreville. Il fallait connaître leurs vices alimentaires, et posséder (vertu très rare) la carte précise de leurs soulagements réguliers. Il fallait aussi, en face d'une crotte, deviner aux seules fissures de son écorce sa monstrueuse richesse interne…

L'autre difficulté consistait à choisir les maisons. Il fallait connaître celles où les Grandes-Personnes avaient beaucoup de falbalas et accablaient les êtres-humains de regards assassins. Car toutes les Grandes-Personnes n'étaient ni totalement barbares ni absolument méchantes ; certaines pouvaient se montrer d'une mièvrerie aimable, vous tendre un bonbon indigent, ou vous caresser le cheveu d'un air compatissant…

Ces petits riens avaient pour seule vertu de les mettre à l'abri de *la poignée maudite*... Du coup, les autres ne relevaient plus de la convention de Genève ou même d'une charitable faiblesse. Plus la Grande-Personne était acariâtre avec les êtres-humains, plus sa main barbouillée lui provoquait des réactions sublimes, sans compter le spectacle d'une tristesse irrémédiable qui lui infligeait le teint grisé du deuil... Donc le choix de la maison était capital : c'est sa façade qui indiquait l'acariâtre par des détails de rideaux ou de je ne sais quoi qu'il fallait repérer. Seuls deux êtres-humains au monde savaient reconnaître une maison d'acariâtre : un dénommé Manu-la-science, et un autre baptisé Zogoto-fièvre-frissons...

Enfin, difficulté suprême et apothéose : avoir le courage de rester dans la rue, de se rapprocher des victimes pour les regarder yeux-dans-yeux et compatir à leur malheur avec la foi en la sainte Trinité... Toutes choses que les petites-filles ne savaient et ne sauraient jamais faire, car en dix ans de pratique assidue, aucun général n'attesta de leur présence dans une activité similaire...

... Man Ninotte chantait au moment des lessives, et — après les cyclones, quand l'univers gisait, que l'angoisse survivante effeuillait les décombres, inventoriait la boue — elle devenait fille de l'abeille bourdon-

nante, commensale de la libellule ivre des plénitudes de la rosée…

L'étude des petites-filles devint l'essentiel de son activité intellectuelle, qu'il qualifiait par ailleurs d'intense et de supérieure. Il en délaissa même ses projets de cerf-volant à clous, de yo-yo à pétard, ou de trottinette atomique… Il en oublia d'avaler comme prévu un quart d'encre verte en sorte que son canon-à-pipi renouvelle l'art des joutes et paralyse ses adversaires par un jet chrysoprase… L'autre phénomène est qu'en dehors de ces pensées profondes, il fut poursuivi par un rire, un regard, un charme ou un mystère… Des détails dont il n'avait pas eu conscience noyaient son subconscient ; d'autres y demeuraient profonds comme des cicatrices. Il avait beau se frotter les paupières, se récurer les songes subliminaux, ils demeuraient là, fluctuant comme des spectres menant une possession. À l'entrebâillement de la fenêtre, il recevait mille informations que son incompréhension stupéfaite refusait de trier. Elles se décantaient en lui avec une infinie lenteur, lui laissant des rémanences qui émergeaient à son esprit comme les émeraudes d'une gangue épuisée…

Le moindre de ses songes pouvait se voir empoisonné par un rire de petite-fille. Rien n'accom-

pagnait ce rire : ni visage, ni bouche, ni lèvres,
ni une quelconque silhouette. Seul demeurait le
rire. Il croyait l'entendre dans n'importe quel
atome de ses chairs. Ce n'était plus un son mais
— au gré de ses fièvres mentales — un envol de
pollen dans une audience de mouches-à-miel…
Ainsi, une petite-fille se constituait en lui, par les
vibrations d'un rire qui installait une permanence dans ses propres souvenirs… D'autres
fois, ce n'était rien : juste une impression, le
charme d'un visage qui l'habillait de langueur.
Il croyait ressentir, sitôt les yeux fermés, une tendresse l'envelopper, le ramollir et l'effacer,
comme la brume l'aurait fait d'un cocotier
délaissé par le vent. Parfois, un sentiment
étrange l'abrutissait. Un sentiment qui n'allait
nulle part et qui s'épaississait comme une
poisse. Il se retrouvait méphitique et vasard à la
manière d'un vieux poète, sorte de laminaire
dans un sous-bois de mangrove… La vase y
ruminait des bulles que la chaleur assassinait
dans une touffeur de soufre… En d'autres fois,
une incompréhension plombait ses sub-pensées.
Quelque chose d'une petite-fille se nouait à son
imagination, sans forme précise, sans aboutisse-
ment, la greffant d'un mystère insondable et
dépourvu de finalité…

Il lui arrivait aussi, après la prière du soir, de ne
pas être avalé d'un coup par une gueule de

fatigue. De fermer les yeux le projetait dans l'entrebâillement de la persienne. Il voyait alors défiler des sourires, des mimiques, des silhouettes... Parfois une expression se profilait : une forme ovale animée de grands yeux qui à un moment ou à un autre avaient croisé les siens, se fichant comme des échardes au fond de sa rétine. Ces regards provoquaient en lui des creux et des faiblesses inconnus jusqu'alors. Ce n'était ni la grippe, ni le mal au ventre, ni la cacarelle, ni la peur, mais tout cela en même temps avec sans doute une pointe d'envie d'il ne savait trop quoi...

Chez les êtres-humains on ne se regarde pas. On court ensemble, on saute ou on s'affronte. Se regarder c'est commencer à se battre, harponner un bout d'âme avant les coups de poing... Dans le yo-yo pas de regard : le regard est un traître, il vous annonce, et vous dénonce, et vous laisse deviner. Il faut que le coup porté se fasse sans regard, ou avant le regard qui porte l'estocade. Le camouflage principal d'un être-humain consistait à brider la parole de ses yeux. Là, tout était direct, sans mensonge, en naissance d'oxygène. Le sentiment déboulait vif, la haine pulsait intacte, la joie ruait totale. On était tout entier dans ses yeux. C'est pourquoi les yeux étaient à la fois des talons d'Achille et des armes...

Or les petites-filles ne protégeaient pas leurs yeux.

Elles *regardaient*.

Elles *se* regardaient.

Et pire elles *vous regardaient*. Et en vous regardant, elles vous voyaient tellement que vous ne voyiez plus... C'était d'évidence une technique guerrière pernicieuse que le pire des maîtres-canonniers n'avait jamais utilisée, et contre laquelle aucune convention humanitaire n'avait dressé de rempart...

Quand elles ne disposaient pas d'un bout de corde, les petites-filles sautaient avec des lianes kalpatate. Elles s'agitaient aussi avec de petites roches qu'elles expédiaient en l'air, récupéraient sur le dos d'une main, ramassaient sur le sol, réexpédiaient encore et encore, et encore... dans un ravissement dégénéré — ou incompréhensible.

À force de fréquenter la fenêtre, il entendit des noms. Seulement des noms. Comme chez les êtres-humains, les prénoms n'avaient pas cours à l'école des petites-filles. Le négrillon répondait à un nom compliqué qui mélangeait les chats, les chamois, les chameaux et oiseaux. Le Maître et les autres êtres-humains opprimés à l'école l'appelaient ainsi. Ceux qui utilisaient son prénom étaient ceux de la maison et les

Grandes-Personnes de son proche voisinage. En dehors de ce cercle, seul le nom était opérationnel : on distinguait ainsi les copains d'école des bons-compères que l'on avait choisis dans une vraie liberté... Les petites-filles — sans doute du fait d'un formidable hasard — faisaient de même. Quand l'une prononçait un prénom, le négrillon en déduisait qu'elle était la cousine germaine ou la sœur de celle qui s'était vue appelée. Mais il avait du mal à fixer sur telle ou telle les noms qui circulaient. Il se mit à les attribuer au hasard, en fonction de la sonorité, ou d'une sensation qui lui peuplait l'esprit. Mais au fond de lui, il refusait de les nommer. Leur attribuer un nom les rapprochait encore de l'humanité, et compliquerait la chose s'il y avait un jour nécessité de les exterminer toutes... Il est bon que l'ennemi n'ait pas de nom... Il est déjà difficile de lui concéder un visage ou d'acceptables manières. L'indistinction lui convient mieux... Longtemps, il s'accrocha au terme générique de « petite-fille », avec le sentiment qu'en employant cet obstiné vocable, il pourrait mieux maîtriser le phénomène ou, le cas échéant, trancher le nœud gordien...

La révélation la plus terrible lui fut portée un jour qu'il ne s'attendait plus à quelque surprise majeure. Un de ses fiévreux chercheurs, amateurs de vieilles fables, lui révéla sans précaution que les petites-filles avaient en fait un gros problème. Une légende prétendait que, dans des temps anciens, elles possédaient aussi un ti-bout, mais qu'une malédiction inconnue le leur avait arraché…

La chose avait dû leur faire mal.

Depuis, elles étaient devenues bizarres, perturbées de ne plus être ni complètes ni normales. L'informateur n'avait pas été plus précis. Il ne pouvait se prononcer sur l'identité exacte de l'arracheur. Avec le négrillon qui le pressait de questions, ils avaient examiné ensemble la possibilité que ce soit un dragon. Mais rien n'avait averti les êtres-humains que des dragons pussent être des arracheurs de ti-bouts. Quoi qu'il en soit, les petites-filles avaient été victimes de cette fatalité, et cela les avait modifiées à jamais…

— Si elles n'ont plus de ti-bout, qu'est-ce qu'elles ont ?

— Je sais pas, un machin bizarre.

— Comment elles font pour faire pipi ?

— Je sais pas, mais il paraît qu'elles sont pas debout et qu'elles ne tiennent rien dans leur main…

Cette révélation acheva d'embrouiller l'ordre du monde. D'avoir possédé un ti-bout dans le passé les rapprochait encore bien plus des êtres-humains ! À l'époque où elles étaient complètes, elles devaient manier le canon-à-pipi, ne pas avoir ces nœuds dans les cheveux, et se comporter d'une manière sensée. Cette malédiction était à l'origine de leur étrangeté familière. Elles relevaient d'un embranchement interrompu des êtres-humains. Une mutilation douloureuse les avait éjectées de l'humanité pour les réduire à l'état de mollusques... oh quel fer !...

Dissipée la surprise, passée la compassion, le négrillon se mit à craindre que la malédiction ne traverse les âges et ne perce la barrière des espèces. Que quelque chose vienne lui arracher à lui aussi le ti-bout. Il s'endormait avec la main dessus, le multipliait dans ses rêves, vérifiait qu'il soit bien accroché à son réveil, lui parlait à mi-voix toute la sainte journée. Il prit au sérieux les Grandes-Personnes qui faisaient mine de le lui manger. Il s'enfuyait en hurlant à la mort, ou se transformait en mangouste acculée prête à tout fracasser. Il devint un écrin d'inquiétudes autour de son ti-bout. Ce rien de chair était devenu la ligne de partage entre lui et ces créatures : elles le fascinaient mais il ne voulait en aucune sorte leur ressembler...

Comment elles font pipi ?
C'était la nouvelle énigme. Les observer à la fenêtre ne donnait aucune réponse à cette angoissante question. À première vue, les

petites-filles ne faisaient pas pipi. De son poste d'observation, il n'apercevait pas de pissotière murale, ni aucune forme de toilettes. Certaines arrêtaient leur saut de corde et disparaissaient de temps à autre quelque part dans la cour, dans un angle invisible. Il avait beau suivre les mouvements, aucune joute à pipi ne s'organisait sous quelque forme que ce soit. Aucun comportement ne laissait à penser que certaines d'entre elles se glorifiaient d'un quelconque ti-bout aux performances valorisantes. Elles avaient bel et bien été amputées d'une part d'elles-mêmes. Cela rendait mieux évident cette morphologie curieuse : il était en face de survivantes à une terrible torture...

Sale période : les vérités et certitudes avaient du mal à se tenir tranquilles. Il pouvait en produire autant qu'il voulait, le doute les décrochait de ses étagères mentales ; des faits têtus achevaient de les écrabouiller et perturbaient l'ordonnance claire du monde... Par exemple, il ne pouvait imaginer que le pipi leur restait dans le corps. Il avait essayé plus d'une fois de conserver le sien, et avait failli déshonorer son short. En tout cas, il n'avait jamais résisté aux rétentions plus de trois heures. Si elles buvaient du soda ou l'eau du robinet, les survivantes devaient les restituer d'une manière ou d'une autre...
Mais comment ?

Il n'osait soumettre cette énigme à Man Ninotte, à la Baronne ou au Papa. D'ailleurs ses préoccupations concernant les survivantes lui semblaient inavouables sans trop qu'il sache pourquoi. Finalement, il postula une fois encore qu'elles ne faisaient pas pipi ; qu'en perdant leur ti-bout elles avaient aussi perdu cette fonction. Il essaya de se convaincre que ce pipi bloqué devait leur tournoyer dans le corps et les plonger (à force d'empoisonnement) dans leur état de bizarrerie...

... elle chantait, c'était l'insigne d'une écume de bonheur... et en chantant elle se mettait à renverser toute la maison, pour lustrer, récurer nettoyer, elle s'attaquait même à l'impossible chevelure de la Baronne pour la civiliser en douze mille papillotes, et le dimanche après-midi si un bien-être rôdait encore, elle s'attelait à sa machine pour rapiécer nos hardes, mais surtout pour se lever une robe : un beau désagrément à fronces qui lui tenait la taille, lui soulevait la poitrine, et lui permettait d'envoyer plein de gammes contre la terre entière... Man Ninotte chantait quand un remous de bonheur lui laissait son écume...

Sale temps : les survivantes étaient vraiment partout. Il n'en revenait pas qu'une telle invasion ait pu aussi longtemps passer inaperçue. À force d'être centrés sur eux-mêmes, les êtres-humains avaient tendance à ne pas percevoir les réalités. Cette inattention égotiste avait dû causer la disparition de bien des espèces, dont celle des mohicans et des mammouths... Le négrillon résolut de re-vérifier les coins et les recoins de l'existence, ce qu'il avait classé, ce qu'il avait admis, afin de tout remettre à jour...

Ainsi il découvrit que les contes déjà lus, ou qu'on lui avait contés, en étaient envahis. Sa nouvelle lucidité lui fit comprendre que Blanche-Neige, Cendrillon, le Petit Chaperon rouge, la Belle des contes créoles étaient en fait des petites-filles et qu'elles avaient toujours été là. Le problème, c'est qu'il ne les avait pas remarquées. Il avait commis l'erreur grossière de les prendre pour des êtres-humains. Il approfondit son enquête littéraire pour bien comprendre la cause de cette méprise. Au fil des histoires, ces personnages petites-filles étaient avant tout adorables. Elles affrontaient les mêmes peurs et les mêmes monstres que lui. Opprimées par les Grandes-Personnes, elles vivaient des choses que lui avait vécues ou ressentait encore. C'est pourquoi il était facile de les transfigurer en héros proches de lui — et humains comme l'étaient d'emblée tous les héros...
C'étaient véritablement des êtres-humains d'une autre sorte !

Mais il y regarda mieux. Au fil des déductions, la révélation fut copernicienne : c'est en perdant leur ti-bout que les petites-filles avaient perdu non seulement leur humanité originelle, mais aussi toute consistance…

Leur drame se révélait maintenant à chaque page. Il fallait juste savoir lire entre les lignes… Au lieu de filer une pomme empoisonnée à cette pauvre Blanche-Neige, la sorcière lui aurait simplement arraché le ti-bout. C'est cette mutilation qui l'aurait plongée dans cet état morbide d'où seul l'être-humain Prince allait finalement la sortir…
On avait dissimulé l'arrachement sous l'image de la pomme…
Ou alors le poison en question était un décrocheur de ti-bout…
Toutes ces petites héroïnes avaient subi le même sort…

En lisant comme il faut (c'est-à-dire avec la perte du ti-bout glissée dans les non-dits), il découvrit qu'elles n'étaient plus si héroïnes que cela… Elles n'étaient jamais porteuses d'épée. Ne se dressaient devant aucun dragon. N'affrontaient aucun ogre ou gobelin. Ne terrassaient pièce qualité modèle de soucougnan ou de zombi. Elles étaient au contraire à moitié impotentes, irréfléchies, et inaptes à se sauver seules. Il fallait toujours les délivrer des griffes d'un Barbe-Bleue, d'un loup-garou, d'une bête quelconque… Il supposa même que Blanche-Neige se l'était sans doute fait arracher bien avant de prendre la pomme : elle n'était déjà plus qu'une têbê à qui la reine méchante offrait une chose piégée, et cette devenue débile (plutôt que de s'en méfier à l'instar d'un vaillant chevalier) prenait la part de pomme empoisonnée et se l'avalait comme un sorbet-coco. En êtres-humains avisés, les sept nains lui avaient pourtant dit, et à plusieurs reprises, de se méfier de tout le monde et de n'ouvrir la porte à personne… Il réalisa aussi qu'auprès des sept nains, elle lavait reprisait repassait nettoyait préparait à manger, chassait les fils d'araignée en chantant des chansonnettes débiles… Tout cela attestait qu'elle n'avait plus que du vent dans la tête depuis la perte du ti-bout…

Quant à Cendrillon et Peau d'âne, sitôt l'affreuse amputation, elles étaient devenues des créatures chignardes, engluées dans des patiences, et qui laissaient le bon côté de la vie aux autres. Jamais elles ne se rebellaient. Elles se contentaient d'attendre qu'un être-humain, Prince quelconque, vienne leur offrir un semblant de destin…

Quant au Petit Chaperon, tombée débile après le drame, elle ne vit jamais que le loup la suivait avec ses griffes bruyantes. Même quand celui-ci se mit à lui parler d'une grosse voix carnassière, elle fut incapable de le reconnaître. Quand elle le retrouva dans le lit de la vieille, malgré la voix grondante qui contredisait les réponses à ses questions idiotes, la pauvre mutilée crut, en dépit du bon sens, avoir affaire à sa mère-grand !… Aucun de ces indices énormes ne délaya cette déconfiture qui depuis l'arrachement lui encombrait l'esprit. La suite était logique : la pauvre se fit avaler sans même penser à réagir. Et là, encore, un chasseur, sans doute un être-humain, dut abandonner sa sieste pour s'en venir la délivrer…

Dans les contes créoles ce n'était pas mieux. Les petites-filles étaient partout, mais seulement victimes, seulement belles, seulement mal mariées, seulement emportées par des diables blancs et des Bêtes à sept têtes… Les êtres-humains, petits frères et consorts, étaient forcés d'aller les délivrer en y risquant leur vie… Nanie-Rosette, gourmande égoïste, refusant tout partage, s'en alla manger seule en pleine forêt, sur la roche du diable. D'évidence, l'immense roche blanche au milieu des grands-bois ne pouvait être que la roche du diable ! Pourtant, elle s'assit pile dessus pour manger les gâteaux dérobés, et se mit ainsi pile à portée du diable, procurant à tout le monde plein de désagrément pour la sortir de là…

Il avait beau lire ou se ressouvenir des contes qui lui servaient à vivre, il y retrouvait toujours des petites-filles autrefois familières. Mais elles n'étaient plus que des survivantes, désenchantées, et se conformaient mieux à ce qu'il supposait d'elles. Plus que jamais il voulut ne pas leur ressembler, et plus que jamais il continua à calculer sur elles...

À en croire ce qu'elles étaient devenues dans les contes, la perte du ti-bout était ce qu'il pouvait arriver de plus grave à un être-humain. On y perdait intelligence, initiative, force, courage, débrouillardise, capacité de survie... On se mettait à avoir trop de cheveux à vaseline, des yeux bizarres, une peau trop lisse trop molle, des poignets trop petits, avec trop de courbes et de manières de popottes... Chez les êtres-humains qui découvraient cette tragédie, la panique régna. Les ombres se peuplèrent d'arracheurs. Les crochets, les pinces, les couteaux, les cisailles devinrent des monstruosités aux aguets. La technique de l'arrachage demeurant inconnue, les suppositions les plus folles prenaient un cours flambant... C'était pendant le sommeil... C'était quand on faisait pipi... C'était si on mentait en confession... C'était lorsqu'on n'avait pas de slip... On ne sentait rien, ou alors c'était aussi violent que l'arrachage d'une dent... Quand on l'avait perdu, on se mettait à jouer à la popotte, à téter de la langue, et on se voyait pousser les ongles… Le bégaiement était le signe qu'on commençait à le perdre… Pisser sur soi aussi… Se parfumer aussi… Les symptômes étaient si multiples et variables, que chacun se sentait mal pour un rien, pris d'affolement à la vue d'un bouton, saisi d'angoisse au moindre changement du timbre de sa voix, effondré au moindre soupçon de ne plus être comme la veille…

Ces affres détenaient l'avantage de décupler les imaginations. Mis à part les rallonges de prières et les petits exorcismes pour accorer la déveine, chacun appliquait une technique pour préserver son ti-bout. Certains prétendaient avaler un peu de colle à la pleine lune. D'autres l'arrosaient d'eau bénite pour lui consolider l'accroche. D'autres, dans une incrédulité générale, réclamaient chaque vendredi une cuillerée d'huile de foie de morue. Pour d'autres, il ne fallait surtout pas y toucher pour qu'il demeure bien accroché. Il ne fallait pas le laisser se raidir ou devenir trop rabougri, pas trop le mouiller, pas trop lui tirer dessus, pas lui exhiber la tête… Il fallait pisser beaucoup pour qu'il reste persuadé d'être tout le temps utile… Et il fallait être vigilant : c'est-à-dire surveiller les Grandes-Personnes embusquées dans l'entour : une telle ignominie ne pouvait provenir que d'elles…

C'est dans ce climat détestable que survint le docteur. C'était un être-humain qui n'avait rien de particulier. Chaussures brillantes. Chemise bien ajustée, jamais brunie d'une sueur. Il nettoyait le tableau pour le Maître, et ne quittait jamais l'espace policé du préau durant les djihads de la récréation. Sa seule vertu était de posséder un lot de sœurs et de cousines. Contrairement au négrillon (dépourvu de survivante dans son entourage, sur trente kilomètres à la ronde) le docteur n'avait grandi qu'avec cela. Mais, comme tout le monde, il n'en avait pris conscience qu'à une époque tardive. Cette découverte l'avait précipité dans le tourment d'une même énigme. Il aurait pu se dessécher, avec un lot de questions sans sortie, mais nostr'homme eut l'avantage de devenir docteur.

Il vivait donc dans une niche de petites cousines et de petites sœurs. Pour prévenir les maladies et apaiser de réciproques curiosités, il devint indispensable, non de s'enlever les poux à la mode des primates, mais de s'examiner mutuellement selon les lois du serment d'Hippocrate. L'examen n'avait de portée qu'effectué de l'un par l'une, ou de l'une par l'un. Comme il était le *un* unique de cette étrange contrée, et qu'il se révélait d'une insatiable curiosité, les examens le concernèrent d'une manière ou d'une autre. Ces explorations médicales se déroulaient dans des coins retirés, à l'abri du regard des Grandes-Personnes qui n'avaient pas l'esprit assez ouvert pour supporter un tel spectacle. Elles ne nécessitaient qu'une chemise blanche assez large pour sembler une blouse, une loupe de cul de bouteille en guise de lorgnon, et un stéthoscope bricolé avec n'importe quoi. Dans le panthéon des puissances de l'univers, le docteur se situait entre les titans et les dieux. Il savait contrôler l'état d'une respiration, mesurer la cadence d'un pouls, vérifier le degré d'une fièvre, mais il pouvait surtout ausculter toutes les parties d'un corps. Il pouvait même exiger que l'on défasse une natte, que l'on ouvre un corsage, qu'on soulève l'ourlet d'une robe. Ce qui produisait un bien immense à chaque malade qui s'empressait de guérir pour devenir docteur à son tour…

Donc, le docteur, ayant eu vent des questions angoissantes, se présenta, déclina son titre, et se mit en croisade contre l'obscurantisme du négrillon et de ses pauvres chercheurs. Il était incroyable qu'un être aussi insignifiant ait pu avoir accès à autant de mystères : il avait côtoyé des survivantes, il leur avait parlé, il avait pu les toucher, les examiner au plus près, il les avait guéries… Quand lui-même était tombé malade, il avait bénéficié des soins d'une horde de doctoresses : elles l'avaient malaxé dans tous les sens,

pour finir à chaque fois par une étude hystérique de son ti-bout où les maladies se réfu-
giaient toujours...

Le docteur parlait de ces expériences incroyables
avec un détachement impavide. Rien de la nature
des survivantes ne semblait détenir le moindre
secret pour lui. Pour le négrillon et ses comparses, cet insignifiant devint l'ultime héros, le
connaissant fondamental. On s'agglutinait autour de lui lors des récréations. Soucieux de ne
pas se salir, l'ostrogoth demeurait debout. Sa silhouette surnageait alors, impossible de netteté,
semblable à celle d'un prophète dans une marée
d'apôtres dépenaillés. Avec lui, l'humanité aurait
pu effectuer de grands pas sur la voie de la haute
connaissance. L'ennui c'est que le docteur était
un revenu de France, né dans la neige et dans la
langue française, et qui goûtait les circonlocu-
tions verbeuses. Ne répondant à aucune question
directe à propos des survivantes, il se perdait dans
des digressions oiseuses sur le pourquoi de leurs
longs cheveux, l'utilité de leurs longs cils, la vertu
particulière du Cutex sur leurs ongles...
— Et pipi, comment elles font pour faire pipi ? !
— Faut pas être indiscret, ces machins-là sont
des choses intimes qui sont de toute manière
même pas intéressantes... Non, ce qu'il faut
savoir, c'est qu'elles n'ont rien d'effrayant, moi
qui en connais à peu près mille centaines, sans

compter les amies et alliées, je peux vous dire que si elles ont des boutons rouges et des yeux jaunes, il ne faut pas écarter la possibilité d'une varicelle…

> … *Elle pleurait, non parce que sa main manquait de décision au col de la déveine, mais parce que des accès de révolte s'indignaient que cette déveine obstrue les horizons, qu'elle soit toujours très dense, chaque jour inépuisable… et, ni les conjurations à saint Antoine, ni l'aimant gardien du porte-monnaie, ni même ses appels à la chance sur les autels de la loterie n'ouvraient un semblant de fenêtre… Non : Man Ninotte pleurait pour dégager sa force…*

Le docteur n'apporta rien de déterminant quant à la connaissance de l'espèce, sauf que les survivantes avaient la peau fiévreuse, un peu grasse, que de les toucher vous infligeait les mains froides pour au moins trente-six heures. Il révéla qu'elles avaient souvent des grains de beauté, un petit ventre trop rond, un nombril qui sortait, et des dents plus pointues que celles des êtres-humains. Il leur épela une nomenclature exhaustive des maladies les plus préoccupantes, des oreillons à l'invasion des poux, en passant par la pleurésie et la bave des ababas soupçonnée contagieuse… En matière d'anatomie, le docteur n'était jamais très bavard ; les questions précises le troublaient autant que s'il s'était agi des pires insanités. Il fallut le supplier pour qu'il confirme dans une glossolalie que les survivantes n'avaient rien d'apparent pour faire pipi... Forcé aux précisions, l'expérimenté réfléchit longtemps, indifférent à la fièvre des regards, et finit par marmonner dans un silence spectral :

— Elles sont en fait comme les poupées...

La déception fut grande.

Bien des êtres-humains, comparses du négrillon, avaient déjà ausculté en douce quelques popottes. Mission secrète pour vérifier on ne sait quoi mais qui n'avait ramené pièce élément capable d'apaiser les tourments... Le docteur fut bien vite abandonné à ses insignifiances. L'unique certitude ramenée de cette rencontre fut que le docteur aimait faire le docteur. Il ignorait pourquoi, mais tâter, toucher, poser l'oreille contre une poitrine de survivante, renifler une peau, soulever un bras, dégrafer un corsage étaient des expériences qui faisaient de ce métier un des plus beaux du monde... D'honorables vocations médicales naquirent à cet étiage...

Le docteur avait quand même enflammé les imaginations. Après la classe, il n'était plus question de poursuivre les études sur le Martien du Prisunic. Le négrillon rejoignit un groupe d'explorateurs qui s'attaquait à une contrée spéciale : la rue où débouchait l'école des survivantes...

Ô pionniers, ô vaillants, ô grands aigles, grands éven-
teurs de l'aire !…

Le groupe d'aventuriers se tenait coude à coude,
avançait d'un seul pas sans zieuter quoi que ce
soit tout en surveillant tout. Nul ne se l'avouait
mais tous trimbalaient un cœur fol comme à
l'orée des plus grandes aventures. Leur énergie
motrice relevait de l'appel des forêts, de l'ivresse
de la mer, de l'injonction des vents… On appa-
reillait dans une excitation trouble, l'estomac à
l'Hercule et le pas Don Quichotte. Tout cela
se caillait à l'approche de l'école où la marée
des survivantes, mêlées au flot de leurs manmans, se débondait. Les explorateurs devenaient
circonspects comme en pays ennemi. Leur pas
ralentissait ou au contraire s'accélérait. Les
gueules-fortes et les blagues s'éteignaient. Chacun souffrait d'un blocage général comme au
bord d'un danger. Rien de spécial ne se passait.
L'objectif était d'en croiser quelques-unes au
plus près, les yeux baissés, les pensées très au loin.
Il fallait traverser la grosse masse qui se nouait à
la grille de l'école, continuer jusqu'au bout de la
rue et revenir pour de nouveau en croiser
quelques-unes. Rien de spécial ne se passait, mais
le négrillon en revenait fourbu…

Les voir, les frôler, les sentir étaient des expériences plus troublantes que les observations

lointaines. Là, il les voyait en gros plan, percevait leur parfum. Capter cela par des regards en
biais tout en continuant à marcher digne et
droit conférait à sa vision une acuité paradoxale.
En fait, le négrillon ne voyait rien mais il se souvenait de tout. Rien ne se passait mais le bilan de
l'exploration pouvait engendrer vingt-sept
heures de palabres… Chaque explorateur devenait une éponge qui, en un brin de secondes,
s'imprégnait de deux siècles d'insensibles expériences…

Elles les regardaient aussi. Elles essayaient
d'accrocher leur regard, n'y parvenaient jamais.
Quand ils avaient croisé ces créatures et que des
rires explosaient dans leur dos, les explorateurs
se sentaient fondre comme du sucre sous une
pluie…

Pourquoi elles ont ri ? ! De qui elles ont ri ? !

Chacun se regardait en douce, contrôlait sa chemise, se passait une main sur la tignasse pour lui
donner du sens. Le pire c'est que vint l'instant
où le passage d'un groupe d'explorateurs
déclencha toujours des rires et ricanements
chez les survivantes. L'une pouvait se pencher à
l'oreille de l'autre pour murmurer on ne sait
quoi. Telle autre pouvait les regarder effronté-
ment et exploser de son rire massacreur. À leur

vue, certaines s'agglutinaient entre elles et, toujours en riant, se mettaient à courir comme des oisillons ivres...

Au bout de quelques expéditions, certains se voyaient affligés d'une insidieuse ébriété. Ils se mettaient à parler fort, à rouler des épaules, à balancer des gestes désordonnés... Pour d'autres, il n'existait pas de demi-mesure : ou ils étaient tétanisés, ou la proximité des survivantes les rendait agressifs. Susceptibles. Explosifs. Ils étaient prêts à se battre sous leurs yeux pour des raisons plus mystérieuses que d'habitude... C'est ainsi qu'il y eut, juste devant leur école, des empoignades soudaines. Les survivantes n'accouraient pas en cercle autour des pugilats comme l'auraient fait les êtres-humains. Elles ne criaient pas *Isalé Isalé !* pour faire bouillir le sang et désamorcer toute pitié. Elles regardaient cela sans gourmandise spéciale. Imperméables à ces bestialités que les manmans tâchaient de régenter. Cela n'empêchait pas le plus brutal des combattants de se dresser très fier, heureux d'on ne sait quelle provende, et de parader tout au long de la rue comme un coq à belle pose...

La passe difficile était devant la grille, là où leur concentration atteignait sa plus haute densité. L'endroit était aussi dangereux que la mer des Sargasses : on pouvait s'y retrouver coincé. Elles prenaient le dessus et emprisonnaient les explorateurs dans leurs thalles rameux… Il fallait sortir les voiles, tendre le foc et invoquer les vents. Mais l'alizé ne soufflait plus et le monde devenait immobile… Saisis d'angoisse, certains explorateurs se mettaient à les bousculer, sans doute pour se donner l'impression d'une maîtrise du mouvement. Dans une hystérie de naufragé, ils arrachaient un nœud, tiraient une natte, voltigeaient un sac, comme si cela pouvait leur frayer un passage… Certains les écartaient à grands moulins de bras et couraient ventre à terre. Les autres s'engouffraient dans la brèche et s'enfuyaient sur un mode identique. Après un tel vent de frayeur (le plus souvent mal explicable) ils n'étaient pas nombreux à oser redescendre la rue. La troupe se dispersait en silence, sans dresser de bilan, confuse d'on ne sait quoi…

Une survivante chahutée par un quelconque naufragé ne répliquait jamais. Elle s'en allait bien vite, environnée par son groupe protecteur. Mais certaines, parfois, se rebiffaient. Elles injuriaient avec une crudité qui laissait les êtres-humains estébécoués… Dans les bilans, il y eut maintes palabres autour du phénomène.

Le plus difficile en approchant d'un groupe de survivantes, c'était de maintenir le cap. Il ne fallait pas céder le pas. On se sentait fondre, mais s'écarter pour les laisser passer vous condamnait à la risée de toute la galaxie. Le négrillon évitait de se trouver à l'amorce du croisement. Les plus farauds prenaient la tête, mais au bord de l'école, les groupes se recomposaient mystérieusement. Qui avançait tout fanfaron en tête se retrouvait par une magie subtile bien à l'abri tout au milieu. Le négrillon fut souvent en première ligne alors qu'il avait pris soin de s'enterrer au beau mitan du groupe. Être devant provoquait sa panique. Il les voyait se rapprocher. Il les voyait grandir. La masse exploratrice qui lui servait d'assise devenait peu crédible. Minoritaire. Fragile. Il baissait les yeux pour éviter de disparaître dans un regard de survivante. S'enterrait en lui-même. Mais, au plus sombre de ce tombeau, il continuait à les voir, et à les percevoir, par tous les pores, dans un envahissement moite, sans oxygène…

Certaines les croisaient en riant et paraissaient ne pas les voir. D'autres, en revanche, s'arrêtaient de parler et de rire, et les regardaient fixement avancer. Là, difficile pour le plus courageux de maintenir le cap sans changer de trottoir. Difficile de supporter la vision de ce lent rapprochement. Plus difficile encore d'entrer en contact avec un groupe de ces exotes. Quand cela arrivait, le négrillon priait le

ciel pour qu'il s'ouvre et qu'on le laisse passer...
Dans les plus mauvais de ses rêves, il abordait un
groupe de survivantes qui ne s'ouvrait pas. Elles
lui opposaient un barrage ricanant contre
lequel toute l'expérience humaine se voyait
désarmée...

Cette rue était devenue la plus dangereuse de
l'univers. On pouvait y perdre la face et être dis-
crédité à mort. C'était un parcours d'initiation au
courage, à la vivacité d'esprit et à l'instinct de
survie. Les configurations changeaient sans cesse
et tout pouvait vous arriver. Un maillage de chica-
neuses pouvait stopper sans s'en rendre compte
le groupe d'explorateurs. D'autres fois, une tor-
nade pouvait le dissocier en deux ou trois morceaux, l'offrant désarticulé à une déroute sans
horizon. Le pire c'était de se retrouver seul,
emporté par un courant violent ou un abysse
ouvert. Il fallait battre des quatre fers pour
éviter les regards aspirants, se soustraire aux
contacts électriques, dissimuler l'effroi de son
visage, et trouver une sortie... Le négrillon dut
souvent se retenir pour ne pas se jeter à quatre
pattes et fuir à ras de terre l'invincible turbu-
lence...

Après, les souvenirs flottaient inépuisables, bien
plus puissants que ceux de la fenêtre : il en
ramenait des parfums, des touches de peau, des

odeurs de cheveux, des sensations de robes qui vous frôlent comme des souffles... Il avait plongé au fondoc d'un regard, vu de près de grands cils... Il s'était perdu dans des bouts de sourire... Tout cela restait en vrac, dégoulinant dans ses rêves et cauchemars, irriguant d'insondables tourments...

> ... *Elle soupirait en certains soirs, seule à table en contemplant un reste de blaff, et toi mon négrillon tu pensais qu'il y avait là une stase de fatigue, ou de découragement... c'était en fait le lieu où ses forces se touchaient, l'instant du flux et du reflux où les possibles s'organisaient, l'amorce vibratoire du verbe de toutes les luttes... Man Ninotte soupirait comme on ordonne à la lumière...*

Quand il n'avait pas pu se trouver un groupe d'explorateurs, le négrillon se sentait mal. L'envie d'aller croiser les survivantes montait irrépressible. Il inventait un moyen de s'y rendre avec juste un compère. Être si peu nombreux relevait du suicide ou d'une ivresse coupable. Le cœur était fou, le pied se faisait lourd, la débandade était au rendez-vous... Malgré un semblant d'expérience, croiser à moins de quinze un groupe de survivantes restait une gageure. On recevait sans médiation l'acide de leur regard. On s'exposait sans avant-garde aux radiations des ricanements. Il fallait donc prendre soin de soi avant d'oser cette rue. Man

Ninotte eut du mal à comprendre : le négrillon se coiffait plus longtemps, soignait sa raie sur les côtés, s'éclatait les amas boutonneux, ménageait ses chemises... Il allait jusqu'à fourbir ses godillots, laissant la Baronne confondue de stupeur. Personne ne comprit son intérêt pour l'eau de Cologne, ni pourquoi il voulut un mouchoir pour s'éponger le luisant de sa peau...

Le soin à sa personne ne devenait pas une obsession pour tous. La rue des survivantes rendait certains explorateurs encore plus sales, plus débraillés. Ils avançaient dans leur petite folie, fendaient sans ménagement les groupes qu'ils rencontraient, se retournaient pour leur rire au visage et signifier on ne sait quelle bravade... Ces sales manières rendaient pourtant les survivantes mieux attentives. Elles maudissaient cette chevauchée barbare, mais la considéraient autrement — yeux offerts aux brillances intriguées...

Les différences surgirent très vite. Les regards des survivantes ne se perdaient pas dans le vide sidéral. Le négrillon comprit rapidement que le groupe d'aventuriers n'était pas une masse indistincte à leurs yeux. Certains étaient vus et d'autres pas. Certains étaient regardés et d'autres pas. Certains attiraient leur regard et d'autres demeuraient invisibles. Pour la première fois de son existence, le négrillon décou-

164

vrit que les êtres-humains n'étaient pas égaux devant la destinée : des hiérarchies pouvaient surgir selon des mystères bien plus opaques que celui de la sainte Trinité… Le négrillon ne comprenait pas pourquoi il faisait partie des invisibles. Les regards lui glissaient dessus pour s'accrocher à tel chien sans bretelles ou tel autre lamentable qui roulait des épaules… Il eut l'impression que les ricanements lui étaient trop souvent destinés, et ressentait un immense soulagement quand une cause quelconque à cette hilarité pouvait se révéler bien loin de sa personne…

En fait, les ricanements pulsaient sans cause précise. Les petites-filles s'esclaffaient pour rien. Elles gloussaient de devoir les croiser, elles gloussaient en les croisant, elles gloussaient en s'éloignant, elles gloussaient de retrouver tel groupe d'explorateurs aux allures familières… Un code de reconnaissance s'élaborait ainsi. Plus un groupe disposait d'un argus respectable, plus il provoquait des rires et ricanements. Plus il était insignifiant, mieux il traversait les bancs de petites-filles dans une indifférence venimeuse : elles poursuivaient leurs bavardages sans prendre-hauteur du groupe de beaux-jolis qui les fendait en deux…

Les canons-à-pipi ne firent plus la différence entre les bons, les mauvais, les meilleurs : l'aune de mesure devint la rue des survivantes. Qui pouvait la monter d'un pas déterminé, croiser autant qu'il en pouvait, redescendre, stationner devant la grille et rester plus de cinq minutes dans ce remous violent, prenait une cote extra-ordinaire… À mesure, les choses se décantèrent : la traversée ne suffit plus. Il fallut bientôt susciter leurs petits rires troublés, accrocher leur regard, obtenir qu'elles se retournent sur l'étincelle de votre sillage… Et pire : il fallut aussi qu'elles finissent par vous reconnaître. Leurs yeux disaient alors bonjour et l'effleurement deve-nait un peu moins fantasmé. Un groupe reconnu bénéficiait d'un argus hors série. On se battait pour en devenir membre. On le fuyait sitôt la moindre disgrâce. Avec les habitudes, se mettait en place un code de reconnaissance : c'était merveille quand un groupe d'êtres-humains croisait de manière régulière le même groupe de survivantes, qu'ils se mettaient à se rechercher, et que des regards, des frôlements, des sourires s'échangeaient à demi… s'imagi-naient autant.

Des missions périlleuses se mirent en place. Parmi les plus risquées, il y avait *l'heure-demandée*. Sous les regards du groupe (posté à bonne distance) il fallait aborder une survivante, ou un groupe d'entre elles, et oser demander l'heure. La date du jour, le nom de la rue, est-ce qu'on n'aurait pas vu un tel ?... N'importe quoi, l'essentiel était d'oser ouvrir la bouche et d'en affronter les conséquences... Obtenir une réponse vous transformait en Ulysse de retour à Ithaque après un dur voyage. Car la plupart de ces folles se révélaient plus sauvages que prévu. Quand vous les approchiez, certaines s'enfuyaient en courant ; d'autres vous toisaient de haut en bas sans prononcer un hak. Souvent, elles paraissaient ne pas vous voir ou même comprendre votre existence. Le plus cruel était que le groupe entier explose d'un rire aussi nocif qu'une giclée de napalm, et s'éloigne d'un seul ensemble comme si vous étiez vecteur de la peste bubonique...

Mais le pire après le pire, au-delà des désastres, c'était le *Tchip*. Ce n'était pourtant qu'une onomatopée créole. Le négrillon l'avait entendue quand Man Ninotte voulait signifier un refus, marquer un agacement, dépêcher un congé sans appel... On obtenait ce crissement en se serrant les commissures des lèvres et en aspirant sa salive sur les bords d'une langue ventousée au palais. Le son — en soi déjà désagréable — était accompagné d'une roulade agacée de l'épaule... Quelque chose d'assez inoffensif dont la vertu première était d'économiser de longues

phrases saumâtres. Mais les survivantes en faisaient une arme meurtrière : leur *Tchip* réson-
nait comme la claque d'une foudre sur dix
mètres à la ronde ; il s'accompagnait d'une
volte-face dans un roulement de hanches, d'un
regard qui vous toise avant d'aller au ciel et
d'une mimique signifiant un mépris des plus
irrémédiables.
— Bonjour… Quelle heure il est siouplaît ?
— Tchiiiiippppp !

Selon qu'il était étiré ou court, mouillé ou sec,
avec les yeux ouverts ou les paupières à moitié
descendues, leur *Tchip* vous transmettait une
bible des damnations. Et comme sa capacité
d'expansion était sans limites, toute la galaxie
semblait l'entendre en temps réel ce qui donnait à votre honte l'ampleur d'une agonie. On
mourait froid, debout, sans savoir où aller ni sur
quel mode continuer d'exister. Au loin réson-
nait l'explosion railleuse du groupe, et, autour,
les ricanements des survivantes qui vous avaient
crucifié là… Il y eut ainsi plein de héros détruits,
ô combien, *consumés sans reliques*, aurait dit le
poète — ou même : *défolmantés*, ricanerait un
vieux-nègre…

Autre difficulté de cette mission : la langue utilisée. Poser la question en créole déclenchait
une charge de *Tchip* et de mépris pour caniveau.

Ce retour de flamme vous passait d'un coup l'envie d'utiliser cette langue dans vos rapports aux survivantes : c'était autant que si vous les aviez insultées. Le français conférait le léger avantage de vous ouvrir l'audience, encore fallait-il le manier avec le bon accent et une claire justesse. Prononcer *Kel hêr ?* au lieu de leur broder *Quelle heure ?* les plongeait dans une liesse explosive qui vous avilissait en chien-fer à bretelles. Mâchouiller *Quelle heure il est ? !* au lieu de leur ciseler *Pourriez-vous donc me donner l'heure ?* provoquait un effet similaire quoique moindre. Mais des phrases comme *Auriez-vous l'obligeance de me communiquer l'heure ?* ou *Seriez-vous assez aimable pour m'indiquer l'heure ?* auraient certainement eu un effet positif si le négrillon avait su les prononcer, et surtout si en ces circonstances pour le moins héroïques il avait disposé d'un assez d'oxygène. Il fallait donc soigner l'accent, faire le plus court possible, et se tenir prêt à mourir en affectant une aisance apparente... Pourtant certains bougres à tête folle affrontaient cette épreuve en convoquant un français présumé de haute gamme, qu'ils remplissaient de fioritures, et qui donnait des choses comme :

— Mesdames et mesdemoiselles, je vous souhaite comme ça le jour bon, et vous informe que mon cœur se serait senti si tellement content s'il avait été possible à vous de lui dire l'heure qu'il est, ce à quoi il vous aurait dit comme ça des lots de mille mercis avec une charge de joie et de gaieté en piles...

— Tchiiiiiiiiiiiiiiiiiiiiiiiiiiiiiiip !

Malgré les risques, cette drogue était sévère. Le négrillon se retrouva bien souvent à remonter la rue, seul, rien que pour se repaître de sensations qui habilleraient ses rêves. Pas facile pourtant d'affronter seul ce qu'il avait domestiqué en groupe. Pas facile d'exister seul face à l'adversité. Là où il croyait avoir vaincu la peur et la déroute, elles rappliquaient intactes pour lui défaire les jambes, lui vieillir le cœur, lui soumettre la nuque sur l'horizon crevassé du trottoir. Une fois engagé dans cette folie en solitaire, il n'existait aucun autre choix que celui d'avancer. Avancer avancer avancer tel un zombi sous une pluie d'eau bénite. Au premier contact avec un groupe de survivantes, le négrillon devenait un robot de sel. Il ne respirait plus. N'entendait plus. Ne sentait plus ses jambes. Il n'émergeait de cette catalepsie qu'à l'autre bout de la rue sans trop savoir s'il avait couru ou bien rampé tout au long du canal. Il priait aussi le ciel qu'au moment du contact une foudre de ricanements ne naisse à sa hauteur et ne se poursuive dans son dos lacéré... Seule récompense : l'exaltation d'avoir survécu à l'épreuve. Une soupe imaginative lui recomposait l'épopée avec moult jonctions de regards, de très troublants frôlements, des saisies d'un parfum dont il gardait l'empreinte durant des fièvres entières…

L'exploration du monde s'était vite concentrée sur la rue des survivantes. C'était l'activité la plus régulière après le congrès des billes. Y aller constituait un impératif dépourvu de fonction apparente, sauf celui d'affronter les battements de son cœur. Cet exercice le fortifiait. Il le pratiquait de plus en plus seul comme un de ces rituels qui ouvre à quelque humanité. Mais cette épreuve divulguait un trouble qu'il ne pouvait s'énoncer à lui-même. Il dut admettre qu'il recherchait un vrai contact. Qu'il aurait aimé non seulement leur parler, mais surtout disposer du courage de le faire. Pourquoi cet aboi de son cœur ? Pourquoi ces tremblements ? Où se situait cet impalpable enjeu ? D'où provenait cette quête irrépressible ?… À force de monter et descendre, il se voyait maintenant reconnu par quelques survivantes. Il demeurait invisible à la plupart d'entre elles mais quelques-unes lui offraient des glissements de regards, parfois des ombrages de sourires, voire d'imaginaires comportements qui laissaient à penser qu'elles l'avaient reconnu — sans pour autant le regarder… Il s'était aussi persuadé que les rires n'étaient pas toujours une moquerie : cela pouvait être une manière de bonjour ou l'expression d'un plaisir à le voir…

> *… Il n'y a plus d'école : elle a été détruite… Plus de rue de survivantes… La ville est entrée dans ces fluidités urbaines qui ne s'arrêtent jamais… À sa place, rien : un parking provisoire, quelques vieux tamariniers qui se souviennent de toi, mon négrillon… Te voici dans les nœuds, te voici dans les lianes, te voici, là, suçant un tamarin acide, et là voici ce marigot de larmes où une épée t'avait fendu la lèvre…*

> *… Mémoire, je t'influence avec ces efforts de voyance, cette fausseté que je m'invente auprès des lieux anciens… Que portent-ils qu'il n'y a plus ? Que gardent-ils qui me nourrit encore et me rassure de vieillir en ces lieux ?…*

> *… Sans doute une mollesse… une construction… comme une fable racontée à moi-même, avec laquelle je me persuade d'une prégnance sur les choses…*

Il fut convaincu d'avoir atteint ainsi l'extrême de l'héroïsme. Une limite admirable où l'abandon demeurait impossible, mais où l'aller-plus-loin relevait d'un ailleurs de ce monde. C'est pourquoi il éprouva un choc en découvrant l'inattendu : des êtres-humains trouvaient courage de s'adresser aux survivantes, d'obtenir des réponses et de rester vivants !… Il en vit avec stupeur s'ébattre à l'aise au cœur d'une touffe de cinq ou six, et parvenir à les intéresser. Ceux-là, sans éprouver de crainte, les embrassaient pour le bonjour, échangeaient des chiclets, troquaient des scoubidous, conversaient d'on ne sait quoi, et parfois même réussissaient l'exploit de s'éloigner à leurs côtés... Le négrillon refoula son incrédulité pour étudier le phénomène. Enquêtes. Filatures. Petites inquisitions... Il fut soulagé en découvrant que la plupart de ces nouveaux titans venaient simplement à la rencontre d'une petite-sœur... Avoir une petite-sœur constituait un avantage considérable quant au contact avec les survivantes. Le négrillon se mit à regretter de ne pas en avoir. *Une petite-sœur pourrait servir d'appât !...* Il s'empressa de refouler cette étrange impulsion. Mais l'envie resta vivace en lui, jusqu'au bourgeon de l'idée... *Une petite-sœur...*

L'unique solution était d'en réclamer un exemplaire à Man Ninotte, mais il n'osa pas lui infliger cette peine : il devait être douloureux pour l'espèce des manmans d'avoir à s'occuper d'une créature mutilée de manière aussi grave... Mais l'idée s'incrusta. Petite-sœur renvoyait à bébé. Ti-bébé allait avec manman... et c'est là que s'ouvrait le mystère...
D'où provenaient les ti-bébés ?
Comment les manmans parvenaient-elles à en trouver ?
D'où les sortaient-elles ? Existait-il sur cette provende un Père Noël spécial ?...

Il se mit à creuser la question auprès des doctes de son espèce.

L'ennui, c'est que les êtres-humains méconnaissaient l'affaire et racontaient n'importe quoi. Les plus informés disaient que les ti-bébés poussaient dans les maternités où les manmans allaient en acheter au moment du besoin… D'autres (qui avaient lu dans des images) parlaient d'oiseaux bizarres, à longs cous et longs becs, qui venaient en déposer au bout des cheminées pour faire plaisir aux Grandes-Personnes. Mais nul n'avait vu ce genre de volatile dans le ciel des Antilles ni compris dans quelle cheminée il aurait pu les déposer vu que les cases du pays n'en avaient jamais eu… Il y eut des obstinations à prétendre que les ti-bébés surgissaient des calebasses. Quand la calebasse avait mûri, on la coupait en deux, on enlevait le ti-bébé, et la calebasse ainsi coupée se transformait en couis, lesquels servaient de récipients… L'hypothèse était plausible car des calebasses coupées il y en avait tout-partout, dans les cases, à la ville, au marché, et dans chaque maison. Man Ninotte y faisait mariner son poisson dans d'odorantes saumures, le Papa y triait des lentilles. On en utilisait pour les lessives et autres tâches contre la déveine…

Le négrillon étudiait chaque hypothèse avec un soin particulier.

174

De recoupement en recoupement, il invalidait les plus aberrantes : comme celle d'un délirant qui affirma avoir su d'un cousin — qui lui-même le tenait d'un ostrogoth tombé de France — que les ti-bébés surgissaient dans le ventre des man-mans, y mûrissaient comme des ignames, puis en sortaient à la septième pleine lune. Le délirant aurait pu s'arrêter à cette extravagance, mais il s'enferrait en soutenant que les Papas — qui dans le monde du vivant ne servaient généralement à rien — étaient les seuls à savoir susciter un ti-bébé dans le ventre d'une manman, et mieux : qu'un Papa pouvait le faire quand ça lui semblait bon. Et pour finir, ce fou furieux s'énervait sur l'idée que les ti-bébés naissaient en sortant du nombril comme des haricots, et qu'ils grandissaient de soupe en soupe pour donner des êtres-humains, fille ou garçon, et que c'étaient ces filles et ces garçons qui grandissaient pour donner des Grands puis des Grandes-Personnes... Ces affirmations étaient tellement biscornues que le négrillon les laissa de côté pour s'intéresser aux calebasses, et aux récupérations à la maternité... Il envisageait d'économiser pour que Man Ninotte aille s'acheter un ti-bébé, du modèle petite-sœur. Il lui promettrait aussi de s'en occuper pour diminuer la gêne, et que, même si elle n'avait plus de ti-bout, il saurait lui apprendre à devenir humaine...

Cette toquade aurait pu se perdre dans les mangroves de son esprit, mais il se mit à rencontrer de nombreuses madames avec le ventre énorme. Elles se mirent à pulluler dans les axes où fuyait son regard. Elles constituaient une catégorie à part que tout le monde traitait dans un mélange mal trié de déférence, d'encouragement et de souci… Une autre catégorie connut la même brusque endémie : celle qui portait un ti-bébé à l'épaule et s'arrêtait à chaque dix mètres pour l'allaiter… Il se souvint qu'il en avait vu chez le médecin, à la pharmacie, au marché, devant l'école, autour des taxi-bombes qui reliaient les communes… cette fois elles étaient tout-partout en même temps, comme si son propre regard disposait du pouvoir de les multiplier… On les laissait passer, on s'écartait pour elles, on les accompagnait pour le passage des caniveaux, on leur accordait un bout de tabouret là où une file d'attente éprouvait des patiences… Celles qui s'arc-boutaient dessous un ventre énorme devaient à coup sûr charroyer des grappes de ti-bébés : elles affichaient un teint de douceur pleine, et leurs yeux s'embarrassaient de rêves perdus, de joies trouvées et de cauchemars à deviner… Le négrillon en avait vu auparavant, mais là il les découvrait avec l'ampleur d'une espèce nouvelle !… Du coup, il sombra dans un calcul intense : remettre de l'ordre dans un monde qu'il avait déjà eu du mal à clarifier, et à stabiliser dans cette clarté précaire…

— Il paraît comme ça que les ti-bébés sortent du ventre des manmans…

— Hein ? ! Qui est-ce qui t'a dit ça ? !

— À l'école.

— C'est le Maître qui a levé ce machin-là ?

— Non pas le Maître mais dans la cour. Tout le monde dit que les ti-bébés sont mis dans le ventre de la manman par le Papa, et qu'ils prennent de la force pour sortir du nombril comme des haricots…

— Si on t'a dit ça, ça doit être vrai.

— Mais comment le Papa fait pour mettre le ti-bébé dans le ventre de la manman ?

— Va demander ça là où on t'a raconté cette histoire !…

— Personne ne sait hak.

— Alors va demander à ton Papa !

— Mais toi manman, tu sais si j'étais dans ton ventre ! ?

— … Seigneur, ayez miséricorde ! *(Soupir de la malheureuse.)*

— Et comment je suis sorti ?

— Par l'opération du Saint-Esprit.

— Et comment Papa m'a mis dans ton ventre ?

— Par l'opération de la sainte Trinité.

— Oui, mais comment ? !

— Ah, ti-manmay tu veux me rendre étique ! Y a pas de leçons à apprendre ? !... Sors de mes pieds !

Il prit son courage au collet et parvint, un jour de sieste, à poser la terrible question au Papa. Par chance, l'expédition fut mise en œuvre un jour où la Baronne avait soulagé ce dernier d'une peuplade de vers bleus. Cette bénédiction lui provoquait trois jours d'une bonté générale dont toute l'humanité pouvait bénéficier. Le négrillon lui expédia la question alors qu'il s'était déjà allongé, avec cette plainte d'aise qu'inspire la perspective d'un délassement des reins :
— Comment on met les ti-bébés dans le ventre des manmans ! ?

Le colonel sursauta dans ses rayures domestiques. Il tourna la tête et regarda le négrillon avec l'air de se demander s'il avait raté un épisode de son développement, ou s'il s'agissait d'une lubie sans portée. La conclusion de cet examen restera un mystère, toujours est-il qu'il répondit :
— Vaste question, mon ami ! Vaste question... mais je ne suis pas convaincu qu'elle soit de ton âge...
En ce temps-là, les Grands et Grandes-Personnes n'étaient pas d'un esprit très ouvert. Ils

178

ne pratiquaient ni la tolérance ni le respect de l'altérité. Les êtres-humains n'étant pour eux que des débiles mentaux, ils s'attachaient à ne rien leur expliquer sous prétexte de ne pas contrarier le rythme de leur évolution. Les choses importantes n'appartenant pas à ce triste niveau d'existence, il valait mieux l'abandonner aux émerveilles futiles le plus longtemps possible.

— On dit que c'est toi qui m'as mis dans le ventre de manman...

— Hypothèse, mon ami ! Le père, dans le meilleur des cas, n'est qu'une vague hypothèse...

... Le pire c'est quand elle restait silencieuse, sans chanter, sans cri et sans soupir, recueillie à l'article d'une blessure, bridant les rênes de ces lézardes que la déveine portait à la faïence du bouclier...

... mais il y avait aussi des cris bien différents des autres, qui se craquelaient comme du cristal impur, avec lesquels la guerrière se flagellait elle-même, ou tentait d'exciter on ne sait quel attelage fourbu... des cris, aux couleurs de la plainte...

Comment savoir où tout s'effondre ? Comment situer cette révolution copernicienne qui allait invalider l'originelle croyance ? L'évolution reste une énigme. L'élargissement de la conscience s'organise au mystère. Il n'y a pas de progression linéaire, inévitable, mais des nœuds de hasards, surtout des mutations, des bonds de pensées, des abîmes de révélations soudaines, des conjonctions de paradoxes et une série d'évidences infinitésimales qui s'ordonnancent et changent le monde. En un sursaut qualitatif extrême l'esquisse d'*homo sapiens* qu'était le négrillon finit par découvrir ceci : son centre de gravité ne constituait ni le milieu de l'existant ni l'essentiel de l'humanité… Il finit par savoir que les espèces étaient en fait liées. Que l'espèce des Papas et l'espèce des manmans donnaient naissance à des ti-bébés, lesquels pouvaient disposer d'un ti-bout ou ne pas en avoir. Que les petites-filles n'avaient rien perdu comme il le pensait mais qu'elles naissaient comme ça. Que les petits-garçons n'avaient rien en plus, ni rien conquis de haute lutte, mais qu'ils naissaient comme ça. Et que les deux avaient vocation à grandir pour se rencontrer, s'aimer, donner naissance à des marmailles dans une chaîne sans fin… On ne sait pas si l'information lui fut révélée sur un mont, près d'un buisson ardent, ni si quelques convictions lui furent transmises depuis des manuscrits anciens ou des trouvailles archéologiques. On ne sait si cette révélation fut de nature scientifique ou religieuse, païenne ou hasardeuse, mais elle eut lieu et lui changea sa vision des choses à commencer par l'idée qu'il se faisait du ti-bout. Que ce n'était pas en fait un

180

canon-à-pipi, mais qu'il servait surtout à fabriquer les ti-bébés... Restait l'insondable question de savoir comment.

Conversation avec la Baronne :
— Pourquoi tu veux savoir ça ?
— Comme ça...
— Le Papa va au marché, il achète une petite graine, que la manman avale... Alors le bébé grandit dans son ventre...
— Quelle petite graine ?
— Une petite graine rouge.
— Et le ti-bout ?
— Quel ti-bout ? !

Conversation avec Marielle :
— Tu as un problème ?
— Non, mais c'est savoir que je veux savoir...
— Pour faire quoi avec savoir ?
— Pour savoir.
— C'est une petite graine qui pousse...
— Encore !
— Tu as un problème ?
— Quel genre de petite graine ?
— Une petite graine que le Papa donne à la manman...
— Encore !
— Tu as un problème ?
— Graine comment ? Comme une quénette ?
— Ça dépend...

— Une petite graine rouge ?

— Si tu veux !

— Il lui donne ça comment ?

— Il l'appelle et puis il lui donne la graine comme on donne un cadeau… et puis arrête de me persécuter !…

Conversation avec Jojo l'Algébrique :

— Pas de petite graine. Je pencherais plutôt pour une équation.

— Une équation ? !

— Il y a un chiffre à l'origine de tout, et un chiffre au principe de tout. Il faut les combiner et trouver les bons développements en identifiant la valeur de chaque inconnue…

— Un Papa sait faire ça ?

— Les probabilités sont fortes.

— Et le ti-bout ?

— Quel est son chiffre ?

Paul le musicien l'écouta avec un ennui profond. Il n'était pas du genre à s'embarrasser avec ces questions. En dehors de sa guitare, des sons et des musiques, rien ne l'intéressait, ou alors il s'y intéressait tant que plus rien d'autre n'avait accès à sa conscience. Par la musique, il vivait une évolution accélérée, qui empruntait des voies inhabituelles et comprimait dans une seule volte toute son enfance et son adolescence. Il ne tarderait pas à commencer à rentrer tard, à rôder autour des surprises-parties, bals, thés-dansants, punchs-en-musique… Il commencerait bientôt à découvrir une vie insoupçonnable qu'il se mettrait à vivre en douce et qui ressemblerait beaucoup à celle que le Papa avait vécue dans ses temps de jeunesse. La Baronne pressentait chez lui le germe d'une mauvaise graine. Elle n'arrêtait pas de le traquer, de vérifier ses cahiers et devoirs, et de le menacer du dernier des enfers. Qui fait que ces deux-là menaient dans le même temps une guerre de Cent Ans, une guerre 14-18, et la guerre du Mexique. Ce conflit quotidien transformait Paul le musicien en un guérillero qui évoluait en marge de la baronnie. Il laissait tout le monde tranquille, à condition qu'on lui rende la pareille… Pour le négrillon, il éprouvait un genre de compassion ennuyée, teintée d'une patiente indifférence, c'est pourquoi il lui répondit sans entrain :

— Ils font malélevé…
— Hein ?
Percevant l'immensité des explications qui seraient nécessaires, le petit musicien se ravisa sans ménagement :
— Circulez !
— Qu'est-ce que tu as dit là ?
— Rien ! Circulez, sacrée virgule !
— Tu veux parler de la petite graine ?

— C'est parler que je veux parler de rien !

— La petite graine rouge ?

— Oui, il y a des graines là-dedans, lentilles, haricots, pistaches, et tout ce que tu veux, comme dans un calalou ou un gâteau-patate !...

Malgré les informations contradictoires, le né-grillon parvint à opérer des recoupements. De toute évidence le ti-bout n'était pas seul. Il fallait une graine rouge. Il en parla aux êtres-humains savants : ils se perdirent dans la question sans dénicher une sortie honorable. S'attaquant à ce qui leur était accessible, ils montèrent des expé-ditions entre les établis du marché-aux-légumes, avec pour but de passer en revue toutes les graines rouges de l'univers, notamment celles que vendaient les marchandes-sorcières entre le camphre et les encens. Ils trouvèrent des graines contre les maux-de-tête. Des graines contre les gros-pieds. Des graines contre les chiques et pleurésies. Des graines contre les dartres et les sept branches de la calamité, mais rien qui puisse germer vers une esquisse de ti-bébé. Faut dire que les marchandes-sorcières se montraient peu coopérantes. Elles ne comprenaient pas que des marmailles puissent traîner par-là sans une mission diligentée par leur manman. Leur première réaction était de conseiller à ces ban-dits de prendre la mer pour grand chemin et disparaître à l'horizon... Le négrillon en tête, nos obstinés s'essayèrent à la ruse mais sans trop de succès :

— Notre manman nous a dit d'aller acheter la graine rouge…

— Quelle graine rouge ?…

— Celle pour les ti-bébés…

— Y a la graine pour les boutons de chaleur mais elle est pas rouge. Y a la graine pour la varicelle mais elle n'est pas rouge non plus. Y a ça qui est rouge, contre la diarrhée, mais c'est pas des graines… Elle a dit graine rouge ? ! Quelle qualité-modèle de graine rouge, han ?…

— La graine rouge…

— Une graine rouge tout bonnement ou bien une graine qui devient rouge avec la lune ? !

— La graine rouge…

— On vous a payés pour me fatiguer ? ! *Sôti la !*

L'hypothèse de la graine rouge ne put résister aux visites du marché. D'autant que dans tout climat d'évolution, les questions pollinisent, se répandent dans le monde, et finissent par ramener mille douze réponses inattendues… Il devint probable que le ti-bout demeurait seul en lice, et n'avait pièce besoin de petite graine rouge… ce qui simplifia le problème mais compliqua la réflexion. Le ti-bout disposait donc d'une fonctionnalité inconnue des tablettes. Les êtres-humains savants effectuèrent avec le négrillon mille calculs énervés. Il fallait déterminer le temps passé à faire pipi, et confirmer qu'une activité aussi élémentaire ne pouvait justifier l'existence du ti-bout. C'est vrai qu'il n'avait pas l'air très compliqué : pauvre mol asticot en dérade solitaire, à dimension variable... Pourtant, même attesté que le vivant dans ses proliférations aventureuses n'était jamais logique, n'exister que pour cela paraissait bien étrange... D'autant que Grands et Grandes-Personnes le cachaient à grand soin comme si en grandissant il devenait honteux. Les extrapolations allèrent bon vent sur de probables transmutations qui, au fil du temps, devaient couvrir le ti-bout de pustules ou l'affubler d'une tête de souris... La réflexion fut sévère, abyssale, mais elle s'échoua bien vite au dossier des mystères... Ce fut encore un maître-canonnier qui dégagea la piste...

... Je vois ma ville, je la retrouve mais sans la rencontrer... je l'utilise pour faire bouger le négrillon en moi... Des maisons se sont effondrées... Du béton sans visage a remplacé de vieilles façades au bois pensif, aucun balcon ne fonctionne plus : livrés, sans floraisons, aux mécanismes climatiseurs, ils pleurent leur rouille de fers forgés...

... Cette ville n'a jamais été lourde, ni monumentale, ni en pierre éternelle, juste en bois offert à la dent des cyclones et des embrasements... maintenant, elle vit l'aventure de ce monde, en fluidité extrême, l'urbain se

développe sans faire ville, effaçant des souvenirs,
n'accordant qu'une écaille mémorielle dénuée des forces
pérennes qu'élevaient les villes de pierre… Cette ville
créole n'a de rigidité qu'en nervures, traces subtiles,
fidèle à son principe elle ira au mouvement qui ne se
fixe que pour encore bouger… moi-même ainsi, mon
négrillon…

Cela dut se produire dans la rue des survivantes : les épreuves y allaient bon train, et
l'énigme du ti-bout y revêtait une acuité inhabituelle… L'informateur, un docte analphabète,
Grand-Grec sans alphabet, avait la particularité
de ne pas craindre les survivantes car il avait
deux petites-sœurs, car ses petites-sœurs avaient
des petites-copines, et qu'il était pour lui de
l'ordre du normal que de leur parler, que de
leur demander l'heure, que de vivre en leur
déroutante compagnie… Ce naturel l'érigeait
en demi-dieu vivant. Tous le regardaient, un
éclairage aux yeux. C'est donc lui qui révéla une
piste fondamentale, laquelle fit progresser
l'humanité autant que l'expérience inopinée du
feu… Il leur expliqua que le ti-bout demeurait
étranger à l'affaire… Pour lui, le phénomène se
produisait dans ce que la langue créole appelle
un *Bo*.
Les ti-bébés se faisaient par l'embrassade des bouches !
Pour dissiper l'incrédulité générale, Grand-
Grec leur asséna sa science du cinéma : les héros
finissaient toujours par s'y donner un *Bo* et, dans

l'image suivante, la madame se retrouvait toujours à se mignonner un ti-bébé sur l'épaule...
Tous les films-des-dimanches-à-quatre-heures
furent passés en revue dans des têtes fiévreuses...
Des *Bo* se mirent à défiler, à se superposer, à
résumer les sagas les plus longues... Les *Bo* apai-
saient des paniques, longeaient des embarras,
concluaient des tendresses. Ils justifiaient les
clairs de lune et les ralentissements inutiles où le
héros devenait ababa. Ils se collaient aux géné-
riques où le mot « Fin » refoulait les âmes soûles
vers la réalité... Ses exemples furent sans
nombre et d'une évidence telle que commença
la plus longue des quêtes : celle de l'humanité
sur les traces de la scène primitive — laquelle
ouvre toujours à bien des achèvements...

ERRANCES ET ÉGAREMENTS

Le demi-dieu sans alphabet n'avait pas tort.
L'histoire de l'humanité est ainsi jonchée d'aide
divine, martienne ou extragalactique, surgie à
point nommé pour résoudre une énigme... La
révélation du *Bo* invalida la piste du ti-bout et
lança le négrillon dans la quête d'une Atlantide
inattendue...

Le *Bo* était partout, sauf dans la vie vivante... En revanche, il y en avait sur les affiches de films. Sans cesse, sur les photos ornant le hall du cinéma Pax. En pagaille, dans les images en noir et blanc de l'unique télé du pays que le négrillon allait lorgner dans une vitrine... La nuit, il se remémorait les films dans lesquels Hercule, Maciste, Lancelot, Django, Lemmy Caution ou d'Artagnan, à un moment ou à un autre, regardaient la dame avec des yeux de poisson frit, rapprochaient leur nez de son nez et lui donnaient un super *Bo* qui abîmait la salle dans des émois considérables... Le *Bo* n'apportait rien aux signifiances du film mais il déclenchait des woulo de plaisir et des exaltations dont l'intensité avait toujours rendu le négrillon perplexe... C'est vrai qu'à l'instant du *Bo*, il criaillait comme tout le monde *(wop wop woooop !)*, mais juste pour se moquer du dérisoire de ce moment, l'exorciser, accélérer ainsi le retour au mouvement... En ce temps-là, les femmes ne servaient qu'à décorer les films. Elles encombraient l'action, se prenaient dans les pieds du maître-pièce, glapissaient à la vue d'une fourmi, ne savaient ni sauter ni courir, et s'il y avait un endroit où glisser et tomber, elles y glissaient d'avance et y tombaient toujours... La plupart n'étaient utiles à l'aventure que pour l'instant particulier du *Bo* où s'illustrait le générique... On pouvait alors tout imaginer des suites ouvertes entre le héros et la bonne Belle, mais à l'époque tous les êtres-humains s'en fichaient...

Nouvelle manière au cinéma : attendre le *Bo*. Les coups de poing et les poursuites ne suscitaient plus qu'un intérêt moyen. Seul le *Bo* surgissait dans l'ampleur du silence, de la bouche qui gobe-mouche, du cœur qui se suspend et des doigts soudain moites étranglant l'accoudoir... Alors qu'il s'éternisait auparavant, maintenant il paraissait trop bref, et l'on n'avait jamais assez de temps pour en percer l'énigme...

Nouvelle manière de regarder : se percer pour rentrer dans l'écran et dépasser la surface de l'image...

Le nouvel éclairage sur le *Bo* força l'espèce entière à récapitulation, et à de nouvelles explorations des zones du monde déjà inventoriées... Il y eut donc d'interminables errances, conjointes ou solitaires, dans les bandes dessinées, dans les livres de conte, dans les moindres images du moindre livre illustré ou du journal le plus insignifiant — un plein d'explorateurs sur le retour, avides, recherchant l'illustration du *Bo* et s'efforçant sans même une vraie boussole d'en percer le mystère... Grand chercheur, adepte de l'intuition, trafiquant de hasards, drogué à l'impossible, le négrillon en découvrit partout mais le vivier le plus extraordinaire lui fut offert par les photos-romans…

Man Ninotte s'achetait des journaux italiens couverts de photos. Ces magazines racontaient des histoires insipides qui n'avaient jamais intéressé le négrillon. Des hommes en veston-cravate, des femmes à grands cheveux, toujours face à face en train de se parler. Ils n'avaient ni pistolet ni épée, aucun dragon ne les persécutait. Ils se parlaient c'est tout, parlaient encore, parlaient toujours, et finissaient par se donner un *Bo*… D'autres journaux — *Intimité, Nous-Deux, Mode de Paris*… — consacraient deux-trois pages à cette sorte d'historiettes en photos. Man Ninotte les parcourait d'un œil dubitatif juste avant son sommeil, mais la Baronne et Marielle les gardaient auprès d'elles, les lisaient treize fois de suite avant de les entasser au-dessous de leur lit comme autant de trésors. Dans sa quête du *Bo*, le négrillon se jeta dessus. Il ne fallait pas se faire repérer par la Baronne, bien rabattre sa chemise sur le journal subtilisé, et se serrer dans quelque coin reculé sur le toit des cuisines. Avec sa nouvelle clairvoyance, il vit toutes les dix pages des *Bo* et des *Bo*, accompagnés de mimiques tourmentées. En déchiffrant les bulles, il découvrit qu'autour des *Bo* les personnages parlaient d'amour, de toujours, d'à jamais, et de *Tu pars Je viens*… Qu'il y avait des séparations et des retrouvailles. Des trahisons et des pardons sur des rythmes différents. Des *Bo* de déchirement ornaient des *Bo* de repentance, des *Bo* de félonie donnaient répliques aux *Bo* de sentiments sincères… mais le *Bo* le plus suggestif était celui de la fin par lequel se délaçaient les nœuds, et où, dans l'ellipse, devait bien entendu, que Dieu nous en éclaire, germer le ti-bébé…

Mille photos-romans furent ainsi découpés. Il fallait : ou arracher la page d'une sorte si nette que son absence demeurait invisible aux yeux de la Baronne, ou la chiquetailler selon une science subtile qui laissait accuser une bête-à-ciseaux… Mais la Baronne en fut rarement illusionnée ; Man Ninotte encore moins ; et des *Qui a fait ça ?! Qui a déchiré mon journal ?!* déboussolaient la maisonnée… La hargne revancharde dégénérait en inculpations aveugles au bruit desquelles l'angélique négrillon se réfugiait dans le sommeil… Malgré les surveillances renforcées sur les photos-romans, il fallait à tout prix en extraire les occurrences du *Bo*, les emmener à l'école, positionner ces échantillonnages dans un cercle studieux pour en élucider la structure organique. Certains êtres-humains finirent par disposer d'une collection impressionnante de ces *Bo* découpés… Chaque découpe plongeait l'observateur dans des suppositions infinies sur les dessous de l'image. On en examinait le verso. On élevait le papier vers une source de lumière pour y surprendre des transparences. On grattait la surface pour révéler les profondeurs... Mais rien... ! Le fond secret restait intact... La certitude (d'après les doctes qui prétendaient avoir lu toute l'histoire) c'est que là-même après le *Bo*, les protagonistes allaient aux épousailles, que la bonne Belle transportait une graine juste derrière son nombril, et s'évertuait à faire mûrir des lots de ti-bébés...

Un docte expliqua même à l'assemblée abasourdie que le *Bo* pouvait enclencher des résultantes fabuleuses, comme celui qui réunit le dieu Poséidon, et la belle Cleito, et qui donna naissance, entre autres, à toute l'île des Atlantes où jamais sagesse, bonheur et prospérité ne connurent d'achèvement plus complet...

Explorations philosophiques :
— Quel goût ça a ?
— Peut-être un goût de chocolat...
— Mon frère dit que si la fille a mangé des mangots ça a un goût de mangots !...
— Et si elle a rien mangé ?
— Hon...
— Tcha !... J'espère qu'on ne boit pas son crachat...

— Mon grand frère dit qu'il ne faut pas cracher...

— Il faut faire quoi ?

— Il faut bien coller sa bouche, c'est tout... et
bien fermer les yeux !

— Et si elle a des chicots ?

— Tcha !...

Il n'y en avait jamais assez... Les minières
n'étaient jamais assez pourvues, les placers toujours insuffisants... Maintes attaques furent mon-
tées contre la librairie Jean-Charles : fallait y
feindre à grand spectacle de s'acheter un porte-
plume, puis glisser flap vers les photos-romans,
en feuilleter à pleins gaz, trouver un *Bo*, en arracher la page, l'emporter sans se faire prendre aux
analyses désespérées... Il fallut quelques saisons
pour invalider la graine rouge dans la bouche
comme vecteur obligé des ti-bébés pendant le
Bo... Puis encore quelques époques pour qu'elle
sorte des légendes : demeura juste le *Bo* dont le
mystère se fit indépassable durant toute l'ère glaciaire... Les imaginations se congelaient, les songeries givraient en obsessions hagardes, les chimères se gelaient en cauchemars... Il y eut des
psychoses, et même des régressions, sans parler
de ces humanités détruites par l'incompréhension... Les questions sur ce sujet n'étaient per-
mises nulle part. Les exercices d'apprentissage
aussi. Le *Bo* n'était pas exposé au soleil du pays...

Pièce aperçu tangible ne s'exposait aux vigilances des êtres-humains…

Le négrillon en était réduit à des suppositions… Le Papa ne donnait pas de *Bo* à Man Ninotte. Il l'embrassait sur la joue aux arrivées et aux départs, et le reste du temps, en manière de tendresse, il lui pinçait la taille, lui pichonnait le bras, lui grafignait le dos — *Alors mon Gros Kato ? !* —, … ce qui précipitait la guerrière dans un agacement de théâtre… Ce rituel de la pichonnade et du vieil agacement supposait une façon de cœur-faible, mais à l'époque sa manifestation demeurait illisible…

> *… Mémoire, je vois tes réticences : pourquoi ramener le négrillon ? Pourquoi fonder une permanence quand la matière humaine ne trouve grandeur qu'au devenir ?…*
>
> *… Négrillon, je te vois, te construisant jour après jour, négligeable héros de l'en-bas des cloisons, petit guerrier de caniveau, chevalier dérisoire des poussières de persiennes, t'élevant sans cesse dans des postures altières… Ainsi, l'homme, ses héroïsmes infimes dans la pâte molle des jours, son écrire comme grand-voile… Aller, en devenir, dans l'estime toujours : le regard en inventeur du beau… seule permanence possible…*

Les premiers axiomes concordaient : dans l'affaire du *Bo* les dents ne servaient à rien. Il ne fallait pas mordre. Rien n'était à croquer, ni à expédier au broyage des molaires… L'autre invariant c'est qu'il fallait disposer d'un assez d'entraînement pour rester souffle-coupé durant trente-trois minutes. Plus l'on pouvait suspendre son souffle, mieux le *Bo* devenait fécondant... En revanche, il fallait s'assurer des aptitudes apnéiques de la Belle, en sorte de ne pas se la retrouver étouffée sous la lèvre... Précision capitale : se placer le visage de biais, sans doute pour disposer d'une vision stratégique en cas d'attaque ennemie... Il fallait... Les êtres-humains auraient pu échauffer l'ère glaciaire dessous les conjectures mais une donnée-surprise déclencha la débâcle...

Gros-Lombric, expert en chose créole, les surprit en tourmente sur la question du *Bo*. Il essaya de deviner l'objet de l'inquiétude. Les tourmentés le lui expliquèrent sans qu'il n'y comprenne hak. Pour lui, le *Bo* n'était qu'insignifiance. Après l'examen d'une centaine de découpes, ils réalisèrent ne pas causer de la même chose. Dans le monde créole, expliqua Gros-Lombric — un monde qui déjà s'éloignait lentement d'eux —, ce mot ne désignait qu'un guilili bisou tchoup sur un bout de figure : le vocable concernant l'affaire des bouches et ti-bébés c'était : *Lang.*
Ce qui se déclinait en *languer* ou *landyé.*
Donner une langue.
Cela changeait tout. Comme une aggravation. Il fallut au négrillon négocier ce virage sémantique,

raide mais pourvoyeur d'une piste à un nouvel envol. Cette fois, l'enquête avança sans traîner. La langue était tout dans l'affaire. D'après Gros-Lombric, il fallait l'envoyer en plongées circulantes, fouailler les hauts et bas, les profondeurs et les postes avancés, un peu comme pour débusquer un vicieux crabe mantou… Celle de la bonne Belle devait procéder de manière identique, mais nul ne put le certifier. Mais il fut souligné que leur conciliabule déterminait l'affaire des ti-bébés — ce qui ne résolvait pas grand-chose au problème mais instillait un semblant de lumière… Il fut même établi une nomenclature de l'activité de la langue selon qu'il fût désiré un ti-bébé-garçon ou un machin-chose-fille…

L'architecture du monde se défaisait d'absolu en absolu. Un absolu chassait un autre. Les êtres-humains éprouvaient de plus en plus de mal à se positionner au centre du vivant : ballottés d'un souci à un autre — chaque souci operculant leur âme (durant différentes ères) d'un horizon indépassable et toujours incertain… Durant ces stases intenses, le négrillon s'oubliait lui-même : englué par mille cogitations. Je parle d'une tension vers cette saisie de l'inconnu que l'homme d'aujourd'hui exerce encore dans les maquis de son écrire : chercher sans savoir quoi chercher, et trouver le plus souvent sans trop comprendre la prise…

L'humanité se scinda en deux genres : ceux qui avaient déjà langué une fille, et ceux qui ne l'avaient pas fait. Les initiés à ce mystère étaient rares, toujours plus âgés, ou plus vantards, et peu soucieux de donner les détails ou de révéler le nombre de ti-bébés qu'ils avaient mis de cette manière au monde. Ils préféraient prendre un air louche et les laisser à leurs calculs mentaux. Ceux qui osaient quelque information sur le vécu de cette énigme débitaient des choses ahurissantes : style courts-circuits électriques, goût de lune et d'argent, oreilles sifflantes, yeux à fermer pour mieux voir dans la bouche qu'on languette… Certains sachants autorisés affirmaient l'utilité des yeux ouverts pour garder l'équilibre, et pour que la bonne Belle ne se change pas en crapaud à bretelles des fois qu'il s'agirait d'une diablesse en goguette… que…

Il existait des conditions à respecter suivant que l'on désirât un être-humain ou son ersatz moins performant… Bien entendu, la côte penchait vers les êtres à ti-bout. Les doctes expliquaient : le *Bo* à la lune montante était propice aux humanités pleines, et la lune descendante ouvrait comme une malédiction aux destinées en petite-fille… À la nouvelle lune, on s'exposait à pro-créer des monstres à bras tors et à tête de cale-basse… Le *Bo* salé donnait des mâles, le *Bo* sucré engendrait des femelles… Le coup de langue vigoureux engendrait les garçons, la langue molle laissait la place aux tragédies des petites-filles… *et cætera et cætera…*

Pour l'humanité perdue dans ces informations, survint un autre âge de l'outil. Les naufragés se livrèrent aux expérimentations du languer pour en comprendre les abysses insondables. Certains s'exerçaient sur les lèvres d'une bonne Belle découpées dans un photo-roman ; d'autres utilisaient un bout tendre de leur bras ; d'autres encore s'en prenaient à des bouts de miroir… Certains gastronomes utilisèrent un bout de sucre candi ou une rondelle de saucisson… Durant ces exercices, les imaginations se prenaient d'échauffures… Mille goûts s'inventaient, depuis l'arôme de la glace au coco jusqu'aux sapidités de cribiche dans la vase, en longeant l'eau de Cologne ou la sardine-tomate… Chacun ramenait du fond de son esprit des saveurs adorées ou celles qu'il détestait, selon qu'il fût victime d'un plaisir fantasmé ou d'une sourde inquiétude… Le négrillon rencontra souvent les goûts du chocolat Elot, ceux du lait Nestlé sur mie de pain rassis, et même la haute flaveur des patates douces pilées dans du lait Gloria… Hélas, ces exercices ne comblaient pas son appétit de connaissance. Il fallait du concret, quelque chose de vivant soumis à la scientificité. C'est dans le creuset de ce désir que Gros-Lombric lui signala les Bonnes... Excusez : Il faut que je vous parle des Bonnes...

L'en-ville de Fort-de-France était le fief déclaré des mulâtres. Après la descendance des colons blancs, c'étaient les plus riches du pays. Ils avaient suivi des études de droit, de médecine, ou disposaient de négoces en tout genre. Avec l'éruption de la ville de Saint-Pierre, l'ethno-classe békée fut à moitié grillée, mais l'ethno-classe mulâtre, essentiellement urbaine, fut elle aussi décapitée. Elle trouva renaissance à Fort-de-France, un comptoir militaire qui remplaça la vieille ville coloniale. Là, elle se déploya dans un regain de faste encore visible dans les antans du négrillon... Chaque maison de mulâtre avait sa Bonne. C'étaient des filles de la campagne placées par les parents. Corvéables jour et nuit, elles subissaient ce petit esclavage qui, dans cette vallée de larmes, valait mieux que la misère des champs. Elles avaient permission du dimanche pour une visite à la famille, mais, ravies d'avoir échappé à la gadoue originelle, elles remontaient rarement et consacraient leur vie à nettoyer, laver et récurer, cuisiner, servir, promener les ti-bébés... Après le dîner, on tolérait qu'elles prennent le frais sur le pas de la porte, et c'est là qu'une ribambelle de créatures nocturnes venaient papillonner autour : charmants à mobylette, Roméo à vélo, Don Juan en fourgonnette, dragueurs à mocassins vernis, distillateurs de mots sucrés, coqueurs professionnels, chasseurs sans foi ni loi de la bête féminine… bref une vraie faune qui venait lancer ses filets à tendresse dans l'ombrage des couloirs ou l'encoignure des portes d'entrée…

Sur les indications de Gros-Lombric, aux premières ombres du soir, il fallait déjouer la vigilance des manmans, et s'en aller guetter les Bonnes. C'était le seul moyen de surprendre une démonstration de langue. Elles étaient là, appuyées d'une épaule à l'embrasure du couloir, humant la coulée fraîche qui remontait de la mer caraïbe en direction des mornes… Le cheveu frit, la lèvre fardée, les joues poudrées, fleurant le savon de Marseille et le ploum-ploum des Syriens… Elles n'attendaient pas longtemps. Surgissaient d'abord les nuisibles ordinaires : un envol de satyres jaillis du crépuscule, qui trouvait son emploi dans cette seule prédation. Ils rappliquaient dans une immanence semblable à celle des mouches, et débitaient leur miel alourdi de sirop : *Mademoiselle, depuis que je vous ai vue, mon cœur a fait un accident blo !… Mademoiselle, si votre regard c'était la flèche, alors c'est moi la tourterelle foutue !… Mademoiselle, depuis que votre sourire est tombé dans ma vie, je suis tombé aussi, et bien plus bas que le canal, au fond de la haute*

201

mer !... *Mademoiselle, si vous me voyez aller-virer comme ça ce n'est point non pour l'embêtance mais juste pour ne pas me noyer en m'accrochant aux branches de la beauté de votre beauté... Mademoiselle, c'est fini, je suis mort hier soir, et ma tombe c'est le songer des graines de vos deux yeux !...* Ils mâchouillaient un français obligatoire et s'évertuaient au bon accent, ce qui suscitait chez les Bonnes des minauderies d'enfant, ou des Tchip sanguinaires, quand ne surgissait pas (dans le sifflé d'un murmure retenu) une injure dont la malpropreté aurait démotivé les services de voirie...

Ces hyènes étaient bien vite refoulées par les fiancés officiels. Ces derniers surgissaient dans un vol de solex, mobylettes, bicyclettes, bâchées ou fourgonnettes, sans parler des taxis marrons... Pour éviter le bruit, et ne pas contrarier les employeurs mulâtres, ils éteignaient les moteurs cent vingt mètres en amont et glissaient comme un duvet divin au point du rendez-vous. Ils avaient de beaux airs : chaussures grinçantes, chevalière à pierre noire au fond du petit doigt, le cheveu vaseliné, chemise à l'amidon cintrée comme un corset, et pantalon tergal... L'À-beaux-airs et la Belle se saluaient, puis de part et d'autre du palier se mettaient en causi-causette, le temps que l'ombre fasse son œuvre et permette d'accomplir ce qui était prévu... Les êtres-humains mêlés aux ombres environnantes écarquillaient les yeux… Il y eut mille expéditions, et deux cent quinze mille veilles, mais toujours infructueuses : les ombres étaient indémêlables… On voyait juste l'À-beaux-airs et sa Belle confondre leurs silhouettes et se dissoudre dans l'ombrage du couloir. Le négrillon avait beau se dégager les yeux, il ne voyait que de l'ombre sur de l'ombre, et, même si par la suite chacun relatait ce qu'il croyait avoir entr'aperçu, échafaudant maintes sagas de légendes, tous s'en retournaient chargés des amertumes qu'inflige l'inabouti…

Certaines Bonnes avaient repéré ces existences furtives qui se glissaient sous les voitures et restaient immobiles. Souvent l'À-beaux-airs se retournait d'un coup et se mettait à les poursuivre en les traitant à grands coups de verbe sale. Mais avec leur fardeau de beaux-airs, il leur était impossible de rivaliser à la course avec des êtres-humains si proches du vif-argent… Il y eut quand même des angoisses, pour tel qui dérape et se sent rattrapé, ou à cause de tel Don Juan, tombé direct de la campagne et disposant d'une vigueur galopante que les gens de la ville avaient perdue depuis longtemps…

… C'est ainsi que Man Ninotte était tombée en ville, placée chez une mulâtresse fabricante de chapeaux, qui devait lui apprendre le métier en juste échange de ses

services... c'est donc ainsi qu'elle dut rencontrer le mulâtre aux airs de colonel, à gros boutons dorés, qui distribuait la Poste, et qui dut, dans le frais du serein, lui distiller de gros morceaux de sucre dans le creux d'une oreille... J'aurais donné cher pour la voir en ce temps, sans doute déjà massive, en rondeur mais le menton hautain, insolente peut-être, menant la vie dure à cette faune nocturne, mais devenant trop faible en face du colonel qui maniait un français d'évangile... Mémoire ho, dessine-la-moi encore...

Durant l'odyssée des Bonnes, le négrillon apprit à observer les ombres. Ces corps emmêlés nécessitaient un exercice visuel et une prouesse mentale pour percer l'ombre, disjoindre les lignes de force, distinguer une réalité que l'on avait envie de voir... Il apprit avec elles à remplir les ombres du seul délire de son esprit, à projeter une lumière intérieure sur ce qu'il observait, à ré-enchanter les nuits d'un coulis de soleil, à soumettre la réalité plate aux fastes d'une tourmente imaginaire... Le temps des Bonnes fut celui des envolées mentales...

MAGIES

Une telle obsession ne pouvait s'endiguer par ces pauvres pratiques. Le mieux, se dit chacun, serait d'avoir une bonne Belle à soi. Bienveillante, cette Personne permettrait d'approfondir la vie comme dans les films et les photos-romans. Mais comment approcher ces créatures imprévisibles et tellement différentes ? Comment les amadouer ? Comment leur parler sans soudain bafouiller ? Comment obtenir une réponse sans Tchip et sans injure ? Et, sitôt l'accroche, comment expliquer qu'il serait temps d'envisager une langue ? Et surtout : comment donner l'impression de tout connaître sur la question ? Car, d'après la rumeur, ces Personnes n'aimaient pas les bébés-cadum. Elles méprisaient les ignorants de la vie, gobeurs de Père Noël, suceurs de pouces ou buveurs de lait nostalgiques du biberon… Il leur fallait des doctes, instruits de plus de choses que nécessaire pour saturer le cervelet d'un être-humain… La chose paraissant impossible, le négrillon essaya de biaiser la question. Il se mit en manœuvre pour dégoter un philtre magique. Un sortilège qui permettrait d'en happer une et de la soumettre sans efforts aux expérimentations utiles à l'avancée humaine. Il y eut donc l'époque de la pensée magique…

Un averti avait découvert dans un photo-roman une petite annonce parlant d'un parfum envoûtant. Il suffisait de le porter sur soi pour que les Personnes s'agglutinent à votre ombre. Le négrillon, en compagnie de ses comparses, rédigea deux ou trois bons de commande, mais — le coût de ce parfum se trouvant hors d'atteinte de toutes les grattes du monde — les bons de commande moisirent dans l'attente d'un moment de fortune qui ne survint jamais… L'humanité en fut réduite à s'inventer des parfums d'envoûtement avec ce qui flottait dans l'air ou que la science de Gros-Lombric pouvait lui révéler… Ainsi — pardonnez-moi, mon Père — il y eut au fond d'une bouteille de soda la précieuse tête de colibri dans de la lavande double capable de dominer n'importe quelle conscience. Il y eut des tentatives sur le nectar-du-commandeur qui érigeait votre désir en seul destin pour la Personne. Il y eut la poudre-de-cantharide qui amarre la Personne à vos pieds, la pierre-d'agate-d'aimant qui vous la fixe comme une colle ; et l'herbe-neuve-de-la-Sainte-Concordia qu'il fallait projeter sur la proie en psalmodiant *Allis, Alla, bac, Kirobac Retroga matou*… Il y eut la lampe-vierge qui s'allume sur treize huiles et capture les regards… sans compter les bains consolidés ou les grandes ablutions de lumière pour les âmes et les saints, et face auxquelles nulle opposition ne pouvait se maintenir…

Quand le négrillon s'affublait de ces ensorcelleries, le monde devenait habitable et plus simple.

Il se sentait puissant, tout paraissait facile. Il remontait la rue des Personnes d'un pas vaillant, entreprenait de les croiser sans une mollesse des jambes. À leur hauteur, il effectuait cette volte négligente de l'épaule qui répandait le maléfice sur ses proies innocentes. Alors elles pouvaient l'ignorer, elles pouvaient rire ou ne pas rire, s'éloigner ou rester près de lui, rien n'avait d'importance : il était hors d'atteinte. Et quand l'une le gratifiait d'un regard un peu doux, il négligeait la chose, qui devenait sans importance : de posséder l'univers tout entier dépréciait toutes les miettes…

La pensée magique fit avancer la connaissance humaine. Il eut loisir de les voir de plus près, et même de soutenir leur regard. Il put s'attarder dans le remous tragique, juste au milieu du porche, sans éprouver le sentiment d'être englué et de glisser dans les abysses. Il crut pouvoir enfin leur parler sans trembler, ce qu'il ne fit jamais car c'était trop facile…

Mais la pensée magique immobilise l'humanité. En faisant ses comptes au fil des longues saisons, il s'aperçut être muré dans une série de vanités le plus souvent très creuses, un lot de certitudes qui ne s'accrochaient à rien et l'emplissaient d'un vide sans horizon. Quand cette hypnose était brisée par des foudres de conscience, il se retrouvait avec des impossibles qui s'étaient aggravés : aucune Personne ne lui était acquise, et leurs troupeaux passaient au loin de lui... Il y eut alors plein de dieux délaissés, d'autels abandonnés, de grigris et de philtres qui se virent oubliés aux poussières des cachettes. Il dut se coltiner le poids de la Raison, et ramper assoiffé sous le soleil de sa conscience... Quand tout allait mal, il se réactivait un petit dieu, un petit philtre, puis revenait à peine mieux disposé au sel de la lucidité...

Axiome de l'émergence du temps de la magie : *bénédiction que d'adorer des dieux, seulement les dieux détestent d'être adorés...*

L'écriture se mit à prendre du sens : comme il était difficile d'approcher de ces Personnes et plus encore de les intéresser — et les envoûtements demeurant sans profit sinon qu'à peupler ses cauchemars —, le négrillon mobilisa son intelligence magique sur l'écriture. Sans doute savait-il lire et écrire. Sans doute gribouillait-il à l'intention du Maître quelques phrases en français pour illustrer des notions de grammaire. L'écriture lui avait paru jusqu'alors inutile, sauf à récupérer de stratégiques bons points ou exprimer des choses sans avoir à parler. Mais, sous les feux conjugués de la sapience et des superstitions, elle se révéla d'une vertu appréciable : l'écriture partait de soi et pouvait s'en aller, loin, longtemps, comme une messagère avec ses charmes et significations... De plus, chaque matin, il avait assisté à une cérémonie de Jojo l'Algébrique... *voici les cent pur-sang*... Ce chiffré s'arc-boutait à la fenêtre, juste en face des cuisines, ouvrait les bras en croix, et se mettait à éructer une tirade insensée... *hennissants du soleil*... Et, à chaque fois, comme par magie, le négrillon voyait le soleil blanchir le bas du ciel et amorcer sa courbe vers l'œil fixe de midi... *parmi la stagnation*... Un jour, saisi de compassion, l'Algébrique avait montré au négrillon cette phrase qui soulevait le grand astre... *voici les cent pur-sang hennissants du soleil parmi la stagnation*... Elle se trouvait dans le recueil de poèmes d'un dénommé Césaire. Cet événement allait par la suite modifier bien des choses, mais sur le moment le négrillon n'y vit que le pouvoir d'ordonner au soleil...

Tant de pouvoir à un simple lacis des lettres de l'alphabet !...

C'est pourquoi, dans son désir de capturer une Personne, il entreprit d'écrire, surtout de reproduire quelques missives fournies par Gros-Lombric mais déchiffrées par on ne sait quel docte moitié savant moitié sorcier... Ces missives circulaient dans le monde des humains avec la vertu certifiée de charmer qui par malheur les recevait. La première, cueillie dans un carnet de quimboiseur, disait à peu près ceci, toutes obscurités envenimées par les enjolivures de quelques scribes laborieux :

Je vous prie au soleil de l'excuse de pardonner mon audace à vous écrire mais lisez ma lettre sans crainte et sans reproche elle n'exprimera que mon honneur dans le respect pour vous. C'est l'excuse au zénith de l'excuse que j'invoque pour obtenir votre mansuétude. J'ai subi le charme qui se dégage de vous au point qu'un sentiment nouveau un trouble au dernier cran ont envahi le mitan de mon cœur et depuis ce jour et cette nuit je n'ai plus le calme ciré des anciens jours je ne vis plus debout bien droit et je passe mes cauchemars allongé sur mes nuits enivré de vous que je supplie ne vous détournez pas de moi ou la vie perdra son prix son sel sa poule au pot et son canari de riz. Mon sort est entre vos deux mains et je ne doute pas que vous avez reçu d'autres hommages d'autres déclarations plus décharnatoires et déchirées que celle-ci présentement mais pièce ne saurait être plus aussi sincère autant que mon trouble qui m'interdit toute perfection de style et qui fait que j'exprime mal mes pensées mais que vous jugerez si vous voulez mieux me connaître que vous n'avez pas d'adorateur plus sincère et plus passionné que moi-même qui suis là. Je manque aux règles de la correction correcte en osant vous écrire ainsi donnez du pardon en faveur de ma franchise et soyez plus que sensible à ma prière…

Ou celle-ci, d'origine similaire :

> Mademoiselle j'ai le plaisir de vous faire obtenir une deuxième lettre pour vous faire savoir que j'ai déjà dépensé dix-sept plumes trois-quarts pour vous écrire et que de même que le soleil éjecte sa première rayonnade sur la montagne de Sinaï mademoiselle de même que la vie c'est le désert et la femme est une chameau pour traverser le désert du désert et calmer la grande soif…

Le problème avec ces missives magiques c'est que nul être-humain ne savait à qui les adresser. Il aurait fallu un nom, un visage, une cible à enchâsser au charme selon les directives de Gros-Lombric. Le rapport aux Personnes restait dans un vague fluctuant. C'était une entité diffuse, vastes anneaux de Saturne entremêlés dans une complexe indistinction. Pas un visage, tous les visages. Pas un sourire, l'enchantement des sourires. Pas une odeur, mais une hâte de senteurs… Avec ces bouts de papier malement calligraphiés, pliés en treize, et sans doute parfumés, il fallait remonter la terrible rue de ces Personnes, trouver moyen d'en remettre un à celle qui serait assez folle pour tendre la main au maléfice. Trop occupé à garder une démarche fonctionnelle, acculé aux déroutes à la moindre circonstance, le négrillon ne parvint jamais à remettre une de ses incandescences. Il dut souvent les lâcher près de l'école, ou les laisser s'échouer au pied d'une Personne, en espérant que la scription magique lui ramènerait une prise. Rien, bien entendu, les dieux étant contraires, ne troubla l'horizon pour cet émule de la sœur Anne…

Pour lui ces tresses de graphèmes détenaient une force. Il les calligraphiait à la plume, regardait l'encre emprisonner les signes, voyait le papier se transformer sous la ligne maladroite des formules. Il contemplait ces entrelacs de pleins et de déliés sans chercher à comprendre, mais en y percevant une concentration d'espoirs, de doutes et d'ordres sans limites… Ses premières plumes usées hors de l'école connurent le poids des instruments sacraux, et ses mots liminaires, tracés sous un vœu obsessif, charriaient la charge mantique des points rouges de la grotte Chauvet…

> … *La Baronne eut toujours une intuition d'avance sur les œuvres de Basile… mais nul ne vit quand l'arbre immense commença de perdre quelques-unes de ses feuilles… rien… juste un jaunissement par là… un roussi de carême qui affaiblit une branche… une floraison moins forte, et moins de senteurs dans le cristal d'un crépuscule…*

Durant les grandes vacances, une angoisse frappait la gent humaine : l'école fermait ses portes. Où passaient les Personnes ? Il fallait en trouver. Sans la concentration scolaire, elles semblaient s'évanouir. On pouvait en rencontrer une par-ci, une par-là, mais jamais ces belles touffes d'où germait tant d'émoi. C'était d'autant plus dommage que les êtres-humains disposaient d'un plus de latitude pour explorer les rues. Les Personnes se voyaient recluses dans le camp familial sous une surveillance stricte. Man Ninotte exerçait un contrôle identique sur la Baronne et sur Marielle, beaucoup moins sur Jojo l'Algébrique et Paul le musicien… Elle se méfiait sans doute de leur aptitude innée à s'enfoncer dans les ennuis comme Cendrillon, Chaperon rouge, la Belle des contes créoles ou cette idiote de Blanche-Neige… Les Personnes ne pouvaient quitter la maison sans une cérémonie de questions allant de *Où est-ce que vous allez ?* à *et avec qui ? et à quelle heure vous serez de retour ?*… La Baronne et Marielle demandaient peu à sortir : elles avaient intégré l'idée que leur place était dans la maison, à nettoyer, coudre, ranger, et à se préparer à vivre selon les lois de leur espèce. N'importe qui ne pouvait pas non plus les approcher facile…

En une certaine époque, le négrillon vit un Grand — mulâtre à beaux-airs de la route des religieuses — qui entreprit de rôder autour de la maison. Il trouvait toujours prétexte pour apporter quelque chose à la Baronne, et rester avec elle dans la salle à manger à deviser d'on ne sait quoi. Il était là chaque jour. Il était souvent là. Puis il se mit à venir trop souvent. Enfin il fut tellement là que le Papa finit par lui tomber dessus. Ce dernier le salua avec cérémonie : « Mais à qui ai-je l'honneur ? » et ne dit rien comme à son habitude. À la première occasion, il convoqua Man Ninotte pour demander : « Mais, chère gros Kato, quel est cet ostrogoth qu'il me semble rencontrer très souvent par ici ? Serait-il nouveau venu dans la famille ou faudrait-il le considérer comme sans domicile fixe ? » Ce à quoi Man Ninotte répondit on ne sait quoi. Le rôdeur rôda encore sans foudres particulières, en se faisant plus rare. Mais un jour, Man Ninotte, revenant du marché, trouva la Baronne en train de causer avec l'icelui au bord de la table à causeries. Sourcil froncé, la paupière abaissée, les mains aux hanches elle lança sans ambages : *An-an sé poko konsa !* Ah non, ce n'est pas aussi simple !... Le rôdeur dut s'enfuir, mais victime de sa drogue, camouflé sous une autre qualité de prétextes, il s'en revint bien vite à l'affaire du causer.

Cette fois, il eut maille à partir avec le colonel en personne. Ce dernier, qui revenait de sa tournée, le salua selon l'article des convenances, l'examina de haut en bas selon les règles de l'entomologie, puis, calmement solennel, paupières en véranda, main au menton, l'oreille penchée vers la réponse, il lui dit :

214

— Parlez clair, ce monsieur, quelles sont vos intentions ! ?…

Le rôdeur qui bien des années plus tard devait épouser la Baronne disparut de la circulation durant un siècle trois quarts, le temps de se refaire les ailes et trouver une réponse…

En dehors de l'école, le seul endroit où rencontrer une bonne grappe de Personnes c'était le cimetière. Durant les vacances de la Toussaint, les êtres-humains s'organisaient par bandes dans les deux cimetières, celui des riches, celui des pauvres. D'abord parce que l'on s'y faisait des sous à nettoyer les tombes, les passer à la chaux, à ressusciter les épitaphes sous de fraîches dorures. Ensuite parce qu'au soir de la Toussaint toutes les Personnes de l'univers se retrouvaient dans les allées en compagnie de leur tribu. Les familles s'agglutinaient autour des tombes resplendissantes. Une galaxie de lumière, accomplie par des milliers de bougies, transformait le champ des morts en frissonnant miracle. Chacun, posé autour du sépulcre familial, se mettait à prier, à songer au défunt, à pleurer ou à en rire selon que sa mémoire lui accordât un résidu de souffrance ou des instants de bonheur… Mais, en ce temps-là, les êtres-humains étaient immortels et ne se connaissaient aucune filiation. Le négrillon n'avait jamais rencontré la mort dans ses proximités.

De génération spontanée comme tous les chevaliers, il avait du mal à établir une relation entre
lui et ces arrières-papa-manman qui gisaient
sous les blanches fixités de la chaux. Il partait
donc, sans émoi ni douleur, en campagne inno-
cente dans les allées du cimetière. Au cœur de
sa horde du moment, il affrontait d'autres
hordes ennemies à coups de caca-bougies. Des
batailles homériques mais bien insuffisantes
pour combler ce moment. Il fallait très vite
signer des armistices pour s'en aller, vigilant et
tranquille, errer de tombe en tombe afin de
repérer les étonnantes Personnes...

Ô tourment !...

Elles se tenaient auprès des tombes, aussi nombreuses que les fleurs en plastique. Les manmans avaient passé du temps à les rendre ridicules, avec des frisettes de dentelles, des nattes à
boucles dorées, des chaussures à œillets, des
rubans tortillés, des parfums de campêche...
mais certaines d'entre elles profitaient de ce
déguisement pour rayonner bien plus que
douze cent mille bougies. Le négrillon découvrait des tombes où des merveilles se tenaient
sages à allumer et rallumer les chandelles tremblo-
tantes. Il découvrait de petites koulies dont le
regard était des nuits vivantes. De petites mulâtresses à froufrous, déjà hautaines, et qui vous fou-
droyaient d'un seul bougé de cils. De petites chabines, célestes de toutes les nuances du jaune et

216

du sale caractère, plus vives que des braises d'acacias… De petites négresses, du bleu au marron tendre, enthousiasmantes d'un impossible qui le laissait estébécoué…

Quand il avait repéré une Personne-merveille, il lui fallait passer et repasser devant la tombe, voir et se faire voir, et se repaître de son émoi devant ce qu'elle était : un dérangement, une délicieuse contrariété, un pas-possible contre lequel, pour exprimer l'inexprimable, il lui fallait lancer de belles boulettes d'un bon caca-bougie…

Dit du Papa : les vieilles filles sont sèches et revêches, aiguës et pointues et presque venimeuses !

Envoyer une boulette de caca-bougie contre une Personne n'avait rien à voir avec le geste de la chasse, surtout pas avec celui de la guerre, ni même avec ces lancers vifs qui décrochent les mangots… C'était une projection courbe, huilée d'une main émue, achevée avec cette impulsion qui ramène les boomerangs… Quand une boulette touchait sa cible, le négrillon éprouvait le sentiment d'avoir fait *quelque chose* à la Personne. Il ne savait trop quoi mais *il lui avait fait quelque chose*, peut-être mignonnée du bout tendre de son âme, peut-être touchée d'une sorte sublime… Quand sa victime réagissait, se tournait pour trouver le lanceur, que ses yeux déployaient les foudres de la recherche, il restait invisible dans la foule, et la regardait le cherchant, et pendant des dizaines de minutes, boulette après boulette, il entrait en relation avec elle, lui invisible, elle le cherchant, dans une proximité inexplicable qui le remplissait d'elle…

Certains soufflaient sur leur boulette avant de l'expédier, comme pour y déposer un filet de leur âme, ou la force d'un vouloir envoûtant. D'autres y pointillaient des initiales, y creusaient une ennéade de petits signes sorciers. Certains y déposaient leurs lèvres, d'autres se l'appuyaient au cœur. Et tous expédiaient la boulette comme on lance des messages, qu'on livre à la fortune l'ultime signal de vie dans la dernière bouteille depuis la mer définitive d'un vrai naufrage…

Le caca-bougie se récupérait au pied des grandes croix où les allées se rejoignaient ; ou sur une tombe délaissée qui dérivait comme un trou noir dans la marée de lumière. Prélevé au pied direct d'une vierge ou d'un saint en icône, il relevait d'une qualité extrême. Il fallait l'utiliser pour communiquer avec les plus troublantes Personnes, les plus lointaines, celles dont la seule silhouette vous la disait inaccessible à tout jamais, et devant laquelle vous releviez soudain de l'engeance des vers ou des vieux crapauds ladres…

Le cimetière se vidait lentement. Les tombes s'éclaircissaient puis restaient seules dans le jusant frissonnant des bougies. Les vents reprenaient le dessus, les éteignaient une après une… Beaucoup lui résistaient comme si des âmes en peine s'y étaient réfugiées ou que des isolements les avaient annexées pour s'échauffer au souvenir du vivant… Tout mourait vraiment quand les Personnes étaient parties, qu'il n'y avait plus que les familles en deuil, ou de pauvres madames, ternes survivances ridées, échouées auprès d'un compagnon qu'elles cherchaient à rejoindre sans déranger personne… Fin de Toussaint… Tristesse… Lenteur… Le négrillon abandonné par la horde guerrière traînait un peu, regardant ce pacage ouvert au bord de l'existence, offrant sa mystérieuse pâture, touffu d'absences vivaces et de chandelles tremblées… — un peu comme l'homme d'à-présent regarde parfois les cimetières, lesté cette fois du poids des filiations et des frappes survenues de Basile…

… c'est vrai, mon négrillon : tu n'avais jamais connu Basile, elle ne t'avait pas approché, sauf peut-être par ce voisin, mari de Man Romulus… il y avait eu comme un silence dans le couloir de la maison qui reliait les familles… les Grandes-Personnes s'étaient

mises à parler sans chaleur, et la porte de Man Romulus d'habitude belle ouverte était restée crispée... et puis ces allées-venues, ces costumes noirs sortis des naphtalines, cette effluence d'encens, ces murmures qui gémissent en prières...

... et toi que l'on amène auprès de lui, allongé, dormant profond, dormant tranquille, dans une sérénité extrême, et que tu embrasses sans trop savoir pourquoi, pas plus que ne le sait Minou, son fils, ton vieux cousin de lait, qui l'embrasse lui aussi... Basile était passée mais tu ne l'avais pas vue... tu n'auras une idée de son visage que bien des temps plus tard, au premier télégramme...

Chacun cherchait son impossible chacune. Chacun imaginait la Personne qui l'initierait aux travaux de la langue, et qui, comme dans les films, serait à ses côtés pour un morceau d'éternité. Malgré les procédés magiques l'affaire paraissait impossible. Difficile au négrillon d'imaginer la sienne. Elle devrait être particulière, réalisée pour lui, porteuse des signes offerts aux clairvoyances actives. C'est pourquoi ses regards sur les Personnes devinrent ceux des sibylles... Les vaticinations disaient que son élue aurait une peau identique à la sienne, ou la même forme des yeux, ou la même petite fente entre les incisives... Certains augures stipulaient que les signes se tenaient dans la forme des doigts ; d'autres que le contact avec l'élue déclenchait comme un zip électrique et une belle chair de poule... Deux-trois oracles conseillaient de sortir de chez soi à reculons, de glisser vers la gauche, de marcher yeux fermés, et de les ouvrir pile sur le treizième pas... Celle que l'on découvrirait alors serait l'élue exacte... Cette prédiction fut à l'origine de bien des désespoirs : difficile d'exécuter le rite, d'ouvrir les yeux et d'échouer sur ce que le vivant avait de plus horrible, en avaries graisseuses, en maigreur boutonneuse ou figures chiffonnées...

Il consacrait ses nuits à dévaler le temps, s'imaginant devenu colonel à gros boutons dorés, et revenant chez lui auprès de sa Personne, et s'efforçant de distinguer (malgré le flou des distances temporelles) la forme de son visage, la couleur de ses yeux... Les visions étaient changeantes — c'était souvent un résumé des Personnes aperçues dans les jours précédents, ou un mélange idiot de celles qui furent victimes de ses boulettes à la dernière Toussaint... Il lui fallait donc batailler contre l'incertitude avec juste ce léger invariant : l'élue ne serait pas Man Ninotte : maintenant il ne se découvrait aucun penchant pour les Personnes qui lui rappelaient ses courbes colossales et sa puissance massive...

Chacun menait ses imaginations au bord de la surchauffe. *L'élue !*... L'infini des goûts et des couleurs s'ouvrit tel un abîme. Tel préférait les peaux noires, et tel les longs cheveux, et tel les peaux chabines dorées, et tel les gros yeux vifs, et tel les petites bouches, et tel les grands pieds à ongles rouges... Tel agonisait pour des mains semblables à celles de Cléopâtre, et tel autre promettait une crise de bonheur sur qui afficherait des nœuds-papillons verts... Les disputes étaient interminables : chaque annonce suscitait chez les autres du dégoût ou de l'hilarité... Les préférences du négrillon changeaient au fil des rencontres ou des silhouettes entr'aperçues... Accoudé à la fenêtre, il employait son regard à ratisser la rue des Syriens. C'était le lieu de tous les passages vers les marchés ou les joies du tergal, un carrefour d'espèces et de civilisations au flux inépuisable... Il ne voyait plus que les Personnes, le reste l'indifférait, et suivait du regard une natte, un sourcil, un sillage de pupille, la dentelle d'une jupe, une manière de marcher... C'étaient des existences fugaces qui lui emplissaient d'un seul coup la conscience, trop vite dissoutes au bout de la rue, l'abandonnant aux sensations d'une perte insupportable... Ses préférences changeaient aussi lorsque telle Personne semblait lui apporter un intérêt quelconque : un cahot du regard, un genre de l'ignorer qui semblait un appel... L'ordre des valeurs s'inversait alors, érigeant au centre de ses choix la typologie de cette Personne devenue soudain la plus aimable du monde…

Mais le temps s'en allait sans rien de décisif. Il menaçait chacun de finir sa vie seul comme un chien-fer à gale, et distribuait l'angoisse… Chacun tiraillé par Chronos cherchait l'étoile, et le signe d'un chemin… Mille messes divinatoires tentèrent de confirmer à ces mages en dérive que l'élue existait, qu'elle était déjà née, et qu'elle viendrait de toute manière…

Anticiper l'élue, c'était la tentation de tous : celle des êtres-humains, mais aussi celle des Grands. À chaque mois de janvier, vers la période des rois dont la coutume s'installait au pays, il fallait s'emparer d'un verre d'eau, y casser un blanc d'œuf, le poser au soleil, et guetter la forme prédictive qui s'y dessinerait. Une figure inconnue n'ouvrait à rien qui vaille. Un bateau annonçait un voyage : belle des sacrées nouvelles car on devenait sûr de rejoindre la France, ce pays des merveilles… Mais l'église signifiait un mariage dans l'année, de quoi enthousiasmer l'être-humain et l'engeance des Grands en mal de solitude… On disséquait les alentours pour découvrir la créature élue et estimer l'heure de son avènement pour commencer l'affaire… Le négrillon vit des dizaines de bateaux, et des milliers de cathédrales, d'autant qu'il se soumit à l'ordalie plutôt cinquante fois qu'une, et qu'ensuite à chaque fois il attendit le parfum, ou le sourire, ou le visage qui surgirait dans les manques de sa vie pour conclure la question du vivant, et apaiser toutes les soifs d'existence dans un contrat d'église…

Ces affres avaient changé le négrillon. Bien des rêveries se trouvaient remisées dans un dépôt à souvenirs. Bien des innocences contemplatives se voyaient oubliées. Il était tendu vers la vie comme un tombé des mornes s'efforce de prendre le prochain autobus. Finie l'observation bienheureuse des fourmis, l'étude béate des libellules, les couchés ventre-au-vent sur le toit des cuisines pour deviner les formes cachées dans les nuages. Son esprit avait changé. Maintenant il regardait les Grands et Grandes-Personnes sans les fourrer dans le même sac. Il identifiait mieux combien son âme devenait plus légère quand il rencontrait la fille de Man Irénée…

Man Irénée était une voisine, marchande de frites et de gaufrettes. Elle habitait juste la porte à côté, dans le couloir. Sa fille appartenait à l'espèce des Grands. C'était une grande capresse, de miel sombre, tout en rondeurs, d'une gentillesse inouïe et d'une capacité magique à diffuser du contentement dans l'univers. De temps à autre, elle réunissait les êtres-humains de la maison, en compagnie de Marielle et de la Baronne, et des deux Grandes de Man la Sirène, la voisine la plus proche. Elles confectionnaient des dînettes où se dégustaient de minuscules tomates, des biscuits Lu, des jus en boîte et des miettes de fromage... Une bonne part du plaisir se situait dans l'ordonnance de l'affaire, ajuster un mouchoir en guise de table, disposer les minuscules couverts, inventer les couteaux dignes de Lilliput, trouver d'infimes fourchettes, reproduire l'autorité des manmans et papas, et déguster ensemble des choses banales mais soudain riches d'inimitables saveurs. Les mets les plus haïs du négrillon trouvaient en cette manière des sapidités formidables car, durant la dînette, il s'abandonnait au charroi d'un bonheur : celui de voir, d'entendre, d'être aux côtés de la douce capresse... Son nom c'était Pierrette — qu'il faut nommer, et renommer encore, en pleine humanité soudainement partagée...

Dans sa nouvelle vision, il avait découvert la plus belle Personne du monde. C'était une autre Grande. Elle s'appelait Maguy. Une créature amie des Grands de la maison. Elle devait habiter quelque part dans la rue. Le samedi après-midi elle venait rendre visite. La voir c'était comme découvrir l'étoile du berger : une bienfaisance que le négrillon s'arrangeait pour contempler parmi d'autres clairvoyants… Se trouver sur son passage dans l'escalier. L'attendre pour la croiser au moment du départ. Profiter au maximum de son sourire. Supporter l'au revoir nucléaire de ses lèvres sur une joue tétanisée… C'était le même trouble que provoquaient les Belles du temps de l'ère glaciaire, mais quelque chose s'offrait en plus. Un labourage intime qui le rendait heureux sans expliquer pourquoi. Un quelque chose lui était restitué, l'ouvrant à un bien-être consommé sans limites. Ses vieilles chimères d'être-humain innocent dérivaient à présent derrière lui : vaisseaux fantômes, aux voiles déshabitées…

Il contemplait maintenant certaines des Personnes comme on contemplerait l'épiphanie des bienveillances, des dons les plus aimables qui circulent dans la vie… Une fascination pour des présences tout autant bénéfiques que celles de ces bonnes fées des contes qui écartaient les monstres et incitaient à vivre… Vrais trésors, rayonnants, épandus tout autour, comme les fleurs, les beaux ciels, ou ces soirées d'orage qui lui offraient sans marchander le plus tendre des sommeils…

… Sa mémoire se mit à la trahir… Un feu oublié sous un laitage du soir… Un papier égaré… Un médicament qu'elle prend, et qu'elle reprend, jusqu'à tout épuiser… Et ces poussières sur le buffet… Cette négligence qui

ternit les tableaux de Millet, charge les persiennes d'une tristesse millénaire... La Baronne sut voir cette ruine insidieuse... Elle descendit avec l'idée de reprendre l'O-Cédar, source d'éclat de nos dimanches d'antan... Mais, elle, terrible, interdisant tout accès à ses meubles, s'opposant à toute intervention : soucieuse de ne jamais laisser penser que la guerrière ne régnait plus en gouverneur chez elle... ni qu'elle n'était plus commandeur d'elle-même...

Tout se brouille, se dissipe sans accorder de traces... Quand se produisit l'abandon de la rue ? Quand les petites-filles cessèrent-elles d'être des créatures étranges, puis de tristes survivantes, puis des Personnes, puis des élues virtuelles, puis des promesses somptueuses comme des trésors... ? Rien ne pose de balises au parcours. L'imagination divague entre mensonges et demi-vérités... Rien ne conserve les degrés d'une fulgurante évolution, pièce marécage d'argile, pas un bout de glacier, pas un fossile témoignant des saisons et des ères... Rien que le devenir où règnent la souvenance capricieuse et les échafaudages de l'imagination...

Seuls demeurent deux pôles de conscience maintenant identifiés : plaisir, souffrance, et l'infini de leurs déclinaisons...

Pierrette, Maguy, telle passante de chaque jour, telle vendeuse de chez les Syriens au regard bouleversant… Ces élans l'ouvraient aux autres parties du monde avec moins de raideur et tout autant d'ébahissement… Ce qui advint ensuite, filtrant du flou des effacements, fut la découverte illimitée de la mélancolie…

MÉLANCOLIE PREMIÈRE

Dans l'estompe, la voici qui surgit. Elle…
L'apparition se produisit aux environs de Fort-de-France, dans la maison secondaire de Man la Sirène. Le négrillon fut (par malheur et bonheur) invité à y passer week-end en compagnie des fils, deux bons compères humains. Man la Sirène s'était gagné un petit pavillon dans une cité en construction. C'était le temps où il fallait loger, et, pour loger en grand, les politiciens s'étaient mis en souci d'effacer de la surface du monde les cases en bois des traditions esclavagistes. Les immeubles de béton, l'empilement de logis dans des cités immenses, étaient un signe très accompli de civilisation… Partout, autour du pavillon récemment achevé, s'étalaient encore des monticules de sable, des châteaux de graviers, des chicots d'édifices, des troupeaux de grues et bétonneuses… Un recommencement du monde. La cité en construction devint

hélas un lieu de récapitulation des vices de la macroévolution, de ceux de l'australopithèque à poil aux vétilles vaniteuses du genre *sapiens sapiens*. Les êtres-humains venus y habiter se transformaient en hordes primales, ou constituaient des sociétés civiles, élevées en grâce par l'eau courante toute la journée ou la présence dans chaque maison d'une pièce à waters et d'un rien de baignoire.

Les deux garçons de Man la Sirène avaient perpétré une confrérie de chevaliers, avec différents grades, du roi aux écuyers, jusqu'à l'arrière déclinaison des fantassins et domestiques divers. Ils pratiquaient des cérémonies costumées, des rituels martiaux avec armes en plastique, et des épreuves sordides auxquelles le négrillon était forcé de se soumettre. Il fallait, par exemple, sauter du troisième étage d'un bâtiment en construction dans une motte de sable… ou passer en équilibre sur une planche de chantier entre deux murs de dix mètres… Et recommencer souvent — avec des variations subtiles qui allaient du cloche-pied au bandeau sur les yeux. C'était le seul moyen d'obtenir, au bout d'un très long purgatoire, et à la discrétion du roi, le grade envié de chevalier. Le négrillon dut batailler à mort pour quitter l'infamie du noviciat, être toléré sous-arrière-page, puis consenti sous-prétendant-apprenti-écuyer, rang conquis de

basse lutte et tout autant d'hypocrisie, et qui cons-
titua bien vite l'extrême de ses capacités.

Le reste du week-end, et entre deux batailles, la
confrérie se retrouvait sans déguisement autour
du pavillon de Man la Sirène, à jouer au football, à dévaler les pentes sur de vieilles trotti-
nettes... Les pavillons étaient alignés côte à
côte, se partageant les murs ; les jardins s'ouvraient sur la façade avant, séparés par une clôture basse. De là, après la porte d'entrée et une
allée de ciment, un escalier montait vers la salle
à manger. Dessous, bâillait un sous-sol de tuf
qu'au fil des ans tout le monde allait amé-
nager... Les maisonnettes étaient semblables,
reproduites à la file entre des îlots de grands
immeubles...

Un jour, d'on ne sait quel week-end, depuis
l'escalier de Man la Sirène — où le négrillon
songeait au merdier de la chevalerie — il vit une
Personne. Et son cœur d'apprenti sous-écuyer
dégringola sans même compter les marches...

Une Personne, la Personne, accoudée à la
rampe de l'escalier de chez elle, yeux perdus
dans le vague. Une chabine presque irréelle à
force de pâleur mangot-mûr, cheveux mi-rouges
mi-jaunes, et des pupilles indéfinissables. Il
l'ignorait encore mais elle était première d'une

230

famille de cinq enfants, et assumait la sale charge des aînées : se débrouiller avec sa propre vie et seconder manman dans les affaires de la maison ou le domptage des frères et sœurs. Une sorte de Baronne sans royaume. Elle portait ce fardeau avec cette douceur que rumine l'innocence sous la fatalité — et aussi, en guise de tribut versé au Minotaure, une immense solitude et des moments d'immobilité rêveuse en haut de l'escalier. Elle demeurait ainsi jusqu'à ce qu'un cri la ramène en dedans. C'est d'ailleurs ce qui se produisit quand le négrillon l'entr'aperçut et qu'il fut transformé en tracas de chaux vive. *À peine vue : disparue !* C'en était fini de la quiétude. Fichu tout apaisement. Vidé tout lac de tranquillité. De l'avoir devinée, il n'était plus qu'inachèvement lucide, solitude inféconde, impatience immobile... dans un monde où toutes autres espèces vivantes lui furent soudain dépourvues d'intérêt.

Le négrillon tétanisé attendit qu'elle revienne. Il en oublia de rejoindre son poste dans les névroses chevaleresques lancées à la conquête d'un Graal de chantiers. Il attendit et attendit comme attendit s'écrit. Il ne la revit jamais durant le week-end. Il tendait l'oreille pour surprendre les cris de la manman, les piailleries des enfants, et percevoir de temps en temps un soupir d'alizé : sa voix : un gazouillis de source en guipure d'onde fragile. Cette voix lointaine lui paraissait semblable au velouté de sapotille. Elle était parente du don que dispense le jasmin dans la fraîcheur des lunes pleines. C'était comme si le merveilleux avait quitté les contes, et se concrétisait là, dans cette fugace chabine, presque inconcevable sous une telle rage solaire, avec des yeux couleur graine-coco-chatte, et cette émanation d'un sentiment étrange. Ce n'était ni de la tristesse, ni du cha-grin, ni un mal-être, mais ce que le tragique avait de mieux propice aux floraisons nocturnes du Berceau de Moïse : la mélancolie.

Elle faisait crème de lune dans ce monde solaire. Elle faisait nuit ouverte dans le lacté de l'aube. Elle faisait petite pluie de décembre quand les vents froids sont là et que l'on chante Noël. Elle faisait le restant de la joie quand le grand rire s'apaise. Elle faisait porcelaine de bonheur, fêlée d'une ombre lucide dans un calme précaire. Elle faisait brume sous la clarté grincheuse des longs fûts de bambous. Elle faisait givre et glace, irisa-tion du sel, circonstance de lumière, et le contraire dans le même temps…

Elle faisait vapeur douce qui brouille les tôles chauffées quand le crépuscule entreprend de rafraîchir une grâce aux maisons de l'en-ville…

Ne la voyant plus revenir mais sentant sa présence, le négrillon interrogea les deux grandes sœurs de ses compères, filles de Man la Sirène. Elles lui révélèrent qu'elle s'appelait Gabine. Qu'elle existait bel et bien. Qu'elle ne s'envolait pas avec les tourterelles. Ne se dissipait pas dans la rosée. Qu'elle n'était pas diablesse, ni princesse et ni fée, et, aux dernières nouvelles, n'avait l'usage d'aucun miroir magique ni d'un quelconque carrosse par lesquels s'échapper. Elles voulurent le convaincre qu'elle était ordinaire et normale, qu'elle souffrait comme tout le monde sous des parents débiles, éprouvait chaque jour les rigueurs inutiles de l'école, et subissait l'existence nuisible d'un ou deux petits-frères. Le négrillon fut d'abord convaincu qu'il ne s'agissait pas de la même personne. Elles traquèrent pour l'en convaincre. Il les abandonna à leur désenchantement mais conserva précieuse la certitude de n'avoir pas rêvé.

Les séjours dans la cité des grands chantiers se tenaient hélas sur un rien d'existence. On y débarquait dans la nuit du vendredi, et on en revenait le lundi aux aurores, ou pire le dimanche soir. S'ouvrait alors la torture d'une semaine à imaginer la Personne, à transporter son souvenir, à se sentir traversé d'elle et souhaiter la revoir. Dès lors, jamais humanoïde ne fut plus acharné à retrouver la cité des chantiers, marmite du nouveau monde. Et dès lors, l'univers se ligua pour l'empêcher de s'y rendre. Trop de devoirs à remettre. Un mauvais temps prévu. Telle visite de famille qui gâchait le dimanche… Hors ces calamités, il lui fallait passer deux obstacles de taille : Man Ninotte et Man la Sirène.

Pour que Man Ninotte accepte, il la fallait de bonne humeur — qu'aucun rat n'ait attaqué ses poules ou qu'une douleur de rhumatisme ne lui râpe un genou. Fallait aussi que la Baronne n'ait rien trouvé à dire sur les notes de semaine. Fallait en face que Man la Sirène ne se trouve pièce raison de dire non. À l'approche des week-ends, le négrillon entreprenait les stratégies d'approche :
— Tu as besoin de rien, manman ?
— An-an.
— Rien à faire pour toi ?…
— An-an.
— Bon…
— Hum.
— J'ai déjà fait tout mon travail…
— C'est bien.
— J'ai nettoyé mes souliers et j'ai bien rangé mes affaires.
— C'est bien.
— J'aurai rien à faire ni samedi ni dimanche.
— C'est pas le travail qui manque…
— Mais tu m'as dit que tu n'as rien à faire…

Man Ninotte acceptait son départ en week-end une fois sur deux, à condition que Man la Sirène signifie son accord. Du côté de cette dernière, l'approche était complexe. Difficile de s'adresser direct à une telle créature : elle était ronde et magnifique, le cou étagé de bijoux, la poitrine généreuse offerte au lustre d'une araignée en or. Souvent absente, souvent prise du souci de faire marcher un bar près du pont Démosthène, on ne pouvait que la voir passer. Le négrillon lui dépêchait ses propres filles. C'étaient de bienveillantes complices, intrigantes hors pair, conspiratrices de haut lignage. Elles savaient prendre l'esprit de leur pauvre manman et dépendre son accord sans même qu'elle s'en rende compte. Mais quelquefois, en dépit de l'existence de Dieu, Man la Sirène leur disait non. Comme ça, sans plus d'explication. Sans doute pour illustrer l'idée des exceptions aux règles, ou signifier aux intrigantes de ne pas la prendre pour un simple tableau.

Quand le double accord était confirmé, c'était la fièvre. Il fallait conjurer toute mauvaise pluie susceptible d'inonder l'en-ville, ou pratiquer des exorcismes préventifs contre tout événement de vieil aloi capable de perturber l'ordre des choses. Le négrillon, chaman fébrile, préparait ses affaires entre deux incantations, et se tenait prêt au départ, les freins rongés, pensée magique exacerbée. Et rien d'autre ne comptait, excepté le désir inhumain de rejoindre le nouveau monde…

À la cité des chantiers, il était forcé de suivre ses deux compères. L'un était un pas-facile, autoritaire revêche, ancien gardien du coffre au trésor de BD, roi de la confrérie des chevaliers de razziés ; l'autre, un personnage plus doux et qui suçait le pouce en attendant de se trouver passion dans la musique. Le négrillon devait se soumettre aux guérillas démentes, aux cérémonies d'adoubement, aux épreuves forcenées que ces preux sadiques (l'autoritaire en tête) imposaient aux aspirants à leur secte. Le négrillon avait grandi dans les rues de l'en-ville, bien plates et dégagées. Il n'était pas de très bonne main pour ces pantomimes initiatiques dans un guêpier de murs en finition et de bulldozers éteints… La cité étant immense, elle avait un Sud, un Centre et un Nord. La confrérie des preux tenait le territoire du Nord, mais le Sud et le Centre étaient infestés d'australopithèques et d'*homo erectus*, qu'il fallait civiliser à coups d'icaques vertes et d'un lot de projectiles qu'aucune convention de guerre n'aurait autorisés… Les batailles étaient brèves, mais les fuites et poursuites étaient interminables : cette géhenne offrait des chausse-trapes infinies aux ethnocides tout comme aux résistances. Il y eut moult débandades et replis dispersés. Durant ses fuites désordonnées, le négrillon s'égarait dans ce maquis d'échafaudages où la moindre fondation était une oubliette et la plus petite brique un sale mâchicoulis. Sans parler des meurtrières et autres barbacanes tapies entre les treillis soudés. Il devait se débrouiller pour retrouver le Nord en évitant les embuscades d'une horde de primates transmués en snipers fous, chasseurs de primes ou de goyaves, et tueurs sans gages…

Mais, pour lui, il y avait comme une ivresse à batailler ainsi sur les terres de la Personne. Un plaisir (même sans la voir) de la savoir si près, respirant le même air, vivant la même lumière. Il s'imaginait protéger son foyer contre des brutes sanguinaires ; même ses fuites terrifiées se voyaient transmutées par ses mythologies en des formes de remparts contre les envahisseurs.

Les paladins de chantier — idem pour leurs servants — se devaient d'arborer leurs couleurs armoriales. Le négrillon exhibait à son front d'écuyer-d'arrière-zone un mouchoir à carreaux. Il était seul à savoir que ce débris en rouge et vert (loin de la pourpre et du sinople) figurait les couleurs de l'Irréelle personne. Malgré cette fièvre allégorique, il s'échappait à la moindre occasion pour revenir chez Man la

Sirène, en pleine amorce de civilisation, pile en haut de l'escalier, et se suspendre dans la patience d'une bulle pour attendre l'Irréelle.

Elle pouvait ne pas apparaître durant toute une journée. D'autres fois, elle sortait juste pour vider une bassine ou étendre du linge. Puis elle disparaissait dans l'insondable de sa maison. Alors, lui attendait, attendait, attendait, avec la fixe patience d'une tortue de cent ans. Quand cela lui arrivait de sortir, elle ne le voyait pas. Elle naviguait au plus profond d'elle-même, dans un abysse intime d'où n'émergeait qu'une improbable silhouette. À chaque apparition, le cœur du négrillon divaguait comme une bille de flipper. Des yeux, il s'accrochait à elle. Des yeux, il aspirait ce qui la constituait. Des yeux, il restait agrippé à ce bref déplacement comme si sa vie en dépendait. Quand elle était rentrée, il s'apercevait n'avoir pas respiré le vent qu'elle avait déplacé, ou découvrait que son cœur s'était grippé sous cette épiphanie. Un hoquet l'enlevait à la suffocation.

Elle remarqua bientôt (sans jamais tourner la tête vers lui) qu'il restait là, à l'espérer, et qu'à ses apparitions il souriait aux anges. Sourire, c'est beaucoup fabuler. Disons qu'il contractait ses lèvres sous les désordres de son métabolisme. L'événement, c'est qu'elle se mit à le prendre en compte, d'un geste plus que furtif, presque sans bouger la tête, juste dans un biais des pupilles. Puis, au fil du temps — je parle d'un siècle de week-ends —, elle déplaça son visage dans un mouvement infime dont il percevait les détails en gros plan ralenti. Et ainsi, un jour, il reçut la foudre de son regard de lune. De face.

Ce choc dut rendre le négrillon transparent parce que nulle expression ne vint animer les traits de l'Irréelle. Elle resta impassible. Il dut réfléchir (et calculer autant) avant de comprendre qu'elle n'avait pas voulu le voir, ni même le regarder. Elle avait juste vérifié la sensation d'une présence immuable qui suivait ses mouvements. Cette béance sans âme fut le premier regard.

Maintenant, à chaque sortie, elle déplaçait la tête vers lui, sans expression, sans sourire, sans émerger de sa langueur. Plutôt un rien agacée de ce regard fiévreux. Parfois son corps s'orientait à l'opposé, n'accordant qu'une part de son dos, ce qui lui infligeait une démarche insolite. Mais les yeux du négrillon n'y voyaient que du feu de beauté.

Ses tâches domestiques ne réclamaient qu'une gaule de maison. Il lui était arrivé de sortir comme un être seul au monde : cheveu libre, natte défaite, robe défraîchie, mal boutonnée, sans apprêts dans un monde qui jusqu'alors était désert. L'obstiné guet du négrillon la força à un plus d'attention. Il lui fut sans doute pénible d'avoir à descendre au jardin en se sachant épiée avec une intensité qui devait attiédir ses brumes de solitude. Ses sorties se firent plus furtives, comme à traverser un congrès de voyeurs. Elle s'en acquittait en diligence boudeuse. Mais désormais la natte fut retenue. Le bouton vérifié. Le corps eut des gestes habités d'une présence... Côté négrillon, l'avènement demeurait renouvelé. La voir demeurait un prodige d'autant plus intense qu'il se réalisait bref, inattendu toujours, et toujours bien trop rare.

Puis elle le regarda en étonnement tranquille, intriguée de découvrir un intérêt pour sa personne. Comme si elle avait été longtemps échouée sous une coquille sèche, dans une latence où vivre se faisait en dedans. Et où soudain : l'ouvert d'une eau, le don d'une chaleur, la présence d'un humus, une condition propice qui ordonne à la coque quelque germination... Elle s'ébroua sous les fissures, sortit de sa pâleur mangot, et, toujours sans sourire, avec juste une amorce d'expression, le regarda encore. De ce premier regard à la prime expression, les datations ne sont pas précises, mais s'il fallait piocher aux strates sensibles du négrillon le carbone 14 révélerait cent mille ans.

Puis elle le regarda en curiosité tendre. Les pupilles laissaient affleurer une personne. Le geste était voulu : rien des mouvements de son corps n'allait au naturel. Se baisser, se tourner, aller et revenir se faisaient dans l'onctueux d'un souci. Le négrillon tentait de lui sourire, mais il régnait un tel désordre en lui qu'il exprimait encore une grimace labiale. Parfois, elle le regardait, furtive, sans expression particulière, avec l'air de ne pas le voir, ou de le voir sans l'avoir vu. Il se sentait à moitié invisible, moitié insignifiant. Alors une détresse submergeait tout début d'illusion. Il revenait aux affres chevaleresques et réprimait l'envie d'aller mourir à la bataille contre les primates du Sud. Le seul signe encourageant c'est qu'elle apparaissait plus souvent, qu'elle avait de plus en plus de choses à faire dans le jardin. Elle étendait de plus en plus des toiles sentant bon la Javel au long de la lisière. Et si elle rentrait sans l'avoir regardé, il la sentait accueillir son regard avec l'ensemble de son corps, et cela dans une humeur qu'une intuition servile lui disait bienveillante.

Il était de ces prêtres qui dans les temples obscurs attendent siècle après siècle l'apparition de leur divinité. Il fraternisait avec ces immobiles qui dans les contes espèrent durant soixante-dix ans la floraison d'un vieux bambou. Il savait la constance des crapauds sous la pluie. Et détenait cette alchimie du temps que savent ceux qui mènent le grand œuvre. Si quelque nécessité l'enlevait à l'escalier, il s'en éloignait avec une brute impatience qui le rendait inapte à tout autre office, surtout à celui d'être aimable. Dans les virées de chevalerie, il trébuchait au fond des fondrières. Dans les parties de football, il oubliait de bondir et subissait les buts. Dans les duels à l'épée, il perdait son estoc de plastique. À midi, il n'avait pas faim, et, à la Table ronde d'après les sales batailles, il n'éprouvait plus le goût du soda collectif ou d'un convoi de frozens pour une agape de paladins. On n'avait jamais vu plus lamentable sous-arrière-écuyer.

> *… Qui la vit ainsi et ne dit rien ? Qui vit le flottement inhabituel de son regard quand, de retour d'une virée au marché, elle perdait soudain le sens de son chemin ? Quand elle ne trouvait plus où elle allait, ni vers quoi, ni pourquoi, et qu'elle se mettait à errer sans savoir, à hésiter du pas ? Quand elle se persuadait d'aller en quelque part, et ne trouvait rien qui puisse lui indiquer, même pas le lieu de sa maison mais la simple justification de sa présence, là, à ce moment précis, dans cette ville brutalement inconnue ?… Qui ne dit rien et qui ainsi la vit ?…*

Certains jours, l'Irréelle paraissait plus vive. Quelque chose dissipait sa formidable mélancolie. Elle devenait alors l'ange le plus merveilleux de la galaxie : un concentré de douceur et de silence aimable qui glissait dans l'escalier, flottait dans le jardin, s'évaporait dans la maison. Pour le négrillon, ces apparitions causaient une contraction du monde. L'entourage se voyait effacé : un vide sidéral forçait l'univers à se concentrer dans cette unique silhouette, jusqu'au big bang abominé de la disparition.

Elle lui était devenue nécessaire.
De lumière et de vie sans jamais être solaire.

Les filles de Man la Sirène, ambassadrices plus ou moins mandatées, lui avaient appris que le négrillon était content de la voir. Le message lui était parvenu. Le ramage lui était parvenu. Mais cela n'avait rien changé à son attitude. Elle sembla même un peu plus distante, et parut moins souvent. Cela rendit le négrillon à moitié fou, le forçant à négliger un peu plus ses charges de sous-machin. Ses carences s'étaient ébruitées chez les écuyers et même parmi leurs chevaliers. Le roi en avait été informé et avait mandaté quelques espions. Leurs rapports n'avaient rien signalé d'anormal : il y était dit que le sieur sous-pas-bon-écuyer s'attardait en haut de l'escalier, figé comme un anoli au soleil de midi. Cette conclusion avait rassuré le royaume : pas d'entente avec l'ennemi, ni de tractations avec les hordes primates. Il y avait donc autre chose. Dans cette communauté vouée à la guerre, les filles n'existaient pas : leur manifester un intérêt ou, pire, entrer en contemplation de l'une d'elles, relevait d'un impensable de l'idiotie. L'attitude du négrillon demeurait donc un mystère. Le roi entouré de ses preux l'avait convoqué pour qu'il s'explique sur son comportement biscornu : sur, entre autres, sa manie de disparaître en pleine bataille et ses immobilisations bizarres en haut de l'escalier. Peu convaincu par ses explications, le roi lui annonça qu'il n'aurait plus droit à l'épée mais au poignard en papier, et qu'au lieu de se tenir à gauche de son chevalier il se tiendrait derrière, à hauteur de la queue de son cheval imaginaire. Bien entendu, à force d'être spectaculaire, le désespoir affiché du négrillon demeura parmi les tragédies légendaires du royaume.

L'arrière-sous-écuyer fit mine d'avoir à réfléchir sur sa déchéance. Pour ce faire, il se posa (plus souvent que jamais) à son poste béatifiant en haut de l'escalier. Depuis qu'il savait qu'elle savait, et que lui savait qu'elle savait qu'il savait qu'elle savait, il lui fallut chiffrer le moindre de ses gestes. Jojo l'Algébrique n'aurait pas fait mieux. Le négrillon comptabilisait ses apparitions, dénombrait les battements de ses cils, recensait ses glissements de pupilles. Il réduisait en équation ses mains et ses paupières, et dressait un tableur des soins qu'elle apportait à son apparence. D'après les résultats de son calcul mental — calcul mental jusqu'alors considéré comme inutile à l'existence — il y avait du positif. Elle apparaissait six dixième trois quarts plus souvent. Les courbes de probabilités établissaient qu'elle venait à l'évidence pour se faire voir, et voir s'il était là. Les statistiques dévoilaient qu'elle repartait aux galères domestiques avec un moins d'entrain, et ressortait au premier des prétextes sur une échelle de sept... En revanche, les effets de ses apparitions échappaient aux mathématiques pour l'expédier en poésie : à chaque fois comme une houle de soda sur une langue impatiente, jusqu'aux flaveurs des succulences parfaites.

Il y eut des médisances ou des rapports défavorables. Le roi le convoqua une fois encore auprès de la Table ronde — grosse bobine de câblage électrique posée à plat dans le sous-sol en tuf. Cette fois, en plus des chevaliers, Son Altesse était entourée de l'inquisiteur, du prévôt, d'un sénateur, du fou et des astrologues du royaume, avec sans doute un enchanteur Merlin qui avait épaulé un drap de bain et s'était enfoncé un saladier sur les oreilles. Il fut jugé que le comportement de l'infâme ne s'était amélioré en rien, et qu'il fallait aggraver sa déchéance. C'est pourquoi on lui prit son poignard en papier, et qu'on le brisa devant lui, c'est-à-dire qu'on le plia comme une crêpe pour le ranger dans le sachet des armoiries disqualifiées. Cette sévérité plongea l'abject en désespoir extrême, vers des limites qu'aucun chevalier n'aurait crues accessibles. Il fut interdit de cérémonies, privé de batailles, ce qui eut pour effet de lui laisser quelques week-ends paisibles, à méditer (dans un flot d'amertume très visible) sur son honneur perdu. Tout cela bien entendu en haut de l'escalier.

Il y eut cent mille siècles d'attente avant le premier sourire de l'Irréelle. À force de grimacer, le négrillon avait réussi à lui exprimer son plaisir de la voir. Au débouché d'une gymnastique labiale, il lui avait offert un vrai sourire, c'est dire : une acclamation du simple fait qu'elle existe. Puis une ovation. Puis une ode d'allégresse. Puis un éloge persien qui l'érigea en reine laurée d'abeille aux confins des lumières. Elle reçut cet hommage avec son impassible gentillesse, et une disparition plus rapide dans la maison. Les fois suivantes, elle ne le regarda pièce, et quand elle le fit, que leurs regards se rencontrèrent, elle ne lui sourit pas non plus. Lui, comme transpercé, exsangue, lui souriait de tout son sang.

Il l'ignorait mais ce qui la rendait si merveilleuse à ses yeux, c'était la mélancolie. Il ne le savait pas, mais la mélancolie accède au sourire dans la plus grande lenteur. Il ne disposait pas d'un assez de sapience pour déjà le comprendre, mais la mélancolie s'ouvre dans l'adouci imperceptible de ses ombres et lumières. Donc il ne vit point la subtile modification des lignes de sa merveille. Il ne vit rien. Son sourire, en surgissant inattendu, lui fut un déboulé de soleil à minuit — et même et sans exagérer : la subite explosion de trente-six colibris au-dessus d'une corolle d'hibiscus.

La déchéance n'était pas de tout repos. Elle s'accompagnait d'épreuves destinées à permettre aux damnés de se sauver l'honneur. C'est pourquoi le roi lui envoya Tony. C'était un des maîtres-écuyers, garde du corps rapproché de l'Altesse en personne. Un petit chabin-mulâtre, jaune soufre à reflets dorés, affublé de yeux verts et d'une gencive entre les canines. C'était le tireur d'élite du royaume. Sa main gauche était d'une précision sans faille dans le tir assassin. Lors des chasses royales, c'est lui qui assurait les merles du déjeuner, et qui cueillait d'un jet les mangues parfaites que les arbres dissimulent. Il ne ratait jamais sa cible. S'il en ratait une, son lance-pierre ramenait quelque chose d'imprévu : une caïmite après ratage d'un colibri... un pigeon après ratage d'une pomme-cannelle... Vu l'angoisse des astrologues et l'émoi de l'enchanteur Merlin, le roi avait résolu d'en référer aux volontés divines pour décider quoi faire du négrillon.

Tony fut chargé de l'épreuve céleste. En réchapper témoignerait de la grâce des dieux et d'une vaillance certaine. Le négrillon dut suivre une délégation de Lancelots à six sous, flanqué d'écuyers loufoques et de quelques fantassins en sueur sous des armures burlesques. Tony ouvrait la piste à l'expédition. La petite troupe traversa le labyrinthe malfaisant du chantier et atteignit la confusion terreuse de ses frontières. Plus loin, derrière les pyramides de planches à coffrage et les déchets pétrifiés du béton, s'ouvrait la sylve originelle, infestée de serpents, de zombis et d'une série de monstres tombés des films d'Hercule. Là, le chef des Lancelots établit un bivouac, rappela la sentence, et expédia le négrillon sur les traces de Tony, seul capable d'entrer dans ce schéol sylvestre et d'en revenir sans quelque atteinte irrémédiable.

Le négrillon suivit l'archer, la mort dans l'âme, le cœur en chien, assuré de vivre d'ultimes instants sur une terre qui en finale de compte n'était pas si mauvaise. Il veillait à poser ses pas dans les pas de Tony, à se tenir dans la même ligne que lui, sans déborder d'un millimètre, ce qui était difficile vu que le champion était minuscule. Il glissait sous les fougères, tarzanait aux lianes pour passer les ravines, rebondissait de roche en roche dans les zones chaotiques où des racines ouvraient des gueulées de sorcières. Tony, qui devait relever d'une lignée apache, dénicha trop vite l'outil de l'ordalie : un vieux nid de guêpes rouges.

> *… Qui la vit ainsi, lui disant bonjour, et elle répondant sans sourire, troublée de ne pas savoir qui lui parle et comment cette personne avait pu la connaître… et qui sut déceler une fausseté dans cette manière de bien répondre, d'être enjouée pour cacher ces grands pans d'inconnu, surgis de plus en plus souvent… et elle, pour réagir, feignant de connaître et de reconnaître, saluant des gens qu'elle ne connaissait plus, et s'en allant radieuse… qui ?*

Les guêpes rouges constituent l'extrême scélérat du vivant. Les guêpes rouges ne sont pas de nature bienveillante. Les guêpes rouges naissent avec plein de problèmes et meurent comme elles sont nées. Les guêpes rouges n'aiment rien ni personne, et surtout pas ceux qui s'approchent de leurs nids. Elles passent leur vie à mâcher du bois sec pour se construire des HLM à alvéoles. Puis l'une d'elles, prise de crise ovulaire, se met à pondre sans réfléchir aux problèmes de surpeuplement. Quand les alvéoles sont pleines d'œufs et de couvains frappés d'aigreur, les guêpes rouges deviennent bien plus acrimonieuses. Elles consacrent leur frénésie à broyer de doux insectes avec des sirops de fruit pour nourrir l'hystérique descendance. S'approcher à moins de vingt mètres de leur nid, c'est les injurier. À moins de dix-neuf mètres, c'est les menacer. Un millimètre plus près, c'est déclarer la guerre. Tout intrus ou ennemi est pourchassé sur des kilomètres à la ronde par une nuée en croisade, et châtié à mort par une série de dards que ces bestioles lui abandonnent avant d'aller mourir, étouffées par la rage de n'avoir pu le transpercer qu'une fois.

Tony savait enjamber un serpent sans se faire mordre. Il pouvait titiller de l'orteil un banc de fourmis rouges. Les araignées ne l'empoisonnaient pas, les bêtes-à-mille-pattes non plus. Les scorpions le prenaient pour cousin. Il disposait d'un don pour déceler les espèces animales dans les endroits impénétrables, et d'un autre pour s'en faire des amis. Il découvrit en moins de dix minutes le nid de guêpes, vérifia son importance sans se faire assaillir, et revint le désigner de loin au négrillon. Avant de l'expédier à la mort, il lui prit sa chemise, lui serra la main en guise d'adieu et d'éternel regret, puis se mit à l'abri cent mètres plus loin, sous un treillis de feuilles de balisier, et donna le signal de l'épreuve.

Le négrillon, buste nu, cuisses à l'air dans son short, devait trouver une pointe de bois sec, puis grimper vers le nid, puis (s'il était encore vivant) y planter son bâton. Enfin, il devait se débrouiller avec la grâce de Dieu et l'appui des démons pour essayer d'en revenir. Le négrillon, déjà mort en lui-même, réussit à s'approcher du nid sans soulever de cyclone. Il se prit une minute pour s'éclaircir l'esprit puis planter sa petite pointe tremblante. Tony vit alors ce qu'il n'avait jamais vu de toute son existence d'assassin royal : la fuite la plus désordonnée du monde. Une fulgurance de dérapages, de mises en boule et d'éruptions éparpillées. Une distorsion physique, terrifiée et agile, aggravée d'une agonie hurlante et de conjurations. Bien des guêpes se demandent encore ce qui s'était passé en cet instant précis de leurs annales d'hyménoptères.

L'assassin royal dut rester planqué durant près de trois heures pour échapper au couvre-feu que les guêpes mirent en place sur mille mètres à la ronde. Il eut aussi du mal, devant la Table-trouée, à expliquer ce qu'il avait cru voir. Il put attester que le nid avait été crevé. Pour le reste, impossible d'indiquer s'il y avait eu là du courage, de l'élégance, une quelconque stratégie de repli, ni même une ombre de tactique. L'ensemble lui était apparu d'une facture tellement inqualifiable qu'il se mit à regarder le négrillon — intact, la peau lisse, juste brillante de la suée des terreurs — comme une anomalie de la nature. Le Conseil de la Table-bobine ne put élucider l'oracle que les dieux avaient rendu lors de cette consultation. Dans l'expectative, le déchu fut affecté à l'escouade d'entretien de l'écurie imaginaire, là où on remisait les désaxés mentaux promis aux tâches de fous du roi ou d'exécuteur des basses œuvres.

L'Irréelle avait eu vent de l'exploit inclassable. Cela faisait du négrillon sinon un héros du moins une énigme héroïque. Maintenant, ils s'échangeaient des sourires. Elle lui souriait sans rien céder de son absence, ni de l'immiscible douceur de son regard, et sans dévoiler un éveil de son être. Toujours la même apparence fantomale, exprimant trop de gravité pour cet âge, trop de sobriété lente, trop de distance avec le monde. Cette étrangeté laissait le négrillon abasourdi de tendresse. Il éprouvait le désir de la protéger contre il ne savait quoi, de lui donner de la vie — sa vie — tout en constatant qu'elle était source de vie. Sans elle, désormais, il s'en irait déshabité et détestable, comme le tourne-disque de la Baronne quand les piles expiraient en pleine surprise-partie.

Elle se ménagea des instants, vers les heures chaudes. Les Grands et les Grandes-Personnes étaient alors victimes d'une sieste, et les trop petits, écrasés de chaleur, sombraient dans des cauchemars de lait caillé. Elle se coiffait, cheveux tirés, s'habillait de frais, s'accoudait à l'escalier, juste en face de lui, yeux dans yeux, sourire donné au sourire donné, et sourire encore pour remercier l'autre sourire, et indéfiniment. Cela durait peut-être une heure, ou deux, ou parfois moins, puis un cri de manman la renvoyait aux invisibilités, alors elle lui lançait un sourire d'héritage et s'en allait comme un beau jour s'en va.

Parfois, ils se regardaient sans ciller. Le négrillon se perdait dans l'abîme de ses yeux coco-chatte, se débattait pour en sortir et considérer son visage. Mais cet ensemble l'exposait aux émotions puissantes. Alors, il se laissait glisser au fond de son regard. C'est pourquoi l'homme d'aujourd'hui ne peut la décrire : son visage, ses sourcils, la couleur de ses yeux restent des éclats de troubles et d'étonnements.

C'était parfois une lutte. Elle parvenait à rester impassible, l'acculant à une déroute totale. Il baissait les paupières, feignait de devoir regarder autre chose. La domination basculait d'un bord à l'autre, dans d'extrêmes tendresses comme dans d'extrêmes violences, avec cette puissance que confère aux affects l'immuabilité silencieuse et la proche distance...

Il la sentait parfois saisie d'une émotion. Son sourire s'en allait. Ses pupilles ne savaient où voler. Elle paraissait fragile, à l'amorce des larmes. Elle brisait le contact, disparaissait dans la maison durant quelques secondes, pour revenir, s'accouder, raffermie.

Dans cette relation à distance, il se sentait immense.

Elle le regardait vraiment, lui souriait vraiment, faisait corps avec lui.

La rumeur courut parmi les chevaliers. Les espions identifièrent des regards et, même exclue l'hypothèse d'un code destiné à l'ennemi, ils signalèrent ce fait au conseil de la Table-électrique. Le prénom du négrillon s'associa à celui de Gabine. Lui et Gabine. Gabine et lui. On en riait. On se moquait de tant d'insignifiance. On en parlait lors des bivouacs entre deux batailles. Elle aussi, dans le monde des filles, supportait ces allusions fines qui indiquent que l'on sait.

Les priorités du monde avaient changé. Le sens du vivre aussi. Lui aussi avait changé, comme élargi jusqu'aux régions ignorées de lui-même. Que de lutte contre les boutons, que de souci pour ajuster sa raie sur un côté, puis sur un autre ! Que d'inquiétude sur la prestance du short et la manière de la chemise ! Il la laissait maintenant ouverte sur la poitrine dans un genre de demi-ti-voyou, car la rumeur dénonçait les filles comme sensibles au côté blouson noir. Il ajustait entre ses clavicules la petite chaîne en or et son crucifix de première communion, et il se parfumait. Il ne se sentait jamais assez magnifique, jamais assez coiffé, jamais assez net, et se débrouillait pour monter chaque week-end en promettant au roi quelque mission-suicide ou une brigue honnête du grade d'aspirant-écuyer. Promesse qu'il ne tenait jamais.

Lors d'un week-end l'Altesse le convoqua au Conseil de la Table-bobine. Les dignitaires étaient là. Sénateurs. Maréchaux. Astrologues. L'enchanteur en personne. L'inquisiteur lui-même. Les courtisans peuplaient les trous du tuf. Le bourreau grimaçait dans l'ombre du fond. Le fou gesticulait autour du trône. Les chevaliers assis sur des bombes-margarine croisaient les bras au-dessus des épées en plastique. Les chambellans tenaient l'entrée. Les écuyers faisaient miroiter des boucliers découpés à l'ouvre-boîte dans des bidons de viande salée. Les pages étaient couchés par terre, aux pieds de Sa Majesté...

Tous le regardaient comme une erreur des dieux.

Il avait été décidé qu'il ne serait ni fou ni bourreau. Sa seule voie de sortie était d'aspirer au poste d'écuyer, mais, au vu de son insuffisance, on s'était prononcé sur une exclusion de la confrérie, et pire : une interdiction de revenir en week-end sur les terres du royaume. Son nom serait affiché sur les bans des confins. Tous les chasseurs de primes, sans compter les simiesques du Centre et du Sud, le sauraient désormais seul et pourraient le crucifier sur une roue de bulldozer sans aucunes représailles.

Ne plus pouvoir revenir en week-end !

Le négrillon crut mourir. Son désespoir, à force d'être réel, fit pâle figure après les agonies shakespeariennes déjà interprétées. Il prit la parole dans un mélange de français tragique et de créole déchiré pour expliquer que cette sanction briserait son existence alors qu'il n'avait tué aucun seigneur ni trahi la Couronne. Il suscita une gêne silencieuse. Les preux, mal habitués à ce qu'on plaide en défense, ne savaient plus la meilleure attitude pour un seigneur des armes. Quelques doigts tricotaient. Les regards ondoyaient au gré des embarras. On attendait la réaction royale.

Alors, levant la tête, se dressant tout debout sur ses grands étriers, pâle, effrayant, pareil à l'aigle des nuées, l'invincible roi…, qui se prenait pour un digest d'Arthur et de Charlemagne, le regarda de travers durant près d'une minute. Puis il confia son sort à la bande de Lancelot, Aramis, Lagardère, Perceval, d'Artagnan, Roland, et autres déments tombés d'un fouillis de sagas incertaines. Ces paladins l'interrogèrent sur son intérêt pour la chevalerie, mais le négrillon avait tellement lu et relu de légendes, qu'il put les impressionner par ses études du Graal. Savez-vous, leur dit-il, que ce fut d'abord un simple récipient, puis qu'on en fit un calice portant le sang du Christ, puis qu'on le transforma en pierre tombée du ciel, et que ce mystère à tout jamais entier constitue l'essentiel de ma raison de vivre ? Il les acheva en pérorant que le Graal avait été récupéré par l'un d'entre eux, mais, son enquête n'étant pas achevée, les suppositions restaient ouvertes entre Perceval, Gohort ou Galahad, fils de Lancelot. Il leur dit aussi, en passant, que Roland, Lagardère, Aramis, d'Artagnan ou Charlemagne n'étaient pas membres de la Table ronde, et que Roncevaux ne se situait pas au royaume de la perfide Albion… Et, pour les anéantir, il leur cita le nom exact des douze, depuis Sa Majesté Arthur en passant par Sire Lancelot, Sire Gahrris, Sire Tristam, Sire Lamorak, *et cætera*… L'ébahissement lui sauva la vie. Il fut décidé dans une hâte nerveuse de lui donner une dernière chance.

Sur un signe de l'Altesse, Tony prit la parole pour décider de l'épreuve. Elles étaient toutes plus ignobles les unes que les autres. Il y avait celle de la main-dans-des-fourmis-mordantes, celle de la réclusion-dans-une-bombe-pleine-de-rats, celle du doigt-dans-un-trou-de-crabes-fous… En matière de danse, on pouvait choisir entre les charbons ardents, le verre pilé ou le tapis de clous rouillés. En question d'escalade, l'offre s'étendait du cocotier plein d'araignées fielleuses au pied de corossol bourré de manicous féroces… Il y avait possibilité d'avoir une punaise dans l'oreille ou un piment-bonda-man-jacques ficelé dessous la langue pour sept jours et sept nuits… Tony réfléchit longtemps, consulta les astrologues et l'enchanteur au saladier, tint conciliabule avec l'inquisiteur et le bourreau, puis s'arrêta sur l'abjection ignominieuse du *Mabouya-collé*.

Le mabouya est une sorte de lézard. Les guerriers caraïbes l'inscrivaient au sommaire des esprits et des morts. Il végète dans les ombres, reste serré sous des tableaux, surit dans des coins de table, des trous de cocotiers, se nourrit durant les nuits sans lune de papillons insomniaques et de moustiques somnambules. L'ennui, c'est qu'ils sont froids et pâles : pas d'une transparence opaline et précieuse mais du blafard fétide, proche du pus avancé et du vitreux d'une pupille de vampire. L'autre souci, c'est qu'il était attesté (par les sciences créoles de Gros-Lombric) que le mabouya possédait aux pattes les ventouses de la mort. Une fois collé à vous rien ne pouvait l'en détacher, sauf à le tuer. Si on le tuait, il fallait le découper en tranches pour s'en débarrasser. Mais on se retrouvait à vie avec quatre pattes de mabouya encollées à un coin de votre corps — ce qui relevait d'un très mauvais aloi. La légende accordait une possibilité sur mille de le décoller en plaçant devant lui un miroir béni — ce qui l'amenait à bondir, pour une raison indéfinie entre l'élan vers le semblable ou la fuite face à sa propre horreur. Mais en partant, il vous laissait quatre taches sur la peau. Blanches. Au fil des jours, ces taches dégénéraient en des plaques de dartre bien plus insupportables que celles dont souffraient les enfants dans les cases insalubres. Les victimes finissaient neuf fois sur dix leur vie en spectres verruqueux...

Donc, l'épreuve consistait à vous coller un mabouya sur la poitrine, puis à voir comment vous vous débrouilliez avec. La sentence fut prononcée. Le roi décida que si le négrillon se montrait digne dans sa rencontre avec cet esprit des ténèbres, il serait réadmis aux arrière-gardes du sous-écuyage…

> … *Qui la vit ainsi, restituée à elle-même comme après une syncope : un retour du familier, une irruption de connivence intime avec l'entour, et en même temps la conscience angoissée d'avoir été absente, et en même temps l'impossibilité de savoir ce qu'elle pouvait faire là, à cette heure, en cet endroit, et pourquoi ?…*

> … *Qui ne dit rien, qui l'a vue émerger, revenue sans comprendre ?…*

Le rituel s'était installé. Mémoire, cette scène immobile constitue toute l'époque. Un arrêt sur image. Un *repeat* incessant. Il faudrait l'écrire mille fois à l'identique, avec de subtiles variations pour en sortir l'ampleur. Lui, accoudé à son escalier, et elle en face, dans une distance d'environ huit mètres. Les deux se regardant. Elle, travaillant beaucoup pour se ménager ces moments de pause. Et lui, abusant de sa disgrâce aux yeux des chevaliers, pour se réfugier là. Et, eux, se regardant durant des heures entières, jusqu'au cri de la manman qui déconstruit l'hypnose. Parfois, la bande de chevaliers, déboulée d'une campagne, surgissait dans l'allée, commençait à glousser. Lui devait s'en aller à leur suite, tenir la bride à leurs chevaux imaginaires ou rejoindre un poste de non-participant dans quelque coup de football ou de massacre de colibris.

Ils se regardaient. Se souriaient. Se regardaient encore. Se souriaient toujours. Lui ici, elle là-bas, face à face. Un fixe où pourtant l'émerveillement fluait en multiples explosions. Silence, paupières ailées et sourires enchantés. Ils se parlaient sans fin, en silence volubile, de visage à visage, elle avec ses yeux indéfinissables, sa pâleur étrange, cette mélancolie qui la nimbait d'un impossible. Il la trouvait impressionnante. La voir le terrifiait. L'exaltait autant. Malgré son immobilité en haut de l'escalier, il pataugeait encore dans un vrac d'émotions. Il adoptait un air calme, mais négociait sans cesse son équilibre sur des trombes de déroute. En face, elle semblait tranquille, apaisée, disponible. Il la sentait capable de s'avancer vers lui, capable de lui parler. Alors pourquoi ne pas lui demander de descendre au jardin, de rejoindre la clôture ? Pourquoi ne pas s'arranger pour lui parler vraiment, lui effleurer la main ?… Le négrillon restait cloué à sa guérite des longues contemplations, noyé dans les regards, nourri par les sourires, échoué dans une catalepsie de bonheur dont il n'avait pièce envie de sortir. Et quand elle rentrait, il se retrouvait comme durant la semaine : le plus seul, le plus abandonné, le plus insuffisant et le plus malheureux des unicellulaires de la création.

Le problème de l'épreuve du *Mabouya-collé*, c'est qu'il faut d'abord en trouver un. Le négrillon dut accompagner Tony dans ses recherches actives. Fouiller sous les maisons, ramper dans des poches de terre sèche, tâter l'arrière des tôles rouillées et des planches solitaires. Le soir, rôder auprès des lampadaires, suivre des yeux le dessous des gouttières et tenter de surprendre un déplacement spectral. Il fallait parfois grimper aux plus dépenaillés des cocotiers, affronter des débâcles de rats et rechercher au nœud des palmes une cache de ce reptile fantomatique. Sur les traces de l'assassin, le négrillon cherchait de manière ostentatoire. Il bondissait au moindre supposé de bestiole, plissait des paupières vigilantes et posait la main droite en visière. Tony ne vit jamais qu'il gardait la main gauche dans la poche, avec (croisés à mort) les doigts de la conjuration. Il dut être chaman : l'assassin qui trouvait toujours tout eut du mal sur plus de vingt week-ends à dénicher un mabouya. Quand il en repéra un, sur la bordure dorée d'un tableau de Millet, dans le salon de ses parents, il était minuscule et inapte à l'affaire. Donc, l'assassin chercha encore, à chaque week-end, en compagnie de l'insoupçonné conjurateur. Cela offrit de l'oxygène au négrillon : il demandait à vérifier lui-même s'il n'y en avait pas un auprès de l'escalier. Le temps passait ainsi.

Elle paralysait. Il était incapable de s'approcher d'elle, de lui parler. Bien des fois, sortant d'une équipée sur les talons d'un écuyer, il la rencontrait dans une allée auprès du pavillon. Elle revenait d'une course, ou se trouvait assise sur la terrasse arrière, à repriser on ne sait quoi, ou rêvasser dans cet éther qui constituait son essence de vivante. Il était forcé de la croiser, ou de passer à côté d'elle. Forcé de lui dire bonjour. Il lui disait bonjour comme on s'étrangle. Elle, très calme, trop calme, tellement forte et puissante, lui répondait un vrai bonjour en souriant, prête à l'entendre, accessible à l'échange. Elle pouvait tout mais lui n'était capable de rien : juste marcher du mieux possible, juste composer son air de demi-ti-voyou, style détective privé, juste passer son chemin sans plus sentir ses jambes. Quant à son cœur, il débloquait d'une sorte inhabituelle, cahotant d'exaltation en tristesse asphyxiante. Atteint d'une maladie virulente et sans nom, il lui encombrait la poitrine…

Filles et garçons n'existaient pas ensemble. Un apartheid automatique les séparait mieux qu'un mur de la honte. Souvent, le négrillon apercevait son irréelle de loin, dans le groupe des filles. En retrait, à la lisière d'une marge invisible, nimbée de nostalgie, ne s'éveillant qu'au tendre d'un sourire, dépourvue d'un assez de voix pour crier, ou chanter comme les autres. Et, si elle le faisait, son timbre persistait en murmure que le négrillon s'imaginait être seul à entendre.

Les filles se retrouvaient pour des sauts à la corde. Cette médiocrité devint somptueuse aux yeux du négrillon. Quand il la voyait saisir la corde, se mettre à sautiller, exister dans une grâce langoureuse, il s'affalait dans les bras de six anges. Le plaisir de l'Irréelle s'étendait jusqu'à lui comme une brume de parfum. Il ne se lassait pas de la voir sautiller, attendre, saisir son tour, rire languide et sauter de nouveau. Bien que perdue dans les voltes enchantées, elle le zieutait par en dessous... Il ne s'en lassait pas...

Mais le temps passait. On avait su que l'arrière-sous-écuyer brûlait du temps à contempler Gabine la lune. Qu'il rôdait aussi auprès des groupes de filles où la Gabine apparaissait, et qu'il les regardait avec l'air d'être payé pour ça.

Chacun voulut constater par soi-même, et chacun y prit goût. Le clan des chevaliers se retrouva souvent, et de sorte mystérieuse, auprès des groupes jusqu'alors invisibles des filles. Ne régnaient là pourtant que faiblesses, poupées, milans, chiffons, insignifiances, aucun fait d'armes et de gloire… Mais il faisait bon désormais ne pas être trop loin, de les voir sans montrer qu'on regarde, les entendre sans faire mine d'écouter. Là, plus que jamais, l'attirail de guerre connut son importance : les preux exhibaient les capes, les épées, les boucliers, les armoiries. Les écuyers des bouts de dagues, des tridents ou rondaches. Les pages feignaient de mener à la bride de majestueuses licornes. Le roi faisait miroiter sa couronne au-dessus de son sceptre carnavalesque. Certaines des filles se mettaient à les voir. Leurs regards transmuaient ces déguisés en des coqs de basse-cour. On se pavanait. Le chevalier invectivait l'écuyer qui outrageait le page qui lui-même tourmentait son servant. Chacun étalait son pouvoir. Ce fut une des rares périodes où le négrillon maudit sa condition de sous-arrière-machin : elle ne lui donnait droit qu'au poignard en papier et n'accordait en oriflamme qu'un mouchoir à carreaux.

Surgirent les fameux chants. Les deux communautés communiquèrent par ce biais à distance, par des codes et messages. Les filles ouvraient un cercle, se tapaient dans les mains. L'une d'elles psalmodiait sur l'affaire de son cœur qui balance entre deux zouaves quelconques, et finissait par brailler le prénom de l'un d'eux. Là, les distinctions terribles entre chevaliers, écuyers, pages ou sous-servants, fonctionnaient mal. Les filles n'avaient aucun sens de la noblesse et des échelles de guerre. Telle préférait un tel pour des raisons obscures et toujours illogiques. Chaque prénom déclaré suscitait dans l'assemblée virile des bourrades railleuses. Les désignés ignoraient les désignantes. Les désignantes guettaient la réaction des désignés. Si ces derniers réagissaient sans trop d'hostilité, leur prénom revenait, sinon elles changeaient de prénom et testaient un autre zouave. De manière générale, les désignés blêmissaient d'un bien-être et combattaient un impossible : feindre l'insouciance aux yeux des pairs et trouver moyen d'informer la désignante qu'on était bien content. Un émoi difficile, étranger à la question des armes... L'Irréelle n'avait jusqu'alors nommé personne. Une fois, elle murmura le petit nom du négrillon — ce qui le fit soulever une épaule et rire par en dehors — et mourir de bonheur en dedans.

Cette ère nouvelle troubla le monde des chevaliers. Le roi devint soucieux. Il avait encore plein de guerres à mener : deux cages d'escalier à conquérir au Centre, cinq allées à pacifier au Sud... Depuis l'affaire du négrillon et de Gabine la lune, il s'inquiétait de voir ses preux accorder leurs couleurs à des prénoms de filles. La plupart s'arrangeaient pour être visibles quand elles étaient en groupe, et n'accordaient qu'une attention distraite aux croisades coloniales. Un de ses fous lui conseilla même de se trouver une reine parmi ces créatures — ce blasphème choqua Sa Majesté, incapable d'imaginer une quelconque grandeur qui ne soit solitaire...

L'espèce des filles avait pris une importance considérable. Il n'existait pas de guerres entre elles. Du Nord au Sud, en passant par le Centre, c'étaient rencontres ouvertes, associations libres et fraternités franches. Chaque membre de la Table-trouée avait des sœurs qui avaient des copines, sans compter les copines de copines et amies de cousines. Cela peuplait les coins de la cité sans ériger de frontières ou instituer des territoires. Elles désorganisaient l'esprit des chevaliers, d'autant que les chantiers reculaient, que les bâtiments achevés se remplissaient de gens civilisés, et que les hordes simiesques peinaient à dégoter quelque toundra pour tartares ou canyon à westerns...

... Mémoire, es-tu ce que l'on est ? Possèdes-tu puissance d'âme ?... Qu'est-ce qui d'elle s'en allait dans cette usure légère, ce flux et ce reflux des absences... des béances ?...

... des houles de souvenirs l'amenaient à évoquer les temps anciens du Lamentin, cet antan où elle était enfant, et à régler des comptes avec des personnages qui avaient disparu mais qui hantaient son ciment mémoriel : ils assaillaient encore ses remparts, boucliers et défenses, ses pauvres béquilles du vivre...

Le roi ne daigna jamais se désigner une reine, mais il sut s'adapter aux dérives de la civilisation. Il toléra que le blason de tel ou tel chevalier soit associé à celui d'une Belle. Il admit, parmi les couleurs de la guerre, que des fanions, mantilles, flammes et rubans se mettent à porter des prénoms. Ces petits signes bénéficiaient d'un soin particulier, qui surpassait le lustrage des épées. Parmi les dignitaires de la Table-électrique, figurait le couturier du royaume. Un petit bougre assez étrange. Il bougeait des hanches et n'éprouvait aucun penchant pour les armures en fer de bombes. Il aimait se passer du Cutex sur les ongles, pouvait coudre n'importe quoi, et disposait du don de demeurer parmi les filles sans les déranger. Le roi lui avait accordé un statut d'intendant général. C'est lui qui récupérait, lavait, reprisait, repassait les costumes, les capes, les plastrons, les couvre-nuques, gantelets et brassards... Il avait du goût pour organiser les pompes costumées où se fêtaient conquêtes et massacres, ou l'accession au grade de seigneur du royaume. Quand vint le temps des couleurs à prénom, c'est lui qui les cousit, présida aux assortiments de couleurs, imposa des formes délicates qui, dans les sueurs et les poussières, tremblaient comme des fleurs égarées...

Tony trouva le mabouya sans lui. Attentif aux faces obscures des choses, il s'était étonné de ne rien découvrir quand le négrillon se tenait derrière lui. Le roi s'impatientant, il avait décidé d'y aller seul. Un vendredi treize, juste avant l'arrivée en week-end, il en dénicha trois d'un coup, dans une grappe de cocos. Quand le roi débarqua, il lui annonça la nouvelle dans un salut d'assassin triomphant. On réunit la Table-bobine et Tony présenta les bêtes ténébreuses dans un bocal à cornichons. Trois énormes mabouyas, vitreux, regards rougeâtres, ventousés aux parois sur des pattes divergentes. Ils frémissaient comme des démons sous les flots de lumière. Le négrillon fut saisi de panique. Il requit la parole un peu comme on se noie, rappelant son respect des oracles mais estimant possible de trouver une entente par des formules humaines... Il n'était jamais bon, dit-il, de déranger les dieux, et, pour montrer sa bonne disposition, il s'engageait à prouver sa vaillance dans la bataille pour la reconquête de l'allée 54, près du boulevard du Centre… Perceval rejoignit son avis, mais Roland, Lancelot et surtout cet isalope de seigneur Kit Carson s'en tinrent à la sentence. Le même seigneur Kit Carson, l'épée de travers à la manière d'un pistolet, expliqua au roi que la parole royale allait sans marche arrière et que l'envisager reviendrait à forcer les poulies du pouvoir. Le roi demanda réflexion, comme saisi d'un doute à la vue des spectres qu'il s'apprêtait à expédier sur une pauvre poitrine…

Les deux Grandes de Man la Sirène lui signalèrent que l'Irréelle désirait lui parler. Elle ne pouvait comprendre qu'il ne la rejoigne pas quand elle restait assise sur la terrasse arrière. C'était vrai. Dans ces occasions-là, le négrillon ne faisait que passer, et repasser, en expédiant mille vieux sourires décomposés. Il cherchait en vain une disposition magique qui lui permettrait d'affronter cette rencontre. Combien de fois s'était-il avancé vers elle pour constater que ses pieds bifurquaient pour le ramener chez Man la Sirène dans une déroute complète ? Combien de fois, la rencontrant, il avait dû la saluer, l'embrasser sur la joue, et n'avait rien trouvé à dire alors qu'il avait tant à lui dire ? Devant elle, son ventre devenait un trou blanc dans lequel il tombait. S'il parvenait à bafouiller, la phrase était d'un ababa si achevé qu'il s'enfuyait sans attendre de réponse. Loin d'elle, ce qu'il n'avait pu lui dire, ou vivre en sa présence, lui revenait dans une inondation, le plongeant (sans qu'il n'en sache rien) dans une viscosité de mélodrame ou les glues basses du romantisme.

L'une des deux Grandes était devenue sa confidente et son soutien le plus actif. Avec une aptitude d'adorable mère-maquerelle, elle tenait une navette entre lui et l'Irréelle. De plus, elle disposait d'un pouvoir étonnant : élucider les lignes de la main. Elle passait des heures à déchiffrer la paume du négrillon qui ne lui avait rien demandé. Puis s'en allait œuvrer à l'identique dans les mains lunaires de l'Irréelle. Elle voyait le même nombre d'enfants dans les deux paumes, des pliures significatives aux mêmes endroits sur la ligne du cœur. Mille prédictions se rejoignaient, authentifiant, d'après la mère-maquerelle, que l'Irréelle lui était destinée, que lui relevait d'elle, et qu'ils passeraient leur vie ensemble. Certains jours de pleine lune, la maquerelle chiromancienne précisait le jour du mariage, annonçait les années bénéfiques, indiquait les moments difficiles… Mais ce clignotement vraisemblable du destin exigeait pour se concrétiser un peu d'audace et un semblant de volonté… Ce disant, elle zieutait le négrillon de travers.

Il avait tant à lui dire. Un peu comme ces affamés inaptes à déglutir à force de faim critique. Ou tel cet assoiffé qu'une goutte d'eau étoufferait. Pourtant, les contemplations n'étaient plus suffisantes. L'Irréelle ordonnait autre chose. Il lui arrivait d'apparaître en haut de l'escalier et de regarder ailleurs, évitant son regard ; ou alors de le fixer sans un sourire. Au bout de ce supplice, elle s'en allait d'un coup, le laissant dévasté. Il lui arrivait aussi de disparaître toute la journée, et lui restait en plan, sous la charge d'une roche. Il l'entendait alors. Parlant haut, morigénant les enfants, répondant à papa ou manman, s'arrangeant pour demeurer présente par des éclats de voix sans jamais apparaître. Le pire c'était de la voir descendre au jardin, panier de linge à la hanche, irréelle sous l'éclat du soleil, étendre les draps avec des gestes tranquilles, les accrocher pince après pince, et repartir d'un pas trop lent, flottante merveille, et silencieuse, le regard verrouillé en elle-même, le réduisant à l'inexistence.

L'écriture vint à son secours, comme durant ses mutités scolaires ou l'ère de la pensée magique. Il décida de lui écrire. Pas de recopier quoi que ce soit mais d'écrire comme il pouvait. Il avait tant à raconter, tant à dire, et tout à demander. Ce fut sans doute vers cette période qu'il griffonna ces contractions de vocables, graphèmes hallucinés, parcourus d'étonnements, d'invocations et autres fulgurances... Cet abandon à l'émotion, cette capture de ce qui ne peut se dire et qui se dit quand même, ces déformations de la réalité, cette abolition du temps et de l'espace, en firent, et pour de longues années, un des plus lamentables poètes des terres américaines...

Il détacha une feuille de cahier. Il prépara une plume neuve, qu'il assouplit à vide. Il la baigna dans l'encre pour que les pleins et les déliés s'organisent sans faiblir. Il plaça son buvard. Puis il resta ainsi, la plume en l'air, la feuille ouverte, se demandant non ce qu'il fallait écrire mais par où commencer. C'était souvent la feuille qui n'était pas la bonne. La plume aussi se révélait mauvaise. Parfois, l'encre semblait pourrie, alors il partait à la recherche interminable d'une autre...

Il écrivait un premier mot, mais un délié se montrait défaillant, alors il déchirait le tout et recommençait avec plus de tension. Parfois deux mots s'ordonnançaient, puis un troisième, puis une phrase s'amorçait, mais la plume dérapait, le forçant à tout renouveler...

Souvent, il avait trop chaud. Ou il y avait trop de bruit dans le monde. Ou une urgence l'expédiait à autre chose...

Quand tout était irréprochable, il se retrouvait en suspens au-dessus des mille mots qui lui happaient l'esprit. La grammaire, la syntaxe, l'orthographe, ces furies avec lesquelles le Maître l'avait traqué, surgissaient en gendarmes. Gardiens d'on ne sait quoi, ils lui barraient la route et le paralysaient. Incapable d'une ligne, il se retrouvait à griffonner un soleil, un cocotier, des oiseaux, une tête de cow-boy, une case, une étoile, mille grigris informes, très libres, qui bien des temps plus tard occuperaient et la marge et la page de ses manuscrits…

Il y eut un jour une combinaison de mots errants, de blancs, de virgules et de grigris. Sans doute un poème. Il l'examina, essaya de comprendre, n'y comprit hak. Mais il y soupçonna une émotion sincère et décida de le transmettre à l'Irréelle par la mère-maquerelle. Il plia le tout en sept, le parfuma léger, l'entoura d'Albuplast, puis le mit de côté car, pendant l'intense préparation, une émotion lui réclama la plume… Il produisit ainsi cinq ou six étrangetés, préparées avec le soin qu'on met à panser les blessures.

Les poèmes ne parvinrent jamais à l'Irréelle. Mais la rumeur maintient qu'un quelque chose lui était parvenu. Un message qu'il avait trouvé courage de remettre à la mère-maquerelle et dont il avait ardemment attendu une réponse. Celle-ci entretenait entre eux une diplomatie qui compensait les dérobades et les sourires improductifs. Elle a dit ceci… Elle pense que… Et dis-lui ça pour moi… Dieu seul sait ce qu'elle racontait vraiment, et si ce qu'elle rapportait de part et d'autre ait jamais existé ! La mère-maquerelle devint la pulpe active de leurs échanges. Elle devait y ajouter ses propres fantasmes. Quand le négrillon revenait d'une bataille et qu'elle lui lançait un petit signe sous un air mystérieux, il savait qu'un message l'attendait. Il éprouvait alors autant de joie qu'un chasseur de crabes au bruit d'un piège qui tombe.

Il y a donc ce message improbable.

Faisons avec.

Imaginons…

L'homme d'à-présent donnerait une fortune pour retrouver ce qui avait été écrit, et comment cela avait été écrit. Un rien. Peut-être une ligne, deux mots, un bout de cocotier, un bout d'admiration, une miette d'adoration… Un bredouillis de sentiment… Renseignement pris auprès des survivants, rumeurs inventoriées, il lui aurait parlé de ses cheveux…

Une chevelure de chabine moubin. D'un jaune de mangot mûr, à reflets rouges de bassignac. À chaque contemplation en haut des escaliers, cette chevelure constituait une part de l'événe-

275

ment. Selon qu'elle l'avait plaquée vers l'arrière, libérant son front, et offrant un estuaire au mystère de ses yeux, ou qu'elle en fasse des nattes avec une frange à hauteur des sourcils, ou qu'elle la libère, ample autour de sa pâleur comme les voiles d'un vaisseau, il recevait une émerveille particulière. Elle se renouvelait ainsi, l'émouvait à chaque fois. C'est peut-être ce qu'il avait voulu lui écrire.

Sa personne suscitait en lui le sentiment de l'incroyable, et dans le trouble perçait une incrédulité inquiète : la peur mal refoulée qu'elle ne soit irréelle pour de bon et disparaisse un jour, l'abandonnant aux lassitudes des chevaleries et de la galaxie vide... C'est sans doute ce qu'il avait voulu lui écrire.

Il espéra, dit-on, la réponse avec fièvre. Elle lui vint d'une sorte inattendue. La mère-maquerelle annonça la nouvelle : l'Irréelle voulait le rencontrer, à tout prix, et lui fixait un rendez-vous. L'après-midi du dimanche, au moment de la sieste, quand tout le monde gisait hors d'état de nuire, elle serait sur la terrasse arrière, et l'attendrait, et ne quitterait pas cet endroit sans le voir. La mère-maquerelle, au fait de ses déroutes, fronça les sourcils, pointa l'index, expliquant que s'il n'y allait pas il serait le pire des capons de cette terre. Y aller, d'accord, mais où trouver force de la regarder ?… lui parler ?… que lui dire ?… comment se rendre intéressant…?… Tout lui sembla préférable aux déroutes annoncées, d'autant que la mère-maquerelle, postée aux environs, répandrait les détails de cette bérézina. Le négrillon rechercha sans attendre un moyen d'échapper à l'affaire.

Il s'enquit auprès des chevaliers des états de la guerre, se déclara prêt pour une mission-suicide au plus profond du Sud. Mais aucune opération n'était en cours. La cité avait émergé. Les chantiers s'étaient réduits. Les hordes simiesques reculaient en face de la civilisation qui structurait l'entour. On avait créé une maison des jeunes où il était possible d'entendre de la musique, de danser ou d'user de la gouache sur des feuilles de papier… — toutes choses nuisibles aux enthousiasmes guerriers. Ne perduraient que de vagues missions d'espionnage, des opérations d'infiltration pour cueillettes de goyave, quelque conflit de frontières inutiles que des estafettes de seconde zone réglaient par des conciliabules. Le roi lui-même devait faire face à des complots en régicide. Il cherchait moyen de neutraliser en douce certains de ses chevaliers dans des machinations aussi complexes que des cauchemars de Machiavel… Le seul prétexte pour échapper au rendez-vous était l'épreuve du *mabouya-collé*. Son organisation traînait : Tony et l'intendant s'étaient mis en tête d'organiser autour une cérémonie d'un lustre jamais vu dans l'histoire du royaume. Invitations, décors et protocole occupaient leurs journées et renvoyaient l'ordalie à deux ou trois week-ends. Le négrillon ne savait plus quoi faire. La mère-maquerelle le relançait de minute en minute, alors tu vas venir ou quoi ?

Aux abois, il sollicita une audience à la Table et demanda d'être soumis sans attendre à l'épreuve. Le roi, soucieux d'augmenter ses alliés et de parfaire sa stratégie, accepta. Il expédia illico un message à Tony. Signa un ordre à l'intendant pour une exécution expresse dans l'après-midi du dimanche. Le négrillon, aux anges, rejoignit la maquerelle pour la mauvaise nouvelle d'une mainmise royale. La chiromancienne s'abîma dans la rage. Elle lui expliqua qu'elle n'organiserait plus rien pour lui et qu'il fallait désormais qu'il se débrouille tout seul. Elle lui prédit la perte de l'Irréelle qui n'allait pas finir sa vie à espérer un invisible… Épouvanté, le négrillon retrouva le roi pour supplier de repousser l'épreuve à cause d'un imprévu d'une extrême importance. Ne pouvant expliquer lequel, les ordres étant déjà lancés, le roi étant soucieux, la réponse fut expéditive.

L'ordalie était maintenue.

Le négrillon revint s'en lamenter auprès de la

mère-maquerelle qui opéra une volte-face en haussant les épaules. Elle transmit à l'Irréelle l'impossibilité du rendez-vous en y ajoutant on ne sait quelles vaticinations désobligeantes. Le négrillon se retrouva dans des affres sans fin, d'autant qu'elle ne réapparut pas en haut de l'escalier où il fut à l'attendre, longtemps, à l'espérer, longtemps…

… Quelle fut la frappe ?… Elle, ô puissante, dévouée à ses enfants, sa vie offerte à leur seule réussite, elle qui avait tant abandonné d'elle-même, refoulé tant de rêves, éteint tant de possibles, noyé tellement de perspectives intimes, et qui — lorsqu'ils furent tous placés — dut vivre sans doute plus que la solitude : le sentiment de l'inutilité…

… Mémoire, qui pourrait résister au sentiment d'être inutile ?…

… il y aurait donc un risque à ne pas vivre-pour-soi, à tout verser dans le donner-à-vivre ?…

LE CONTACT FROID DU MABOUYA

Tony et l'Intendant avaient bien fait les choses. Des dizaines d'invitations avaient été lancées dans le royaume. Les dignitaires se préparaient en revêtant leurs beaux atours, d'autant que la maison des jouets à Fort-de-France avait reçu des boucliers de plastique, des casques romains, des pavois de fantassins, des sabres de samouraïs, des cervelières et des heaumes cylindriques, des haches et des masses d'armes aussi lourds que des plumes mais dont l'effet relevait d'un réel saisissant. Le seigneur Kit Carson obtint une dérogation pour ajouter le revolver de Jessie James au pommeau de son sabre. Perceval fit savoir qu'il conserverait au poignet la montre étanche de son anniversaire. Certains avaient dégaré des tuniques à mailles, ouvertes en bas, par-devant et par-derrière, avec manches, mitaines et capuchons auxquelles l'Intendant ajouta quelques étoiles dorées à la manière des généraux de l'infanterie américaine. Il n'arrêtait pas de se dandiner dans le sous-sol en tuf, d'y accrocher des friselis de papiers et des fleurs d'hibiscus qui figuraient celles du lys. Le protocole avait même convié certains guerriers de tribus évoluées du Sud et du Centre avec lesquelles une paix fructueuse avait été passée : ils avaient promis en grognant d'être là. Autour de la Table-trouée, en guise de sièges, l'Intendant avait disposé des bombes-margarine avec, surélevé sur deux briques, le trône royal. Il était constitué d'une cuisinière désaffectée et d'un coussin de velours pour chat que l'Intendant avait subtilisé à l'une de ses tantes. Les épreuves se déroulaient dans une haute discrétion. Les filles n'en connaissaient pas le détail car elles en auraient été horrifiées ; en plus elles n'avaient aucune idée de ce qu'était un secret. Envers les Grandes-Personnes, c'était le black-out pour éviter l'interdiction. Les choses se préparaient donc de manière diligente mais feutrée.

… Quelle fut la frappe, ô guerrière ?…

… Elle préparait chaque samedi le marché de ses enfants… chacun avait sa boîte de légumes et de fruits posée au bas de l'escalier… qui ne venait pas la récupérer était appelé mille fois… nul ne mesurait combien il était important de récupérer cette boîte : cette pensée d'elle vers eux, ce souci de leur être encore utile, sans doute l'ultime contact avec la force résiduelle du soleil…

Le négrillon, échoué en haut de l'escalier, percevait d'un œil morne l'animation du royaume : les allées-venues des pages, les écuyers trimbalant des chiffons duveteux pour faire briller les armes, les fantassins marquant leurs positions au long de la voie qu'emprunterait le cortège… Le roi, entouré de sa cour, devrait contourner le rond-point central du quartier Nord, longer le libre-service, et rejoindre le sous-sol de la Table-électrique. L'Intendant, qui en aurait préféré mille, avait prévu un lâcher des deux papillons jaunes et de la mouche à miel que Tony avait pu lui trouver. Le temps lui avait manqué pour le tapis de pétales envisagé tout au long du parcours. Il veillait à tout avec des gestes onctueux, les cils légèrement agacés d'avoir à tout bâcler…

Le négrillon souffrait d'envisager la mort sans revoir l'Irréelle. Comment lui faire savoir que dans quelques heures il allait disparaître ? Il supplia la mère-maquerelle d'aller lui demander de sortir un instant, d'accepter qu'ils se voient de loin encore une fois. La chiromancienne se préparait à lui dire non, mais elle perçut quelque chose de bizarre. Écoutant son bon cœur, elle repartit chez l'Irréelle lui transmettre le message. En son absence — durant vingt-deux éternités — le négrillon attendit seul, en haut de l'escalier, ne bougeant, hélas, que pour voir Tony rappliquer avec des gestes de prêtre transportant un calice. L'assassin royal amenait le bocal aux mabouyas. L'Intendant l'avait couvert d'un napperon de satin blanc, à franges dorées, d'un goût sinistre.

Cette attente fut la plus terrible de toutes. Interminable. Avec la distance, elle se mêle aux autres et les concentre en elle. Il n'en reste à l'homme d'à-présent que l'épure d'un tourment : attendre…

Les week-ends refusés par Man Ninotte ou Man la Sirène l'expédiaient aux enfers de l'attente… Il demeurait à Fort-de-France, emprisonné dans sa famille… Interminable samedi où tout s'immobilise à partir de treize heures… Les marchandes, dissoutes dans les taxis de commune, abandonnaient les rues à des crises de poussières… Les chiens errants commençaient leur revanche sur l'en-ville en battant de la gueule sur le même aboiement. Les voir, ou les entendre, soulevait le désespoir du négrillon jusqu'aux acides de la nausée… Il restait immobile sous le temps immobile, accoudé à l'une des fenêtres, rompu de solitude et de chagrin, se raccrochant à un coin d'horizon échoué au bout de la rue. Les chiens lui renvoyaient son âme : galeuse, hagarde entre des poubelles et des façades aveugles…

Puis le dimanche, aussi interminable… Pourtant, Man Ninotte et la Baronne disposaient les fleurs neuves sur la table du séjour. Elles étendaient la nappe à fond rouge où s'illustrait une scène de chasse à courre. Elles agençaient des napperons sur le marbre du buffet… Cérémonial infime qui d'habitude le ravissait mais qui, en week-end refusé, le remplissait d'ennui, et même : augmentait sa tristesse… Début d'une longue tendance : nul bonheur évident, nul somptueux paysage ne pourra diminuer sa crispation autour d'un manque. Toute absence l'exilera des plaisirs de l'instant…

… Certains grands arbres s'en vont terrassés par la foudre ; d'autres par un peuple de termites qui habite

une faiblesse ; d'autres encore par une ruine invisible des racines qui se fâchent avec la terre, la transforment en un linceul opaque… Mais d'autres abandonnent par le haut, par les hautes branches, par les feuilles les plus proches du soleil, par les brindilles extrêmes : cette part d'eux-mêmes qui fréquente l'horizon…

… Alors des trous surgissent dans le feuillage ancien, des branches se dénudent, poussant vers la lumière comme un bout de squelette : ils ne sont déjà plus tout en restant visibles…

… Ces arbres-là s'en vont dans le plus désolant et la pire des tristesses : celle d'une mort sans cadavre…

Le soleil du dimanche… plus doux, plus propre, le vent plus frais… Les bruits légers sur l'écrin d'une vie calme… L'église qui sonne, qui règne… La transhumance magique vers la messe de six heures : petites-filles, petits saints-innocents, veuves en révélation, ancêtres en lutte avec leur propre ruine… La féerie des marchandes qui descendent les fleurs, vêtues des beaux corsages qui permettront de gratter un bout de messe… Les djobeurs soucieux à leurs talons, la brouette débordant d'anthuriums, de balisiers et d'oiseaux-paradis… Ces merveilles coutumières l'indifféraient alors… Inutile d'essayer de surprendre une diablesse dans cette touffe de dévotes matinales… Inutile de tendre l'oreille vers ces vieux Syriens qui

réchauffent leur exil dans une langue égarée…
Inutile de chercher la magie… attendre…

Le dimanche après-midi devint la pire des choses.
Le transistor débitait une soupe de salsa, amère,
répétitive, une musique dont la structure elle aussi
immobile deviendrait pour lui l'architecture de la
tristesse. Les rues étaient souvent vitreuses de chaleur, même les chiens s'échouaient dans l'ombre
bouillante des rares voitures. D'autres préféraient
s'agglutiner entre les grilles du marché, humant
l'odeur d'un sang grillé sur le ciment. L'immobilité encore, l'absence, la chaleur, le poussiéreux
silence s'étiraient dans les rues qu'il contemplait
morose, le menton déposé dans le croisement des
coudes, à l'éternelle fenêtre. Le dimanche après-
midi devint un camp de concentration à portes
closes, sans gardiens, mais dont les barbelés coin-
çaient chaque miette de son esprit. Il n'était bien
nulle part, dans aucune position. Même son
refuge sur le toit des cuisines où il parlait au ciel
avait perdu de son attrait. Il découvrit ainsi la face
amère de sa nature : ce solitaire aimait la solitude,
mais à chaque absence de l'Irréelle, il découvrait
l'horreur de l'isolement contre lequel il lutterait
toute sa vie.

Il refusait d'aller au cinéma. Forcé par Man
Ninotte, il suivait l'Algébrique et Paul le musicien d'un pas lent, tête baissée, lourde des rumi-

nations. Le film réussissait à dissoudre ses absences : un coup de feu, un cri d'Apache, le face-à-face du bon et du méchant, quand Django va dégainer plus vite… Mais sitôt qu'apparaissait la Belle, et pire : quand surgissait le *Bo*, il s'écrasait dans un retour à l'Irréelle. Les scènes où le héros trouvait l'impossible courage de parler à la Belle, de lui prendre la taille, de se pencher vers son visage, étaient insupportables…

La vie s'ébrouait vers seize heures. Les mulâtresses surgissaient aux balcons pour arroser les lauriers-roses et les bougainvilliers. Quelques-unes devisaient de maison à maison. D'autres, plus vieilles, ouvraient la porte du bas, sortaient les tabourets, s'asseyaient sur le trottoir dans la fraîcheur montante. Les Bonnes sortaient, parfumées et pimpantes, trimbalant des poussettes ou dirigeant la promenade d'une marmaille capricieuse. Les parents suivaient parfois derrière. On voyait remonter les marchandes de sucres d'orge. Des vendeuses de titiris passaient à l'improviste. Les quimboiseurs cheminaient vers l'église en vidant les trottoirs. Tout convergeait vers la savane, lieu d'ombre plus fraîche, propice aux lentes flâneries dominicales… Mais le négrillon n'y allait plus. Quand il s'y retrouvait, ce n'était qu'un fantôme qui évitait le kiosque, fuyait le banc des sénateurs, ignorait le remous des garçons et des filles… Échoué, loin des allées, sous un tamarinier, il regardait le crépuscule mettre en feu toute la rade comme si c'était lui-même que cette chute incendiait…

… Merde pour ça !… Il y avait en elle des retours de soleil sans aube… soudain… soudain… ces lucidités brutales ne conféraient aucun sens à l'instant, et n'apportaient qu'angoisse face aux inexplicables…

… il lui fallait peut-être se mentir à elle-même pour combler les béances, toujours ouvertes à ses talons…

… Mémoire, serais-tu le squelette de l'esprit ? Serais-tu le principe de ce qui, en nous, se tient conscient et raisonnable ?… Serais-tu exactement ce que l'on est ?… Merde pour ça !…

Quand Man Ninotte le sentait aux tristesses, elle lui préparait ce qu'il aimait manger. Morue frite. Mousseline. Bananes jaunes. Et bananes jaunes encore… Elle lui tranchait les bananes jaunes, en ôtait le cœur déclaré indigeste. Cette scène est récurrente : Man Ninotte penchée au-dessus de son assiette, qui découpe les bananes en carrés faciles à avaler. Mieux qu'un souvenir : une éternité de conscience. Aux jours des hautes tristesses, ce moment le remplissait de viscosité trouble… Loin de l'Irréelle, le négrillon ne mangeait plus, ne mangeait pas, ou mangeait mal, déposé devant les bananes jaunes comme au bord d'une pitance de piment…

Il l'ignorait encore, mais à force de l'attendre, à force de l'imaginer, à force de ne pouvoir la contempler à mort, à force de ne savoir l'approcher, de n'oser lui parler, elle s'érigerait au principe de ces admirables pour lesquelles, par la suite, et durant toute sa vie, il se mettrait en cœur…

> … Et quelle, cette mémoire trop ancienne qui remonte ? Ces fossiles qui s'exondent comme après un désastre ? Ces souvenirs perdus qui reprennent virulence et perturbent ses jours ? Et ces douleurs qui soudain font pleurer, immémoriales mais conservées intactes ? Et ces rires sans raison qui traversent comme d'inquiétantes lézardes ? Et ce passé lointain qui dresse au premier plan le plus ancien de soi ?

> … De quelle complexité relèves-tu, Mémoire, dans tes ruines et détraques ?…

> … Et le pire… Le parachèvement de ta disparition, mon négrillon : ce jour où son regard de guerrière se posa sur l'homme de cette époque, et qu'il n'exprima qu'une non-reconnaissance, qu'un vide sur l'inconnu… ces yeux qui auraient dû le connaître entre mille se posent un jour sur lui comme sur un étranger… tu as dû surgir, mon négrillon, hurler, tenter de te faire reconnaître, insister jusqu'à ce qu'elle dise ton nom… Que te restait-il sinon refluer, refuser d'être la soif au désert de l'adulte ?…

Même les jours de nettoyage devinrent pénibles sous l'attente… Le dernier dimanche du tri-

mestre Man Ninotte décrétait une alerte générale. Il fallait tout déplacer, balayer sous les
meubles, essuyer l'en dessous des tableaux, et
passer l'univers au lustre de l'O-Cédar. C'était
d'habitude une alchimie de rechignements et
de plaisirs à laquelle chacun s'évertuait, sauf le
Papa, exempt des galères domestiques. Sous la
férule de la Baronne, il fallait frotter les quatre
chaises, la table, le buffet, les trois vases et le
rien d'argenterie, jusqu'à ce qu'ils se mettent à
briller dans une aura de cire fraîche et de
propre. Il fallait astiquer les cloisons, décaper les
persiennes. Les ampoules du plafond devaient
perdre la souillure des mouches, et les coins
d'habitude hors d'atteinte être repris aux araignées. Vers midi, la maison resplendissait. Man
Ninotte exhumait de ses valises secrètes une
nappe damassée, un pot à fleurs inattendu, une
fête de l'inédit dans la splendeur des propretés…
Tant de bonheur qui alors augmentait sa tristesse… Il ne pouvait penser qu'à la beauté du
monde si l'Irréelle avait été auprès de lui, parmi
eux, à nettoyer aussi, à vivre le propre et le
dimanche…

Il éprouva dès l'instant de sa rencontre avec elle
le trouble qui prendrait tant de place dans sa
vie. Ce trouble, bouvier des rêves, chair de tant
de poèmes. Mes amis, ce trouble est richesse à
misères. Un don qui vous prend tout. Une éléva-

tion qui écrabouille... C'est un éclat de bonheur qui ouvre à la rencontre de l'ombre... C'est avec elle, cette ombre, qu'il allait commencer ses errances solitaires, dans cet en-ville qui plus tard nourrirait son écrire. C'est avec elle, cette absence, qu'il redécouvrira les rues silencieuses, les Syriens, les djobeurs, les couturiers, les rues abandonnées, et qu'il verra surtout les bijoutiers...

Ô bijoutiers, amis, courbés sur l'or fondu par de gros chalumeaux...

Ô obscurs, mes frères, ciselant un invisible dans la forge et la suie...

Dans cette attente, il les vit autrement, comme si leur silence sur cette forge aurifère leur permettait de calmer des tristesses, d'apaiser des blessures, de les transmuer surtout en grâces et en merveilles. Plus ils étaient inventifs et puissants, plus leur blessure (ce jamais refermé) apparaissait inscrite au principe de leur art...

Ces rues, découvertes autrefois comme des eldorados, lui exhibaient maintenant les restes d'une splendeur. Vieille avant même sa naissance, elle lui disait son agonie... Les éclisses de peintures, les usures, les teintes indéfinies, les gouttières boiteuses, les persiennes entrebâillées comme des paupières de bêtes mourantes... Les Syriens avaient soudain vieilli sous l'exil qui leur gonfle la paupière... Et puis : des

caniveaux bordant d'une eau défunte des trottoirs que les chiens maigres arpentent en claudi-
quant... attendre...

> *... Certains oiseaux restent fidèles aux grands arbres*
> *décharnés... ils viennent encore accoster aux branches*
> *mortes... ils n'y font plus de nid, mais ils y viennent*
> *comme au temps du feuillage... et c'est sans doute là*
> *qu'ils puisent quelque force avant la migration, qu'ils*
> *récoltent la provende des ruines : avant l'abîme, ils*
> *engrangent la permanence de ce qui ne vit plus...*

C'est sans doute là, dans ses errances, qu'il comprit mieux la fascination que l'en-ville exerçait
sur lui. Tout comme l'Irréelle, elle lui restituait
la mélancolie qui sommeillait en lui. Il était
contemplatif et rêveur. Intérieur et fermé.
Comme un secret des profondeurs que l'écrire
seul mènerait au sensible.

> *... Quels jours précieux : tout semblait aller bien pour*
> *elle ! Son regard était vivant, la mémoire semblait*
> *intacte, le geste branché aux forces anciennes, le rire et*
> *la belle blague... on s'abreuve à cela sans vergogne,*
> *tout va bien, tout va bien... et on s'en convainc en*
> *minimisant un retour des absences... Quel bien pré-*
> *cieux, quand le jour est tout bon !...*

> *... Que d'impuissance alors devant le grand reflux,*
> *quand le sable ne miroite plus sous l'élan des marées...*
> *Il aurait fallu autour d'elle des danses de la pluie, des*
> *sacrifices de perroquets, des pierres vertes à contempler,*

291

des magies simples qui ouvrent au cœur des hommes…
ordonner au ciel dans ces grandes manières d'aigles
que le Poète sut voir au moment du grand âge…

… Mémoire, il aurait fallu bien plus de foi que n'auto-
rise le désarroi…

… La Baronne qui savait tout, ô puissante, qui restait
ferme et droite, ne savait rien de cela, et là aussi, mon
négrillon, condamné aux absences, tu gigotais en vain
dessous ce cœur battant…

Pauvres chevaliers… Ils allaient rencontrer tant
de filles qui leur abîmeront la peau, les os, le
cœur, leur couperont les racines et les ailes, leur
démonteront les membres, filles-molosse, filles-
grage, filles-piment, filles-de-manioc-amer, filles-
boutous, filles-Javel qui les laisseront décomposés,
filles-racine-casse et bois-fer, filles-mancenillier,
filles-mangot dont la douceur leur détruira le
foie… Filles-de-bois-flot qui surnageront sur toutes
les vilenies, et ces filles-de-sel qui font pourrir les
fondations et qui trahissent… Rien à voir avec
cette fille initiale, inaccessible et comme immatérielle, avec laquelle le négrillon ne parla
presque jamais, et dont il n'a qu'un souvenir
mâché, remâché par ses anges et ses longues
émotions…

Et c'est elle, peut-être, qui le renvoya aux livres
jusqu'alors délaissés. Il les prenait au hasard, et se

réfugiait avec sur le toit des cuisines. Il les abandonnait sans les lire, les compulsait sans les voir, les ânonnait sans les comprendre… Ils servaient juste à vivre cet engourdi de solitude et de lenteur… Et ces poèmes qu'il marmonnait souvent, de plus en plus longtemps, et qui finirent par baigner son esprit, en des mantras inattendus : ce Lamartine, cet Hugo, ce Rimbaud, ce Baudelaire, les poètes-doudou du pays, et bien sûr les foudres de Césaire, fourriers en devenir des questions et violences… Loin d'elle, il s'accrochait aux livres, pendu à la mamelle d'un mangot vert qu'il avait malaxé et tétait lentement : le nectar se répandait en lui, et escortait, de ligne en ligne, sa soif d'il ne savait plus quoi…

L'Irréelle l'avait installé en lui-même. Le chemin s'était fait. Il n'avait plus besoin de se coller à ces bandes d'êtres-humains qui lui servaient de béquilles. Il ne poussait plus de questions vers le ciel. Ne cherchait plus en dehors l'estuaire des grands espaces. Il vivait maintenant dans un vaisseau de poèmes en dérive, sur ces criques de vin noir que sut voir le Poète, dans les murmures de perroquets, des soupirs de fougères et des plaintes d'orchidées… Un pâle soleil tombait des voilures, et baignait sur le pont sa fixe contemplation du nacre craquelé d'un lambi de vingt ans… l'attente…

… Nul n'a jamais assisté à la chute du grand arbre qui défaille, et s'affaisse lentement, s'accroche aux arbres proches, et revient à la terre, de craquement en craquement, jusqu'à l'immobilité brusque…

… Nul ne l'a vu : ce sont les oiseaux qui en parlent à l'heure des crépuscules, et ce qu'ils en disent n'est rien en face du tremblement de leurs ailes…

… Ce sont les oiseaux qui en parlent, et le plus petit d'entre eux, qui tremble encore…

Cette passe-là fut bien raide. L'Irréelle ne reparut pas en haut de l'escalier, mais elle répondit à sa lettre. Toujours dans un papier plié en mille que la mère-maquerelle lui remit, en souriant d'abord, puis en adoptant une gravité d'église. Il prit la petite chose pliée, comme l'ultime goutte cueillie par une soif de désert. Il aurait voulu la garder sans l'ouvrir, sans la lire… Fermée, elle devenait riche des messages du monde. Ainsi, elle promettait ce qu'il voulait entendre, dans tous les alphabets, les signes, les langues et les symboles. Tout était dans la sensation qu'il éprouvait en la tenant, et tout se déversait en lui comme la rumeur d'un fleuve d'astres…

Mais la mère-maquerelle voulut absolument qu'il l'ouvre. Ce qu'il dut faire pour ne pas la contrarier et perdre son appui, surtout par crainte qu'elle ne transmette une rancœur quelconque.

Et il ouvrit le bout de papier pour découvrir la mèche.

Une mèche de cheveux.

C'était l'époque où une chanson en vogue célébrait une mèche de cheveux. La mode était d'en obtenir de sa Belle : seul gage (opposable à tous) du sentiment donné. La mèche était alors portée dans la chaîne de baptême que l'on gardait au cou. La mèche ne devait pas être visible. Elle devenait le gardien de votre âme, enserrée dans un pendentif, ou collée à l'arrière de la croix, ou enroulée dans un plié de beau papier. En découvrant la petite mèche, le négrillon faillit mourir. Une infime coulée de miel fauve. L'Irréelle s'y trouvait tout entière. Son odeur était là. Sa chair était là, tout d'elle lui tenait dans la main. La mère-maquerelle le regardait ravie. Il traita la mèche par le plus grand secret pour ne pas déclencher l'émoi des chevaliers. Il la garda dans sa poche, dans chaque short de chaque jour, durant des millénaires.

C'est avec elle qu'il se rendit à l'ordalie. Elle n'était pas venue mais elle l'avait rejoint. Il descendit l'escalier, et pénétra dans le sous-sol en tuf sous l'escorte des chambellans. Tout le royaume était là. Le roi sur sa cuisinière, les chevaliers, les dignitaires, les invités… Une assemblée silencieuse, avide de voir l'exécution. Tony se trouvait au centre, appuyé contre la Table-trouée, juste auprès du bocal, et lui fit signe d'avancer. Il y eut un discours du roi sur l'état du royaume. Il en profita pour lancer quelques traits contre des conspirateurs, complimenter deux-trois fidèles. Puis, par une mécanique de déchéances déguisées et de nominations obliques, il sanctionna la trahison d'un tel, remercia tel autre, positionna tel dévoué en face de tel opportuniste dont le sort demeurait en suspens… Tout cela se fit dans les fioritures prévues par l'Intendant qui approuvait des cils. Un règlement de comptes sans sueur et sans poussière : en souplesse, comme si la confrérie se dégageait enfin des violences fondatrices. Certains sénateurs prirent la parole pour problématiser quelque urgence du royaume ; certains soupçonnés firent de même pour se disculper par l'étalage d'un attachement à la Couronne… Le négrillon, absent de tout cela, attendait de mourir…

Vint l'instant où il n'entendit plus ce qui se disait : il n'était plus là. Il n'était même plus avec elle. Il gisait en lui-même, forcé maintenant de vivre dans ce qui lui était donné : son pauvre corps, ses peurs et ses insuffisances, ce courage qu'il lui fallait chercher dans les eaux glauques de la terreur… Tony découvrit le bocal, provoquant un murmure d'épouvante. Deux des trois mabouyas étaient morts, sans doute usés par la lumière. Le troisième survivait, énorme, accroché aux parois embuées sur ses pattes de travers. Il était encore plus vitreux et gluant. Le roi ordonna le début de l'épreuve. Tout un chacun se recula tandis que Tony ouvrait le boçal et saisissait le spectre de la mort avec une pince à linge. Il le présenta au roi, tortillant entre les bouts de la pince, puis se tourna vers le négrillon : les chambellans l'avaient agenouillé, buste nu, gorge offerte.

… Ce qui change tout : de savoir lors d'une nuit d'année neuve que la fatalité peut être une délivrance, et qu'il y a du soulagement dans un soleil devenu fixe, glacial soudain…

… C'est donc là, dans cette frappe, dans ces errances et ces mélancolies, dans cette chute du grand arbre qui ouvre et ferme à tant d'espaces, que tu t'estompes, mon négrillon…

… et cela fait tant d'années déjà, et depuis si peu de temps…

Comme dit, ainsi fait. Et comme dit sitôt fait. Tony lui balança le mabouya sur la poitrine. Le reptile échoua sur son sein gauche, grimpa sur son épaule et se projeta dans les airs. L'assemblée explosa dans une panique extrême. Les bombes furent bousculées. Le roi sombra dans sa cuisinière. L'Intendant courut de travers en poussant de petits cris de fille. Des épées se nouèrent à des tibias qui emmêlèrent des jambes. Un sauve-qui-peut-succombe-qui-doit extrême et général. Le négrillon resta échoué, sans mouvementer son corps, touché à tout jamais par le contact visqueux...

Il ne saura jamais si le mabouya avait été glacial, ou seulement froid, ni ce qu'il lui avait enlevé de son âme, ni quelle dartre infâme il lui avait inoculée. C'est peut-être là qu'il y eut en lui une marée insensible, muette, ouverte sur ces mélancolies calmes avec laquelle il lui faudrait désormais naviguer...

Il garda la mèche dans sa poche, dans chaque short de chaque jour, durant des millénaires. Un jour, il ne la trouva plus. Ou il n'eut plus besoin de la chercher. Ou elle disparut, sans doute collée à une patte de mabouya.
Qu'importe...
Qu'y a-t-il de vrai dans tout cela, en dehors du mouvement général ?
Rien et tout, mais juste ce qu'en fait cet écrire.

L'Irréelle disparut sans grand bruit de sa vie mais elle resta dans son esprit, sur la chaîne des souvenirs et des émerveillements. Trésor du grand coffre à fiction. Le roi ne voulut pas recommencer l'épreuve. Les enchanteurs y avaient vu comme une irritation des dieux. Les chevaliers avaient trop honte d'avoir eu peur. Et pour une fois, le négrillon leur avait paru digne devant le spectre. Il parvint à demeurer dans son purgatoire, sans se faire remarquer, il ne brigua jamais les tournois pour accéder à un vrai grade, et mit beaucoup d'intelligence pour exister parmi eux, sans être comme eux, et sans que nul ne puisse jamais déterminer son titre exact ni le grade mystérieux auquel il était parvenu...

... C'est vrai que toute enfance entreprend très vite de fréquenter le crépuscule, dans un commerce fatal avec la nuit...

... Mais à la regarder, mémoire, la nuit offre l'étoile...

... Donc, cette quête est à bout de souffle : il n'y avait rien à chercher, seulement tout à trouver... L'enfant est au principe du vivant, flamme première et dernière, étincelle du goût de vivre et du savoir partir, vif du vivre qui seul peut garder l'illusion du sens et des saveurs...

... Man Ninotte est là, même à bout de mémoire, dans ses plantes rescapées que l'homme d'aujourd'hui arrose aux chaleurs de chaque jour...

... Et, dans une lucidité de rêves, de poésie et de romans, au cœur même de l'écrire, intact peut-être, attentif toujours, et même à bout d'enfance, l'enfant est là...

Favorite, 27 août 2004.

DU MÊME AUTEUR

Aux Éditions Gallimard

CHRONIQUE DES SEPT MISÈRES, *roman*, 1986. Prix Kléber-Haedens ; prix de l'île Maurice.

CHRONIQUE DES SEPT MISÈRES *suivi de* PAROLES DE DJOBEURS. *Préface d'Édouard Glissant* (« Folio », n° *1965*).

SOLIBO MAGNIFIQUE, *roman*, 1988 (« Folio », n° *2277*).

ÉLOGE DE LA CRÉOLITÉ, avec Jean Bernabé et Raphaël Confiant, *essai*, 1989.

ÉLOGE DE LA CRÉOLITÉ/ *IN PRAISE OF CREOLENESS*, 1993. Édition bilingue.

TEXACO, *roman*, 1992. Prix Goncourt 1992 (« Folio », n° *2634*).

ANTAN D'ENFANCE, 1993. *Éd. Hatier*, 1990. Grand prix Carbet de la Caraïbe (« Folio », n° *2844* : *Une enfance créole*, I). Préface inédite de l'auteur.

ÉCRIRE LA PAROLE DE NUIT. LA NOUVELLE LITTÉRATURE ANTILLAISE, *en collaboration*, 1994 (« Folio Essais », n° *239*).

CHEMIN-D'ÉCOLE, 1994 (« Folio », n° *2843* : *Une enfance créole*, II).

L'ESCLAVE VIEIL HOMME ET LE MOLOSSE, *roman*, 1997. Avec un entre-dire d'Édouard Glissant (« Folio », n° *3184*).

ÉCRIRE EN PAYS DOMINÉ, 1997 (« Folio », n° *3677*).

ELMIRE DES SEPT BONHEURS. *Confidences d'un vieux travailleur de la distillerie Saint-Étienne*, 1998. Photographies de Jean-Luc de Laguarigue.

ÉMERVEILLES. *Illustrations de Maure*, 1998 (« Giboulées »).

BIBLIQUE DES DERNIERS GESTES, *roman*, 2002 (« Folio », n° *3942*).

À BOUT D'ENFANCE, 2004 (« Haute Enfance ») (« Folio », n° *4430*).

Chez d'autres éditeurs

MANMAN DLO CONTRE LA FÉE CARABOSSE, *théâtre conté*, *Éd. Caribéennes*, 1981.

AU TEMPS DE L'ANTAN, *contes créoles*, *Éd. Hatier*, 1988. Grand prix de la littérature de jeunesse.

MARTINIQUE, *essai*, *Éd. Hoa-Qui*, 1989.

LETTRES CRÉOLES, *tracées antillaises et continentales de la littérature. Martinique, Guadeloupe, Guyane, Haïti, 1635-1975*, en collaboration avec Raphaël Confiant, *Éd. Hatier*, 1991 (Nouvelle édition « Folio essais », *n° 352*).

GUYANE, TRACES-MÉMOIRES DU BAGNE, *essai*, *C.N.M.H.S.*, 1994.

LES BOIS SACRÉS D'HÉLÉNON, en collaboration avec Dominique Berthet, *Dapper*, 2002.

Composition Imprimerie Floch.
Impression Novoprint
le 20 septembre 2006.
Dépôt légal : septembre 2006.

ISBN 2-07-033950-5 / Imprimé en Espagne.

144933